希望之線

希望の糸

東野圭吾

王蘊潔 譯

序章

日文中「逢魔時」這三個字，指的是傍晚天色昏暗那段時間。根據字典的解釋，這三個字來自於代表大禍降臨時刻的「大禍時」。以前的時代沒有路燈和照明，太陽下山後，就是小偷和強盜出沒的時間，所以很不平靜。現在即使看到夕陽，也不會有任何不祥的預感，只會預料明天應該又是一個晴朗的好天氣。

汐見行伸看著紅色的天空，覺得反而是眼前的景象讓人有可怕的感覺。朝霞滿天的樣子讓人產生不祥的預感。

走廊的另一端傳來兒女說話的聲音和腳步聲。那應該是尚人的腳步聲。已經提醒他好幾次，走路這麼大聲會吵到樓下的鄰居，要他注意一點，但他就是改不了。

行伸穿著睡衣走去客廳，明年春天就要升上中學的繪麻正在啃吐司。「早安。」行伸向她打招呼，她卻悶不吭聲。女兒的雙眼注視著放在旁邊的折疊化妝鏡，對她來說，瀏海順不順似乎比起向父親道早安更重要。

「早安，真早啊。」怜子從廚房端著托盤走了出來，「尚人，早餐做好了，你趕快來吃。」她對著不見蹤影的兒子大喊了一聲後，將視線轉向行伸，「爸爸，你也要吃嗎？」

「不，我現在還不吃。」行伸拉開餐桌旁的椅子坐了下來。

客廳的門猛然打開，尚人出現了。已經快十一月，他還一身運動衣和短褲的打扮，之前足球訓練跌倒時膝蓋上受的傷已經結了痂。行伸向他道早安，尚人也回答說「早安」。

小學四年級的兒子仍然乖巧聽話。

「你們真的沒問題嗎？」行伸看了看開始吃早餐的尚人，又看向已經吃完吐司，在整理瀏海的繪麻，忍不住問道。

「你又來了。」怜子整理餐桌時很受不了地說。

「喂，繪麻，我在問妳啊。」

「幹嘛？」女兒終於看向父親，但眉頭深鎖。

「你們兩個人單獨去真的沒問題嗎？」

「你要問多少次啦！」繪麻走去沙發坐了下來，開始檢查放在沙發上的背包裡的東西。

「爸爸，你擔心過度了。」怜子說，「我已經說了好幾次，他們並不是去陌生的地方。」

「這我當然知道，但並不是只搭新幹線而已，換車很複雜吧？」

「不用擔心，都已經查好了。」繪麻語帶不耐地說。

「不是還要搭公車嗎？」

「我當然知道。不要再說了。」繪麻起身走出客廳，粗暴地關上了門，發出「砰」的聲音。

行伸感到莫名其妙，看著妻子說：「這是什麼態度？」

「她不喜歡你把她當小孩子。」怜子苦笑著說。

「她本來就是小孩子啊。」行伸小聲嘀咕。小學四年級的長子默默咬著香腸，並沒有聽父母的對話。

兩個小孩子真的能夠自己去那麼遠的地方嗎？行伸感到半信半疑。

「那麼遠的地方」是怜子位在新潟縣長岡市的老家，目前岳父母仍然住在那裡。怜子每年秋天都會帶兩個孩子回老家省親，這已經成為汐見家的慣例。因為繪麻和尚人就讀私立大學附屬的初級部，每年這個時期，學校因為大學招生考試的關係，會放假一個星期。長岡市很大。怜子的娘家附近有山有水，自然環境豐富，也有很多適合兒童玩樂的設施。而且怜子的姊姊就住在離娘家不遠的地方，表兄妹的年紀和繪麻、尚人相仿。他們每天玩在一起，最後一天要離開時總是難分難捨，每次都是哭著離開。

但怜子今年因為工作的關係，無論如何都抽不開身。她目前是自由接案的花藝設計師，因為臨時接到幾個無法拒絕的工作，所以原本打算今年放棄回老家，但兩個孩子無法接受，繪麻提出如果媽媽沒辦法帶他們去，他們可以自己去。

行伸認為不可能，沒想到怜子似乎很感興趣，認為是個好主意。她查好了交通之後，提出讓兩個孩子自己去外公、外婆家。

「繪麻明年就上中學了，尚人今年也十歲了。我相信他們應該沒問題，讓他們去冒險一下。不是有人說，父母太膽小，兒女無法成長嗎？」

怜子既然都這麼說了，行伸當然難以反對。他也很清楚，為了兒女的成長，有時候需要一點冒險精神。

行伸在十六年前結識了怜子，她是行伸任職那家建設公司的新進員工，他們很快就成為工作上的搭檔。行伸當時主要負責透天厝的改建業務，兩個人一起拜訪客戶，提供諮詢，並向客戶提案。行伸並沒有對公司要自己帶新人感到不滿，而且有年輕女性同行時，客戶的態度也比較親切。

男女在工作上相處時間一久，不是除了工作以外不想見對方，就是彼此日久生情。行伸和怜子屬於後者。他們下班後也常見面，很自然地把對方視為結婚對象。

他們在初識的三年後舉辦了婚禮，行伸當時三十三歲，怜子二十五歲。怜子很快就懷孕，生下了第一個孩子，也就是繪麻。行伸抱著又紅又瘦，渾身皺巴巴，看起來很柔弱的小生命，告訴自己這下子無法輕易辭職了。

兩年後，又生了一個兒子。行伸也進產房陪產，但因為生產過程太順利，所以他有點失望。他對怜子說：「妳幾乎沒怎麼痛就生下來了。」怜子瞪著他回答：「下次懷孕就由你代替我生孩子。」

一家四口生活至今，雖然曾經經歷搬家，兩個孩子的應試等許多事，但生活和樂。即使繪麻最近有點叛逆，但他早就知道女兒到了某個年齡會不想和父親說話，所以並沒有放在心上。

行伸知道日後的生活仍然會有起有伏，但全家人要齊心協力，即使遭遇逆境，也要不屈不撓，努力過日子。

目送繪麻和尚人出發後，他改變了想法，覺得以後也許應該多相信孩子的能力。

這一天雖然是星期六，但行伸下午去了公司。因為有一個案子的工程進入最後階段，他想確認一些事。

他和基於同樣理由來公司加班的下屬開完會，正在討論要不要喝一杯再回家時，突然一陣天搖地動。原本站著的行伸立刻抓住了旁邊的桌子。是地震，這次的地震很大喔——在場的所有人都紛紛說。

搖晃停止後，行伸和其他人一起走去公司的大廳。因為那裡有電視。來到大廳時，發現已經有幾個人聚集在電視前。

行伸看到電視螢幕上出現的影像和文字，忍不住倒吸了一口氣。這次地震的震央在新潟。

他拿出手機，立刻打電話回家。電話很快就接通了。

「是我，你是不是要問地震的事？」伶子的聲音聽起來很緊張。

「對，妳有沒有打電話過去？」
「我打回老家，電話打不通，我正打算打電話給我姊姊。」
「我知道了，我馬上回家。」
掛上電話後，腳下再度搖晃起來，行伸也重心不穩。這次是餘震。東京都這麼嚴重，難以想像震央的情況。他內心的不安越來越強烈，心跳也不由得加速。
離開公司後，他急忙趕回家。各地的列車時間表都大亂，聽說上越新幹線發生了出軌意外，他不由得背脊發涼。不知道災情有多嚴重。
回到家時，發現怜子正在客廳把行李裝進一個大行李袋內。電視正在播報地震災情的新聞。
「情況怎麼樣？有沒有什麼消息？」
「剛才打通過姊姊的電話一次，她說不知道老家的情況。他們那裡也一團亂，根本沒辦法好好談。」怜子在說話時，手也沒有停下來。
「妳在幹嘛？妳該不會打算去那裡？」
「因為電話打不通，只能去那裡啊。」
「妳不要慌，目前不瞭解當地的狀況就這樣不顧一切地趕過去很危險，聽說目前餘震不斷，而且妳要怎麼去？妳沒有聽說新幹線發生意外了嗎？我相信所有的交通工具都癱瘓了。」

「那你說該怎麼辦？」

行伸走到電視前，拿起遙控器轉換了頻道。「現在只能先蒐集資訊。」

電視螢幕上出現了出軌的新幹線和變成瓦礫山的城市，目前已經出現大範圍停電。行伸想起了阪神．淡路大地震，那場地震造成超過六千人死亡，不知道這次的情況如何？

怜子在身後繼續整理行李，她目前的心境可能焦慮得停不下來。行伸非常瞭解她的心情，所以就不再說什麼。

走進臥室，用筆電連上了網路。雖然各種消息滿天飛，卻沒有發現任何可以確認兩個孩子安危的內容。土石流、道路塌陷、房屋倒塌等關鍵字不斷映入眼簾。

痛苦的時間一分一秒過去。怜子試著聯絡住在新潟的每一個親戚和朋友，但電話完全打不通。行伸在網路上看到有災害留言服務專線，帶著祈禱的心情撥打了怜子老家的號碼，可惜沒有聽到任何留言。

將近半夜十二點時，電話鈴聲響起。不是手機，而是家裡的電話。行伸一看到液晶螢幕，忍不住倒吸了一口氣。因為螢幕上顯示的正是新潟縣的區域號碼。他吞著口水，拿起了電話的子機。

「喂？」

「不好意思，這麼晚打擾，這裡是新潟縣警，請問是汐見先生的住家嗎？」一個男人的聲音在電話中問道。

「是……」他握著子機的手忍不住用力。他發自內心祈禱，希望不是壞消息。

但是，他的祈禱落空了，打電話來的那個人接下來說的話讓行伸差一點昏厥。對方提到了繪麻和尚人的名字，又接著說：「真的很遺憾——」

姊弟兩人並不是在怜子的老家長岡市受災，而是在鄰近的十日町市區。岳母開車去採買，他們也一同前往。岳母在採買期間，他們正在附近一棟工商大樓的一樓。那裡是遊樂場。

那棟四層樓的工商大樓很老舊，在第一次地震時用力搖晃，牆壁開始坍塌。原本在遊樂場內的姊弟兩人慌忙想要逃離，但晚了一步。將近二十公尺的牆壁倒塌，壓在已經逃到門口的兩姊弟身上。

附近的居民發現後想要救他們，但光靠人力很困難，最後出動怪手把牆壁抬了起來，在地震發生後將近兩個小時，才終於在牆壁下方發現了兩個孩子，趕到現場的醫生當場確認他們已經沒有生命跡象。

同時，岳母正在醫院的候診室。她的腳受了傷，被人送到醫院。她完全不知道那棟工商大樓的牆壁倒塌，兩個孫子被壓在下面，也無法和任何人聯絡，在候診室內急得團團轉。

女孩身上帶的皮夾，成為警方查明他們身分的線索。皮夾裡放著電話卡和寫了長岡市內電話號碼的便條紙，警方在尋找這個電話號碼的住家時，得知住戶去附近的小學避難。警察向那名住戶出示了兩個小孩的照片，那名居民放聲大哭，說是他的兩個孫子。那名住戶當然就是怜子的父親。

地震隔天的中午過後，行伸和怜子在小學操場角落搭的帳篷內，滿懷悲傷地再次見到了一對兒女。雖然他們很希望更早趕來，但沿途交通很不順暢，無論鐵路和道路到處都有中斷的路段。

繪麻和尚人臉上都沒有明顯的傷痕。醫生研判繪麻因為頭部受到損傷，尚人則是被壓死。兩個人應該都是當場死亡，唯一的安慰就是他們在死前沒有承受太大的痛苦。

怜子看到一雙兒女的屍體，蹲在地上，好像呻吟般持續哭泣。行伸只是站在她身旁。他的腦袋一片空白，完全無法思考，也完全沒有任何想法。岳母在一旁哭著道歉的聲音也只是空虛地在耳邊迴響。

地震發生的三天後，在住家附近的殯儀館舉辦了葬禮。兩姊弟的許多同學都前來弔唁，他們看向並排放著的兩個小棺材，合起雙手，把鮮花放進棺材。行伸茫然地看著這一切，不知道自己從今往後的生命到底還有什麼意義。

那天之後，行伸和怜子的生活的確空虛無味，沒有一天不回想起兩個孩子。家裡充滿了會想起繪麻和尚人的東西，即使走在路上，只要看到年齡相近的孩子，就會回想起曾經擁有的幸福時光，忍不住紅了眼眶。

怜子不再外出工作。她整天足不出戶，看著兩個孩子的照片、他們留下的作業簿。她不再像以前那樣哭泣，也許淚水已經乾了。行伸不在家的時候她似乎沒有正常用餐，所以越來越瘦。當行伸提起這件事時，她回答說：

「無所謂啦，因為我根本不覺得肚子餓，一個人吃飯時，會忍不住想，自己到底為什麼要吃飯。即使死了也沒關係，其實我更想死。」

行伸提醒她，即使開玩笑也不要說這種話。

「我並沒有開玩笑。」她露出可怕的眼神，然後又說：「爸爸，你可不可以殺了我？」說完之後，突然放鬆了嘴角說：「對不起，你已經不是爸爸了。」

對失去孩子的夫妻來說，年底的熱鬧氣氛痛苦得幾近殘酷。每次看到聖誕節的裝飾，就像有一根針在刺內心深處敏感的部分般疼痛。

有一天晚上，他們聊到過年時該怎麼辦。他們每年幾乎都去怜子的老家過年，附近有許多滑雪場，繪麻和尚人在上小學之前就開始學滑雪。

「即使哪裡都不去也沒關係。」怜子慵懶地說完後，看著行伸問：「你該不會想去長岡吧？」

「今年當然不會去，妳父母應該也很尷尬……」

怜子老家並沒有受到地震太大的影響，所以她的父母只在避難所住了一個星期左右，但周圍仍然有一些危險的場所。

「不光是今年，明年、後年，從此以後都不必再去那種地方了。」怜子咬牙切齒地說。

「妳不要說這種話，那不是妳的老家嗎？」

怜子緩緩搖了搖頭，轉頭看向行伸問：

「你老實說，你是不是在怪我？」

「怪妳什麼？」

「兩個孩子的事，你是不是在怪我同意他們自己去？當初你反對他們兩個人自己去，但我說要讓他們去。你是不是覺得當初聽你的話，他們就不會死了。」

「我才沒有這麼想。」

「你騙人。葬禮的那天晚上，你在喝威士忌的時候不是在嘀嘀咕咕，說什麼早知道就不該讓他們去，早知道應該阻止他們。」

被怜子這麼一說，行伸無言以對。葬禮的那天晚上，他喝得酩酊大醉，可能說了這種話。他的確很後悔，覺得早知如此，當初不應該讓他們去。

「對不起。」怜子說，「早知道應該聽你的話，你是不是很恨我？」

「沒這回事，讓兩個孩子單獨出門和地震沒有關係，即使妳陪他們一起去，也會發生地震。」

「但如果我也一起去，兩個孩子可能就會留在家裡。」

「只是可能而已，不是嗎？沒有人知道究竟會如何。」

「那你為什麼在葬禮的那天晚上說那種話？那是你的真心話嗎？你是不是覺得都是我的過錯？你老實說。」

「別再說這些了，吵死了。」行伸忍不住大聲說道。

怜子趴在桌上，纖瘦的肩膀隨著啜泣聲起伏著。

行伸走到她身旁，把手放在她的背上。

「怜子。」

「……幹嘛？」

「我們要不要重新開始？」

怜子仍然趴在桌上，但可以感受到她在調整呼吸。「開始什麼？怎麼開始？」

「生兒育女，我們再來生孩子，把他們養育長大。」

怜子緩緩坐直了身體，紅著雙眼看著行伸問：「你是認真的嗎？」

「妳覺得我在說謊或是開玩笑嗎？照目前這樣下去，我們兩個人都會完蛋，我們必須設法振作起來，但首先必須建立人生的意義。對我們來說，只有孩子才是我們人生的意義，難道妳不這麼認為嗎？」

「孩子喔……」怜子重重地吐了一口氣，再度抬頭看著行伸，「但我已經快四十了。」

「也有人在這個年紀生孩子。」

「但我們不是一直沒有懷第三胎嗎？」

生了尚人之後，他們並沒有避孕，當時覺得如果再懷孕，生下來就好。但正如怜子所說，她沒有懷第三胎。

「可能沒辦法自然懷孕，所以我們去醫院。」

怜子聽了行伸的話瞪大了眼睛，「小孩子……喔。」她喃喃說著，臉上似乎恢復了一絲生機。

「這個主意不錯吧。」行伸的嘴角露出了笑容。他忍不住想，自己已經多久沒有對妻子露出微笑了。

兩天之後，他們一起造訪了經由怜子的朋友介紹的一家專門治療不孕症的診所。長相溫厚的院長向他們說明了排卵期法、人工授精和體外授精的情況。

「有人在最後一次分娩過了十年之後成功懷孕，四十歲左右的年齡還有很大的希望。」院長信心十足地斷言，行伸聽了也覺得充滿希望。

那天之後，行伸和怜子展開了接受不孕治療的生活，這也是他們終於抬頭向前的日子。原來有目標是這麼美好的事。雖然是發生在自己身上的事，但他們仍然不由得感到驚訝。

這個過程並不輕鬆，他們原本就做好了心理準備，也很快就放棄了排卵期法和人工授精，決定嘗試體外授精，但仍然遲遲無法成功。每次得知失敗，怜子就沮喪不已。行伸雖然知道不能表現出失望的樣子，但還是無法克制自己的聲音變得低沉。

接受不孕治療的經濟壓力很大，行伸更擔心怜子在精神上和肉體上的壓力，是不是該放棄了——行伸漸漸有了這樣的想法，開始思考該怎麼開口。

在開始不孕治療十個月後的某一天，行伸看到怜子從診所回來時神采煥發，在她開口之前，行伸就產生了比預感更強烈的確信。

「該不會……」行伸問。

「嗯。」怜子點了點頭，「你覺得兒子和女兒哪一個比較好？」

行伸走向怜子，雙手緊緊抱著她懷著新生命的纖瘦身體，一句話也說不出來。兒子還是女兒？這種事根本不重要。

他看到放在櫃子上的照片。那是不幸去世的兒女照片。

他想起明天剛好是那場震災滿一年的日子。

新生命也許是繪麻和尚人送給自己的禮物。他忍不住這麼想。

1

料亭旅館「辰芳」的退房時間是上午十一點。今天最後退房的是一對來自保加利亞的熟年夫婦，夫婦兩人都很高大，當他們一起站在脫鞋處，就覺得玄關很擁擠。

芳原亞矢子走到格子門外，站在外面等候他們。天空一片蔚藍，空氣乾燥，正是享受秋季旅行最棒的日子。

那對來自異國的夫婦走了出來。丈夫滿面笑容，用英語對亞矢子說話。如果亞矢子沒有聽錯，他應該是說：謝謝妳，這裡的餐點很棒，也讓我們享受了美好的服務。

（你們滿意是我們最大的榮幸，期待你們再度蒞臨。）亞矢子也用英文回答。最近這幾年，幾乎每天都會說這兩句話，所以她可以很流利地說這種程度的英語，只不過對發音就沒什麼自信了。

「河等，」那位太太說，「很、好、吃。」

她是說河豚。昨天晚上，他們又加點了兩人份的河豚生魚片。

（謝謝兩位，下次我們會準備十人份等候兩位。）

那對夫婦聽了之後笑了起來。他們似乎聽懂了亞矢子的玩笑。

「再見。」那位丈夫說完，和太太一起邁開步伐。亞矢子向他們鞠躬，目送他們高大的背影離去。

這時，放在和服衣襟下的智慧型手機響了起來。一看液晶螢幕，忍不住倒吸了一口氣。螢幕上顯示了「戶田醫師」幾個字。不祥的預感在內心擴散。

「你好，我是芳原。」

「我是戶田，請問妳現在方便嗎？」電話中傳來低沉的男人聲音問道。

「沒問題，請問有什麼狀況嗎？」

「剛才妳父親說胸口很痛，已經做了和之前同樣的處理，目前稍微穩定了些，但是……」

戶田繼續說了下去。

「觀察這幾天的情況，我認為狀況稍微有點變化，所以想和妳討論一下。請問妳今天方便來這裡一趟嗎？」

「當然沒問題。」亞矢子毫不猶豫回答，「我現在馬上就過去。」

「那就太好了，我會交代護理站的護理師，妳到的時候問一下就好。」

「沒問題。」

「那我等妳。」

「拜託了。」

亞矢子掛上電話，用力深呼吸。戶田到底要和自己談什麼？情況不可能好轉，也許該做好心理準備了。

她回到館內，尋找副總經理的身影。他正在櫃檯內和下屬說話。

亞矢子說明情況後，皮膚白淨的副總經理露出凝重的表情，只說了一聲「這樣啊」。他可能覺得不能隨便發表感想。

「聽醫生的語氣，雖然這一兩天應該還沒問題，但我認為應該做好心理準備。你先整理好到時候該通知的名單，以防萬一。」

「瞭解了，我會處理。」

「那就拜託了。」

亞矢子打開櫃檯後方的門。那裡是辦公室。她穿越辦公室後來到走廊，沿著走廊繼續往前走，就是「辰芳」後方的住家。

她回房間換上褲裝，走出住家的玄關，舉手攔了剛好經過的計程車。

計程車沿著二十二號縣道筆直南下，大約二十多分鐘就可以抵達目的地。平時她都自己開車，但今天沒有心情自己慢慢開車。

她從皮包裡拿出手機撥打電話。鈴聲只響了兩次就接通了。

「你好，這裡是脇坂法律事務所。」電話中傳來一個女人的聲音。
「不好意思，在你們百忙之中打擾。我是芳原，請問脇坂律師在嗎？」
「律師目前外出，請問是緊急的事嗎？」
「不，並不是緊急的事，可以請妳轉告他，芳原曾經打電話給他嗎？」
「沒問題。」
「拜託了。」亞矢子說完後掛上了電話。雖然她知道脇坂的手機號碼，但也許他正在和客戶見面，所以不想打擾他。
她看著車窗外陷入了思考，想像著戶田可能會告訴自己的事，不由得繃緊了神經。大名鼎鼎的「辰芳」的老闆娘，不可以因為父親的病情惡化就亂了方寸。人生在世，終有一死。
計程車經過一座小橋，在十字路口右轉。不一會兒，就看到了一棟高大的白色方正建築物，一看就知道是綜合醫院。
她在醫院的大門前下了計程車，大步走了進去。安寧病房的入口在右後方的走廊深處。
她搭電梯來到三樓，走向護理站的櫃檯。身穿淡粉紅色制服的年輕護理師抬起頭。
「我是芳原，戶田醫生應該有交代。」

「請稍候。」護理師說完，拿起旁邊的電話，對著電話說了兩三句話之後掛上電話，抬頭對亞矢子說：「醫生說，請妳在談話室稍候片刻。」

亞矢子點了點頭。談話室就在旁邊，那是一個寬敞明亮，窗外視野很好的空間，裡面的桌椅也都很有品味，可以感受到醫院方面的用心，盡可能讓病人和訪客在所剩不多的談話時間更加舒適。

有幾個人坐在窗邊的桌子旁。一名老婦人坐在輪椅上，有三個比她稍微年輕的女人來探視她。老婦人開心地笑著，她的表情中完全感受不到絲毫的悲觀。

亞矢子坐在離她們有一段距離的地方等待，身穿白袍的戶田從電梯廳走了過來。亞矢子起身向他鞠了一躬。

戶田也默默欠身行禮後，指向走廊的方向，似乎打算換地方談話。走廊盡頭是面談室。

「妳有沒有去看過妳父親？」戶田邊走邊問。

「今天還沒有。剛才聽你在電話中說，目前似乎穩定了些。」

「嗯，是啊，是這樣。」戶田有點吞吞吐吐，沒有繼續說下去。

面談室內只有一張小桌子。他們在小桌前面對面坐了下來。

「今天請妳來這裡，是想和妳談一件重要的事。」戶田用嚴肅的語氣說。雖然他的表情很溫和，但眼神很凝重。
「是。」亞矢子注視著醫生的雙眼。
「妳也知道，妳父親剩下的時間不多了，所以目前並沒有進行治療，護理的目的只是盡可能減輕他的痛苦和不舒服的感覺。」
「是。」
「但是，」戶田繼續說了下去，「可能已經接近極限了。目前仍然藉由更換藥物緩和症狀，我認為可能即將面臨最終的選擇。」
「……你的意思是？」
「許多末期癌症病患在接近臨終時，都會有和之前不同的強烈病痛。我想告訴妳，到時候不需要延長妳父親承受病痛的時間，也可以引導他平靜地走完最後一程。」
「是用怎樣的方式呢？」
「具體來說，會使用鎮靜劑。可以藉由鎮靜劑降低病人的意識，維持這種狀態。說得更明確一點，就是讓病人睡覺。」
「要服用安眠藥嗎？」
「在那種狀態下應該無法服藥，所以要靠注射，如果在打點滴，就會把藥劑混在其中，但並不是大幅降低意識，初期階段會以稍微降低意識為目標。」

「比較淺？」

「對，妳有沒有做過胃鏡或是大腸的內視鏡檢查？」

「沒有……」

「將內視鏡伸入體內相當痛苦，如果病人要求，就會在檢查前使用鎮靜劑，稍微降低病人的意識，並不是讓病人熟睡，而是陷入昏昏沉沉的狀態，只要叫一下就會醒來的程度。像是會對病人說『某某小姐，請妳醒一下，發現了瘜肉』。」

亞矢子理解了戶田的說明。

「原來還有這種方法。如果是這樣，病人也會比較輕鬆，所以我們想要和他說話時，也可以叫醒他。」

「也許妳覺得，既然有這種方法，為什麼不早說，但其實問題沒這麼簡單。」戶田在桌上交握著雙手，「只有健康的人叫了之後會醒來，像妳父親這種狀況，無法預測結果會怎麼樣。雖然我剛才說以稍微降低意識為目標，但很可能發生意識再也無法恢復的情況。」

「意識無法恢復的話……」

「對，」戶田點了點頭，「也就是說，病人會一直沉睡，在失去意識的狀態下停止呼吸。」

亞矢子舔了舔嘴唇，倒吸了一口氣。

「如果是這種情況，從使用鎮靜劑到停止呼吸為止大約會多長時間？」

「因人而異，有人在使用鎮靜劑的隔天就去世，但大部分都是幾天之後。」

比想像中的時間更短。

「這就是安樂死嗎？」

「不一樣。」戶田語氣堅定地說，「安樂死的目的是加速死亡，但鎮靜劑的目的只是緩和病人的痛苦。通常認為鎮靜劑並不會加速死亡，使用鎮靜劑的病人原本所剩下的時間就只有這麼多。正因為這樣，所以希望他們可以平靜地走完最後一程。」

「我爸爸目前已經處於這種狀態嗎？」

「我認為離這個階段還有一小段時間，但早晚會面臨這個階段。如果沒有很大的病痛當然很幸運，但考慮到可能會受到劇痛的折磨，所以我想事先進行溝通。」

「你和我爸爸談過這件事嗎？」

「目前還沒有。因為這等於向他宣告死期不遠了，而且也可能會讓病人擔心之後會比現在更加痛苦，所以我打算在病人出現強烈疼痛之前都先不談這件事，但其實很難精準掌握該在什麼時候談。如果一直不談，到時候強烈的病痛會導致思考能力衰退，也可能出現名為譫妄現象的意識障礙，到時候就很難確認病人本身的意志。」

亞矢子用力吐了一口氣。

「我瞭解了，那我該怎麼辦？」

「我首先要向妳確認兩件事。第一件事，如果病人希望使用鎮靜劑，妳是否同意。」

「需要我的同意嗎？」

「雖然不需要，但我想瞭解家屬的意願。」

「這樣啊，我爸爸只有我一個親人，我希望尊重我爸爸的意願。」

「我瞭解了。第二件事，就是在使用鎮靜劑時，妳要在場嗎？如果妳希望在場，我們會盡最大的努力等妳。」

「盡最大的努力？」

「因為既然考慮使用鎮靜劑，就代表病人已經相當痛苦。當病人希望使用鎮靜劑時，我們當然希望能夠馬上使用，但如果家屬希望在場，就無法立刻執行。在家屬抵達之前，我們會盡最大的努力，盡可能緩和病人的痛苦。我只是想和妳確認，這樣沒問題嗎？」

亞矢子聽了戶田的說明後瞭解了情況。自己並不是二十四小時陪在父親身邊，相反地，自己大部分時間都不在醫院。

從「辰芳」到這裡，最快二十分鐘就可以趕到，但想到父親必須在這段期間忍受劇痛，就覺得時間並不短。

亞矢子緩緩搖頭說：

「我不需要在場，請你在最短時間讓我爸爸解脫。」

「並不是讓他解脫，而是消除痛苦。」戶田說。他可能很不希望和安樂死混為一談，「那我會在確認妳父親意見的基礎上，判斷使用鎮靜劑的時機。」

「拜託了，其他還有什麼我需要知道的嗎？」

「嗯，」戶田眨了眨眼睛，「我要再度重申，一旦使用鎮靜劑，很可能意識再也無法恢復，所以請妳做好可能無法再和妳父親交談的心理準備。也就是說，如果要道別的話，就要在此之前道別。」

「啊啊！」亞矢子忍不住叫了一聲，「對喔……」

「如果妳有話要對妳父親說，或是有要見最後一面的人，最好盡快安排。」戶田的身體微微前傾，看著亞矢子的臉。

「我知道了。」亞矢子回答的聲音有點沙啞。她感到口乾舌燥。

走出面談室，和戶田道別後，亞矢子走向父親的病房。走在走廊上時，回想著戶田的話。戶田剛才這番話足以讓她真實感受到離別的時刻步步逼近。

不一會兒，她來到父親的病房前。她漸漸走向拉門時豎耳細聽，卻沒有聽到任何聲音。亞矢子暗自鬆了一口氣。因為上次來的時候聽到病房內傳來很大的呻吟聲，讓她心情很沉重。

她敲門之後打開了滑門。

病房內有一張病床，父親真次躺在病床上。原本以為他睡著了，但發現他空洞渙散的雙眼看著天花板。

真次的臉緩緩轉向亞矢子的方向，動作好像機器人一樣。他微微張著嘴，似乎發出了什麼聲音。

亞矢子露出笑容，走向病床。「今天還好嗎？」

真次的嘴巴動了動，亞矢子把臉湊了過去。

沒有力氣——她聽到真次這麼說。「兩條腿沒有力氣。」

「要不要請護理師過來？」

亞矢子問，但真次皺著眉，微微搖了搖頭。以前健康時體格很壯碩，脖子也很粗，現在瘦得完全變樣。他的臉色看起來很差，據說是肝功能衰退的關係，父親滿身茶色皺皮的樣子讓她聯想到枯樹。

半年前，發現父親罹患了肺癌，而且醫生診斷已經是末期，手術和化學療法都沒有意義。父親一直發出奇怪的咳嗽聲，之前就有點在意，但完全沒有想到這麼嚴重。不光是父親本身，亞矢子得知消息時也很震驚。

不久之後，真次的身體到處都出現不適症狀，證明並非醫生的誤診。每次去醫院看診，就會發現癌細胞又轉移到新的器官。

父親上個星期才轉入安寧病房，醫生也從原本的主治醫生變成了戶田。戶田原本是外科醫生，目前主要負責安寧病房。

真次又在說什麼，亞矢子把耳朵湊到他的嘴邊，聽到他說：「妳回去吧。」雖然已經病入膏肓，但父親的腦筋還很清楚。他似乎認為老鋪旅館的女主人不該離開工作崗位。

「爸爸，」亞矢子大聲問，「你真的不打算回家嗎？」

真次沒有回答，只是皺了皺眉頭，表示不必再談這個話題。

在轉入安寧病房之前，醫院方面曾經提議可以居家護理，亞矢子也打算這麼做，但真次斷然拒絕。雖然他說如果旁邊沒有護士鈴就無法安心睡覺，但亞矢子猜想這並非他的真心。他是不想給家人，也就是獨生女亞矢子添麻煩。因為他比任何人更清楚，在家照顧重症病人有多麼辛苦。

亞矢子六歲時，母親正美出了車禍，腦部嚴重損傷。雖然活了下來，但留下了嚴重的後遺症。下半身無法活動，記憶力、認知能力和言語能力極度衰退。記憶力的問題最嚴重，有時候甚至不知道自己是誰。亞矢子至今仍然無法忘記在醫院見到正美時的衝擊，她覺得媽媽已經不再是媽媽，因為正美連長相都變了。

當時，外祖父母都還健在，活力充沛地經營旅館。正美是他們的獨生女，原本由她繼承家業，真次是入贅丈夫，當時一個人去東京學廚藝，打算日後回來旅館當主廚。

這場車禍打亂了所有的計畫，真次辭職回到了金澤，提前在旅館的廚房工作。但他的工作並非僅此而已，還必須扛起照顧正美的重責大任。雖然外祖父母也會協助，但主要都是由真次照顧，所以把正美的房間移到了離廚房比較近的地方。

餵食三餐、協助排泄、擦拭身體——真次每天都默默做這些事，亞矢子從來沒有聽過他抱怨或是訴苦，而且他也悉心照顧女兒。亞矢子從進小學到中學畢業為止，每天都帶著父親親手為她做的便當上學。

真次照顧了正美十幾年，到了最後階段，正美的反應遲鈍，也無法進食。母親最後好像沉睡般長眠時，已經讀高中的亞矢子不得不承認，在撫摸著母親消瘦的臉頰時，內心鬆了一口氣。這下子大家都輕鬆了。

不知道是否因為送走正美之後放下了擔子，也可能失去了動力，幾年之後，外祖父和外祖母相繼離去，由真次繼承了料亭旅館「辰芳」。

光陰荏苒，二十年過去了，如今亞矢子是旅館的女主人。因為每天忙於工作錯過了適婚年齡，原本希望四十歲生日時可以有丈夫和兒女和自己一起慶祝，沒想到仍然單身。

亞矢子發現真次閉上了眼睛。父親能夠睡著代表目前並沒有受到病痛折磨，既然這樣，就讓他好好休息。她為父親蓋好被子，躡手躡腳地離開病房，以免把父親吵醒。

離開醫院，走向計程車招呼站時，手機響了。是脇坂打來的電話。

「喂？」亞矢子接起了電話。

「發生了什麼狀況？」脇坂劈頭就問。

「喔，不，不是什麼緊急的事，是關於我爸爸。」

「我也猜到了。他的情況怎麼樣？」

「目前還算穩定，但醫生說，即將進入下一個階段了。」

亞矢子簡短說明了戶田告訴她的情況。

脇坂從外祖父母那一代開始就是旅館的顧問律師，他和真次年齡相仿，兩個人的交情也不錯，以前經常一起去打高爾夫球。

脇坂之前曾經對亞矢子說：「有一件事，要趁真次意識清醒時告訴妳，如果他死期將近，希望妳通知我。」所以亞矢子剛才搭計程車去醫院的路上打電話去他的事務所。

「既然這樣，那也許該告訴妳了。妳等一下可以來我的事務所一趟嗎？」

「沒問題，旅館那裡我已經交代副總經理了。」

「那在妳來之前，我會做好準備。」

「那就一會兒見。」亞矢子說完，掛上了電話。

她搭上計程車前往位在金澤市大手町的脇坂法律事務所，坐在後車座時，忍不住嘆著氣。繼醫生之後，律師也有重大的事要告訴自己。脇坂剛才說「在妳來之前，我會做好準備」，他到底要準備什麼？

不一會兒，計程車就來到胭脂色的五層樓大樓前。律師事務所位在二樓。亞矢子沒有搭電梯，從旁邊的樓梯走上樓。

她向櫃檯的小姐報上名字後，對方立刻為她帶路。走廊兩側有好幾間諮商室，她們經過諮商室，繼續往裡面走。走廊深處有一道別致的門，櫃檯小姐敲了敲門，裡面傳來脇坂的聲音。

「請進。」

「芳原小姐到了。」

「請她進來。」

亞矢子在櫃檯小姐的示意下打開門，走了進去。原本坐在豪華黑檀木辦公桌前的脇坂站了起來。

「不好意思，還讓妳特地來一趟。」脇坂說完，拿了一個很大的資料夾走向沙發。沙發和茶几一看就知道是高級貨。

脇坂在沙發上坐了下來，也示意亞矢子坐下。亞矢子說了聲「失禮了」，然後坐了下來。

「妳爸爸的情況不是很樂觀吧。」

「是啊，但我已經有了心理準備。」

「他比我大一歲，所以今年七十七歲。嗯，」脇坂皺起眉頭，「果然太早了，真希望真次可以活得久一點，以後不能再和他一起喝酒，也不能打高爾夫了，太難過了。」

「謝謝你這些年來的照顧，我爸爸也很感謝你，請你有時間去看看爸爸，他一定很高興。」

「我也打算這麼做，更何況他剩下的時間也不多了。」脇坂露出凝重的表情。

「對。」亞矢子也認真看著他。

「所以，」脇坂在胸前合起雙手，「我要和妳談的事不是別的，就是關於遺囑的事。」

「遺囑？」亞矢子忍不住皺起眉頭，「我爸爸立了遺囑？」

「對，當然是正式的遺囑。」脇坂打開放在一旁的資料夾，從裡面拿出一個很大的信封放在亞矢子面前。信封用膠水黏住了，上面用毛筆寫著「遺囑」兩個字。一看就知道是真次的筆跡。

原來這就是脇坂準備的東西。

「真次在發現自己罹患了癌症，而且已經是末期時，和我討論要預立遺囑的事。我建議他去公證處辦理公證遺囑，避免日後發生紛爭。公證人會記錄立遺囑人的意旨作成遺囑，是法律上承認的正式遺囑。這份遺囑就是這樣完成的。」

「原來是這樣，我完全不知道。」

「雖然他得知自己來日不多受到了很大的打擊，但當他從打擊中站起來後，開始關心活著的人。妳爸爸就是這種充滿俠義精神的人。」

亞矢子強忍著淚水點了點頭，再度看著桌上的信封。

「你說要和我談重要的事，原來就是這件事。」

「不，」脇坂說，「我接下來才要說這件重要的事。關於這份遺囑的內容，我有話要告訴妳。」

「啊？」亞矢子看著年邁律師的臉，「內容？」

「其實我知道遺囑的內容。」

亞矢子瞪大了眼睛問：「是這樣嗎？」

「我剛才也說了，這份遺囑在公證處製作完成，公證時，除了本人以外，還必須有兩名見證人，我和我認識的一位工作內容相當於事務律師的行政書士，擔任了這份遺囑的見證人。因為當時我們也必須在場，所以聽到了內容，當然我們不可能洩露所聽到的內容。」

亞矢子看了看放在桌上的遺囑，又看了看脇坂溫厚的臉，完全猜不透他想要說什麼。

「這份遺囑，」脇坂拿起了信封，「今天就交給妳。」

「我嗎？為什麼？」

「因為我認為妳可以自由處理。如果妳打算在真次去世之前好好保管，等到那一天之後再打開來看也沒問題。或是──」他停頓了一下，看著亞矢子的眼睛繼續說了下去，「如果妳希望在妳爸爸去世之前瞭解他的想法，趁現在做力所能及的事，也可以提早瞭解遺囑的內容。」

「我爸爸去世之前，我就可以看遺囑嗎？我記得之前曾經聽說不可以這樣。」

「如果是當事人自己寫的自書遺囑當然不行，即使在去世之後，在打開之前，也要先交給法院，這是為預防篡改遺囑內容，但如果是在公證處預立的遺囑，就不受這個限制。這只是影本，正本由公證處保管，也就是說，不必擔心遺囑內容遭到篡改。」

「原來是這樣。」亞矢子恍然大悟。

「妳收下吧。」脇坂遞上信封，亞矢子看著「遺囑」這兩個字，接過了信封。

她思考著脇坂剛才那番話的意思。他知道遺囑的內容，而且提到「在爸爸去世之前瞭解他的想法」，這句話是什麼意思？

「律師，」亞矢子注視著年邁律師的眼睛說，「你認為我在爸爸去世之前看一下比較好嗎？遺囑上寫了這樣的內容嗎？」

「很抱歉，我無法回答妳這個問題。因為我無法保證，妳看了之後不會後悔，我只能說，不管看或不看都是妳的自由。」脇坂說完，放鬆了臉上的表情聳了聳肩，「我很狡猾，因為不想負起責任，所以完全交給妳自行判斷。」

「不，我不這麼認為。你只是基於律師的立場，不能建議我現在看，但其實你內心認為我應該看，對不對？」

脇坂聽了亞矢子的問題露出了苦笑，用指尖抓了抓鼻翼。「如何想像是妳的自由。」

「我瞭解了，可以借我剪刀嗎？」

「剪刀？」

「對，我要在這裡打開，然後確認遺囑的內容。」亞矢子好像在宣示般說道。

脇坂驚訝地挺直了身體，挑起眉毛問：「妳是認真的嗎？」

「不行嗎？你剛好也在場，這樣很好。」

「我有言在先，我只是見證人，完全沒有涉及遺囑的內容。即使妳問我真次有什麼意圖，我也無法回答。」

「我瞭解了，沒問題。」

脇坂無奈地嘆了一口氣後站了起來，從黑檀木辦公桌的抽屜中拿出剪刀走回來。「妳還是老樣子。」

「你是說我個性很好強嗎？其實剛好相反，我很懦弱，所以希望有人在旁邊陪著。」

亞矢子接過剪刀後深呼吸。她很想知道真次面臨死亡時，到底想要寫下什麼。也許還有可以為父親做的事，至少脇坂這麼認為，才決定把這份遺囑交給自己。

她用剪刀的刀刃小心翼翼地剪下信封的邊緣。

裡面有一個小一號的信封，信封上印著公證書幾個字，下方蓋著謄本的印章。這個信封沒有密封，裡面是釘在一起的幾頁文件，第一頁上鄭重地寫著公證遺囑幾個字。

「感覺很誇張啊。」

「因為收費不便宜，當然不能看起來很廉價。」脇坂開玩笑說，他可能察覺到亞矢子很緊張。

亞矢子又深呼吸了一次之後，翻開了第一頁。

上面密密麻麻地排列著印刷的文字。最先出現了「本公證人受立遺囑人芳原真次之委託，在見證人脇坂明夫、見證人山本一郎見證之下，記錄以下口述之遺囑意旨，作成本遺囑」的內容，接下來的「遺囑意旨」之後，才是遺囑的內容。

首先是關於繼承的內容。亞矢子原本以為父親會指定自己意料之外的人成為繼承人，但並沒有發生這種情況，遺囑上寫著「以下財產都由立遺囑人的長女芳原亞矢子繼承」，接著列舉的不動產和存款等動產的內容，正是亞矢子所知道真次名下的所有財產。

之後的內容主要是關於「辰芳」的經營問題，「聘請努力鑽研，具精湛廚藝之廚師，避免料理味道退步，以維持辰芳之聲譽」這句話，可以感受到真次擔任主廚多年，掌管廚房大小事的尊嚴。

亞矢子看了遺囑後，發現並沒有寫什麼特別的內容，但看到最後一頁所寫的一段話，忍不住倒吸了一口氣。因為那段內容太出乎意料，她一時以為自己看錯了。但看了好幾次之後，瞭解到那段內容代表了一件事。

亞矢子抬起頭，和脇坂四目相對。

「律師，原來你希望我看到這段內容。」

「我剛才不是說了很多次嗎？」脇坂開了口，「我無法回答妳這個問題。」

亞矢子調整了呼吸，再度看著遺囑。

松宮脩平——

這個人到底是誰？

2

一踏進這家店，看到深棕色的地板，立刻想起了小學的老舊教室。小時候曾經在教室內把課桌椅都挪去角落，用粉筆在地上畫了相撲的土俵，和同學一起比賽相撲，只不過他有點忘了那間教室的地板顏色有沒有這麼深。

從外面觀察時，發現三扇看起來像是漢字中「田」字的窗戶都關了起來，窗戶內拉著格子圖案的窗簾。配合窗前的位置放了四人座的桌椅，都是和地板相同的深棕色，桌上放著木製菜單架。

「這家店的氣氛很溫馨。」松宮脩平打量著吧檯說道，上面掛著一塊黑板寫著「本日推薦蛋糕組合」。

「聽說去年滿十週年，」站在松宮身旁的年輕刑警長谷部說，「而且從開店之後，包括內部裝潢在內，店裡的氣氛完全沒變。」

「不知道生意好不好？」

「聽附近的鄰居說，這家店的生意還不錯，大部分都是女性客人。」

「我想也是。」

松宮用鼻子用力吸了一口氣，水泥牆壁包圍的空間似乎吸收了香甜的氣味。

他又向內走了一步，再度低頭看著地板。地板上已經看不到鑑識小組勘驗的痕跡。

松宮拿出警視廳發的手機，找出了已經公布的影像。那段影片拍攝了一名女性趴倒在地的情況。

女人穿著白色長褲和淺藍色針織衫，但背後已經染成一片黑色。因為背上插了一把刀，流了大量的血。

今天上午十一點左右，警方接獲報案，一名女性在目黑區自由之丘的一家咖啡店遭到殺害。附近派出所的員警立刻趕到現場，確認並非誤報之後，馬上保存了現場。報案者等在派出所內。

驗屍官很快就抵達現場，判斷已經死亡超過十二個小時。刀子刺進心臟，研判死者當場死亡。雖然沒有其他明顯的傷痕，但顯然是他殺事件。

警視廳刑事部的幹部立刻做出判斷，在轄區分局內成立了特別搜查總部。搜查一課派松宮和長谷部所屬的那一股前來支援。

發現屍體的四個小時後，召開了第一次偵查會議。說明事件概要之後分配了工作，松宮負責調查被害人的交友關係。

松宮接獲指示後，覺得自己抽到了上籤。

根據參加第一波調查的刑警報告，店內的桌椅只有小幅度的凌亂，並沒有打鬥的痕跡，手提金庫內的錢也在，也就是說，為錢財犯案的可能性很低。死者的衣服整齊，顯示犯案目的並非強暴。命案發生在咖啡店打烊之後的可能性相當高，死者不可能讓陌生人進入店內。

仇殺、金錢糾紛、感情糾紛——雖然各種動機都有可能，但松宮認為幾乎可以確定是熟人犯案。果真如此的話，負責調查被害人交友關係的自己查出凶手的可能性就相當高，所以他覺得自己抽到了上籤。

松宮這次和轄區分局的長谷部搭檔，二十多歲的長谷部是刑事課的巡查，瘦高個子，感覺很勤快，松宮暗自慶幸這次的搭檔不是對任何事都想要發表一番意見的資深刑警。

他們相互打了招呼後，一起離開了搜查總部。雖然要去向相關人員瞭解情況，但他們認為在此之前，應該先來看一下現場，所以來到這裡。

松宮把手機放回口袋，對著陳屍的位置合掌，在內心默默地說：我一定會逮到凶手。

被害人名叫花塚彌生，今年五十一歲，是這家咖啡店的老闆，「彌生茶屋」的店名似乎是根據自己的名字所取。她曾經結過婚，但目前離婚獨居，沒有孩子。她是栃木縣宇都宮人，目前她的父母仍然住在那裡。年邁的雙親接到警方聯絡後正趕來這裡。

這就是目前所掌握的有關被害人的所有情況，接下來由松宮和其他人詳細調查她生前的人際關係。

「那我們走吧。」

「好。」長谷部回答。松宮聽了他的回答，轉身準備離開時，再度看到了吧檯上的黑板。「本日推薦蛋糕組合」下面什麼都沒寫。

如果沒有發生這起命案，不知道今天推薦的蛋糕組合是什麼——松宮沒來由地想到這個問題。

接下來他們要向最後見到被害人，也就是報警的人，同時是發現屍體的人瞭解情況。

那個人住在東急大井町線九品佛車站走路十分鐘左右的地方，附近是規劃整齊的住宅區，這一帶有許多外形典雅的透天厝。貼了灰色磁磚的這棟房子也很出色，絲毫不比周圍其他房子遜色。庭院內的花草樹木都照顧得很好，車庫內停了兩輛車。

松宮確認門牌上雕刻的「富田」的姓氏後，按了對講機的門鈴。不一會兒，就聽到一個女人的聲音回答：「喂？」

「我是剛才打電話到府上的松宮。」

「請進，請直接進來。」

門鎖嘎答一聲打開了。

松宮推開庭院的門走了進去。長谷部跟在他身後走進來後，關上了庭院的門。

兩個人走到玄關時，門剛好打開了，一個身穿開襟衫的嬌小女人出現在門口，年紀大約四十多歲。

「請問是富田淳子女士嗎？」松宮問。

「是。」

松宮鞠了一躬說：「不好意思，多次打擾妳。」

「別這麼說。」雖然富田淳子這麼回答，但內心一定不平靜。幾個小時前，她在轄區警局時，刑警應該已經問了她許多問題。

富田淳子帶他們走進可以看到庭院的寬敞客廳，三人沙發和兩人沙發呈L形放在大理石的茶几旁，松宮和長谷部一起坐在三人沙發上。

「心情有沒有稍微平靜一些了？」松宮問她。

「總算……但腦袋還是很昏沉，難以相信那是現實。」富田淳子摸著太陽穴，她的臉色很蒼白。

「請問妳常去那家店——『彌生茶屋』嗎？」

「對，每個星期會去一兩次，所以應該算常去。」

「每次都一個人嗎？」

「不，通常都和朋友一起。」

「哪些朋友？」
「我兒子讀小學時認識的同學媽媽，後來變成朋友。」
似乎就是所謂的媽媽友。
「其他媽媽平時也常去那家店嗎？」
「我想應該是，因為那家店的蛋糕很好吃。」
松宮咳了一下，笑著問富田淳子：
「如果方便告訴我們那幾位媽媽的姓名和聯絡方式，我們將感恩不盡。」
「啊？所有人嗎？」富田淳子露出困惑的表情。
「為了盡快破案，希望能夠盡可能向更多人瞭解情況，當然，我們會努力避免造成各位的困擾。」
松宮看到富田淳子露出猶豫的表情，雙手放在腿上，鞠躬說：「拜託了。」坐在他旁邊的長谷部也跟著鞠躬。
他聽到富田淳子用力嘆氣的聲音，「好吧，但請你們在使用資料時務必謹慎。」
「我們會非常小心。謝謝妳。」他用力說道。
富田淳子有四名媽媽友，松宮在抄下她們的姓名和聯絡方式後問：「妳今天原本也打算和她們見面嗎？」

「今天只和其中一個人見面，是在同一個瑜伽教室練瑜伽的由香里，我們約在中午十一點見面。」

原來家庭主婦每天的生活就是上瑜伽課、喝咖啡，松宮覺得千萬不能讓雙薪家庭中那些努力工作的女人聽到。

「妳到咖啡店的時候是幾點？」

「快十一點的時候。」

「當時店裡的情況怎麼樣？」

「門口掛著『CLOSED』的牌子，我覺得很奇怪。因為平時上午九點就開始營業了，也不是公休的日子。」

「那家店的公休是？」

「星期一。」

「妳覺得奇怪之後做了什麼？」

富田淳子痛苦地皺起眉頭問：「又要再說一次嗎？」

「對不起。」松宮向她鞠了一躬，「我們也很不忍心，但當不同的人發問時，妳可能會想起之前忘記的事，或是出現新的證詞，請妳務必諒解。」

富田淳子愁容滿面地嘆了一口氣。

「我覺得很奇怪，於是就試著拉了一下店門，結果發現門沒有鎖，一下子就拉開了，所以我猜想可能馬上就開始營業了，往店裡面一看——」不知道是否回想起當時的情景，她一臉凝重的表情，緩緩眨了眨眼睛後，才繼續說下去，「看到有一個人倒在地上。我驚訝地跑過去一看，發現那個人背上有一灘很大的污漬……然後發現那是血……我就愣在原地，動彈不得了。」

「然後就報警了嗎？」

富田淳子微微搖了搖頭。

「我並沒有馬上想到要打電話給警察，當時腦袋一片空白，不知道該怎麼辦，嚇得渾身發抖，甚至沒辦法發出叫聲。後來由香里來了，問我發生了什麼事，我就告訴了她。不，我根本沒辦法說清楚，就指著店裡。由香里看到店裡的情況，驚慌失措地叫著『一一〇、一一〇』，我這才想到要報警。然後警察就來了，我們兩個人在店門口牽著手。」

松宮聽完她富有臨場感的說明後點了點頭，和負責第一波偵查的刑警報告的內容完全一致。

「妳受驚了，謝謝妳馬上報警。」

接下來的問題不是針對發現屍體者發問，而是要瞭解她和被害人之間的關係。

「請問妳每個星期會去一兩次，應該算是常客，所以妳和老闆花塚彌生女士是不是私交也不錯？」
「我不知道算不算私交不錯，但如果沒有其他客人時，她也會加入和我們聊天。」
「最近一次是什麼時候？」
富田淳子偏著頭，摸著臉頰說：「我記得是上個星期……應該是星期二。」
「妳還記得妳們聊了什麼嗎？」
「應該不是什麼重要的事，類似最近去的哪家餐廳很好吃之類的，因為我們通常都聊這些話題。」
「花塚女士當時有沒有什麼和平時不一樣的舉動？」
「不一樣的舉動？」
「任何事都沒有關係，比方說看起來無精打采，或是好像有什麼心事之類的。」
「沒有。」富田淳子回答，「完全沒有這種事，她很開朗，而且最近感覺比之前更活潑了。」
「比之前更活潑？請問有什麼原因嗎？」
「這我就不知道了，只是我有這樣的感覺。對不起，可能是我的錯覺，總之，並不會覺得她無精打采。」
「是嗎？」

松宮覺得也許該改變問題的方向。

「去那家咖啡店的都是怎樣的客人？」

「大部分都是女人，有些看起來像太太，或是粉領族，有好幾個人經常看到，但我不知道她們的名字。即使是第一次上門的客人，彌生姊都會親切地向客人介紹推薦的蛋糕和飲料，所以大家都想一去再去。」

從她叫被害人「彌生姊」這一點，也可以感受到那家店的溫馨。

「她曾經說，她很珍惜緣分，和各種不同的人之間的緣分可以豐富人生。她還說，雖然離了婚，但和前夫之間的緣分也是寶貴的財產，所以她並不後悔當初結婚。」

「是喔，緣分嗎？」

「她對懷孕的客人說，很快就會有美好的緣分了，真令人期待。她覺得嬰兒出生後見到媽媽，是人生最初的緣分。」

「原來如此。」

松宮認為這件事令人印象深刻，難怪店裡有這麼多老主顧，於是記了下來。

「有沒有男性客人？」

「偶爾會見到，像是住在附近的老人之類的。」

「有沒有令人在意的客人？像是喝醉酒糾纏花塚女士，或是眼神不對勁的客人。」

松宮還沒問完，富田淳子就把手放在胸前搖了起來。

「那家店沒有這種客人，而且店裡不賣酒，店裡的客人都很有氣質。啊，我並不是說自己也是……」

「我知道，謝謝妳。」松宮露出苦笑，「請問妳知不知道有誰和花塚女士關係特別密切？像是朋友或是男朋友之類的。」

「不知道，」她偏著頭，「她很少聊自己的事，因為我們知道她單身，所以也不會問她。」

「是嗎？那最後想請教一下，妳對這起事件有什麼想法？」

富田淳子聽了松宮的問題，微微睜大了眼睛，然後用力吸了一口氣說：

「我覺得太過分了。雖然我想應該是強盜殺人，但偏偏鎖定那家店，太過分了，真是世風日下。」

「妳為什麼會認為是強盜殺人？」

「因為不可能有人憎恨或是怨恨彌生姊，很少看到像她這麼善良的人，她很親切，也很善解人意……所以一定是腦筋有問題的人為了錢財行凶，絕對是這樣。」她握緊雙手，加重語氣斷言道。

松宮並沒有告訴她，現場並沒有物色錢財的痕跡，只對她說：「妳的意見很有參考價值，今天感謝妳的協助。」然後向長谷部使了一個眼色後站了起來。

離開富田淳子家後，松宮和長谷部一起去她的「媽媽友」那裡瞭解情況。因為她們的兒女是小學同學，所以很慶幸那些人都住在這附近。

富田淳子似乎已經通知她們「刑警可能會去找妳們」，所以沒有人對刑警上門感到莫名其妙，而且她們都已經知道花塚彌生遇害的事，反過來問了松宮他們很多問題，想要瞭解情況。她為什麼會被人殺害？誰殺了她？目前有線索了嗎？無論松宮怎麼向她們說明，目前才剛開始偵查，她們仍然不肯罷休，簡直傷透腦筋。

在向她們問話之後漸漸瞭解到，她們並非只是出於好奇心，她們發自內心為花塚彌生的死感到難過，也對凶手感到憤慨。

每個人都說，沒有見過像她那麼善良的人。她會記住常客的生日，如果那位客人在生日當天上門，就會贈送蛋糕；她還為視障的客人親手製作點字的菜單，為有過敏的孩子製作特別的蛋糕，花塚彌生的樂善不倦似乎根本說不完。

向所有人瞭解完情況時已經天黑了，松宮和長谷部走進了咖啡店，打算在回特搜總部之前，先整理一下打聽到的內容。

「大家說的話都一樣。」長谷部看著自己的記事本說道。

「是啊，沒有人說被害人的壞話。」松宮喝著咖啡，聳了聳肩。

「問題在於動機，即使是大好人，也沒有人能夠保證絕對不會慘遭殺害。凶手應該是基於莫名其妙的動機，衝動地行凶殺人吧？」

「姑且不論是不是莫名其妙，從當時的狀況研判，計畫犯案的可能性應該很低。」

成為凶器的那把刀子刀刃超過二十公分，而且刀子很尖。乍聽之下會覺得是很危險的武器，但其實是用來切戚風蛋糕的刀子，目前認為是店內的常備品。事實上在命案現場吧檯後方的流理台上，放著洗好的戚風蛋糕模型。

凶手在衝動之下產生了殺機，拿起放在流理台上的刀子，從背後刺向被害人。這樣的推論似乎比較合理。

刀柄上並沒有發現指紋。鑑識小組發現有用布擦過的痕跡。凶手雖然情緒失控，從背後刺殺了被害人，但在發現花塚彌生死了之後，突然心生害怕，勉強恢復了能夠想到該擦掉指紋的冷靜嗎？

「既然大家都說她不可能遭人怨恨和憎恨，所以果然是金錢糾紛嗎？」長谷部很沒有自信地問。

「也許吧。既然她能夠優雅地經營咖啡店，所以搞不好存了不少錢，然後私下放高利貸。有人要求展延還款期限遭拒，一時情緒失控行凶殺人。」

「喔喔，」長谷部瞪大了眼睛，「所以咖啡店善良的女老闆，其實是嗜錢如命的守財奴嗎？如果是小說的話，應該很有意思。」

「被害人因為做生意的關係，很可能表裡不一，也許有不為常客所知的一面。從這個角度來說，除了金錢糾紛以外，也不能完全排除仇殺和情殺的可能性，接下來才要仔細查清楚。」松宮說完，把咖啡一飲而盡。

他正準備站起來時，手機響了。

他從內側口袋拿出手機，螢幕上顯示了房屋仲介公司的名字，而且並不是松宮目前租屋處的房仲，而是兩年前承租房子的那家房屋仲介。

松宮納悶地接起了電話，「喂？」

「啊，呃，」對方的男子報上了房屋仲介公司的名字，然後自我介紹說他姓山田，「請問是松宮先生的手機嗎？」

「對，我就是松宮。」

「啊，太好了。你之前向我們承租房子，萬分感謝。」

「喔……」

「不好意思，在你百忙之中打擾，請問現在方便說話嗎？」

「可以啊，有什麼事嗎？」

該不會隔了這麼久，再來向自己要求追加修繕費用吧？

「不知道你是否認識一位姓芳原的女性？」山田的問題完全出乎他的意料。

「芳原？她的名字是什麼？」

「她叫亞矢子。」

「芳原亞矢子……」松宮重複了這個名字，但完全不知道是誰。他這麼回答後，山田自言自語地嘀咕說：「是這樣啊，那真是傷腦筋。」

「那個女人怎麼了嗎？」

「那個女人白天來我們公司，問我們是否可以把你目前的聯絡方式告訴她。」

「啊？我的聯絡方式？」松宮忍不住皺起眉頭。

「她似乎去了你以前住的地方，得知你已經搬走了，所以找到我們公司。我當然很客氣地告訴她，我們無法回應這種要求，但她似乎不願放棄，留下自己的名片，請我們轉交給你，然後轉告你，她希望你和她聯絡，還說有緊急的事要和你討論。」

「討論？」

「她看起來不像壞人，而且再三懇求，我不好意思拒絕，所以就回答說，等我有空的時候會試著幫忙聯絡。但我知道你因為工作的關係隨時都很忙，不知道該怎麼辦，但也不能言而無信，所以就決定打電話給你。」

「原來是這樣。」聽了山田的說明後，終於瞭解了目前的狀況，「那位芳原小姐有沒有說自己是誰？」

「她並沒有詳細說明，但看她的名片，似乎經營一家旅館。」

「旅館？」

越來越匪夷所思了。松宮用空著的手抓了抓頭。

「地點在哪裡？」

「在金澤。」

「金澤？石川縣的金澤？」

「當然啊。」聽山田的語氣，似乎很想反問他，除了石川縣的金澤以外，還有哪裡有這個地名？

松宮低吟了一聲。這個地名和他至今為止的人生完全沒有任何交集，他甚至沒有去過金澤。

「所以要不要我把她的名片寄給你？上面也有她的手機號碼。」

「那可以請你拍照後，用電子郵件傳給我嗎？」

「啊，好主意，可以請你把郵件信箱告訴我嗎？」

松宮說了自己的電子郵件信箱後，山田說：「我馬上傳給你。」然後又說：「啊，對了，她還說，如果你太忙的話，也可以請令堂克子女士打電話給她。」

「我媽？克子的名字是你告訴她的嗎？」

「不是不是，對方知道這個名字，我不可能告訴她。」

所以這個叫芳原亞矢子的女人是克子的朋友嗎？松宮不記得曾經聽母親提過這個名字。

「那我就用電子郵件寄給你。」山田說。

「喔，好，那就拜託你了。」

松宮掛上電話，忍不住偏著頭感到納悶。

「怎麼了？」長谷部問他。

「不，沒事，是私事，我們走吧。」

走出咖啡店，攔了一輛計程車。坐上後車座，剛繫好安全帶，就收到了電子郵件。是山田寄來的。

電子郵件的主旨是「我是山田」，沒有內文，只附加了檔案。打開一看，是拍了名片的照片。

名片上印著毛筆字體寫的旅館「辰芳」的名字，旁邊寫著「女主人　芳原亞矢子」，地址位在石川縣金澤市的十間町。

松宮注視著手機螢幕，百思不得其解。

3

轄區分局位在目黑路上。一走進分局，他立刻對長谷部說：「我去報告就好」，然後獨自走向特搜總部所在的大禮堂。這名轄區的年輕刑警明天會很忙，所以至少讓他今晚早點回家。

一走進門口掛著「自由之丘咖啡店店主殺害事件特別搜查總部」牌子的大禮堂，發現很多偵查員都在。有人在寫報告，有人在小組討論。松宮看向中央有好幾張桌子併在一起的指揮席，松宮他們的上司——今天必須報告的人物正坐在椅子上看著筆電。他並沒有在打字，可能在確認什麼資料。

松宮從斜後方走了過去，對著他寬闊的背影叫了一聲：「我們回來了。」

「聽你的聲音，似乎不能抱太大的期待。」加賀恭一郎說著，把椅子轉了過來。雖然他的嘴角帶著笑容，但深深的眼窩深處露出了銳利的眼神。

松宮嘆了一口氣，微微點頭後拿出記事本。「很遺憾，你說對了。我們問了發現屍體的人，和她認識的四名常客，但沒有問到任何有可能成為線索的事。」

「我想也是，如果是死有餘辜的人經營的咖啡店，根本不可能有常客。被害人花塚彌生一定是大家崇拜、喜歡的人，怎麼樣？我是不是猜對了？」

松宮挑了挑眉毛問：「有人也打聽到相同的消息嗎？」

加賀從桌上拿起一份報告。

「花塚每個星期都會在上野毛的家中開烘焙課，有人去查訪了烘焙課的學生後回來報告。根據這份報告，花塚上課很親切仔細，善解人意、體貼他人，而且收費也很公道。」加賀唸完之後，抬頭看著松宮說：「完全沒有人說她的壞話。」

「我這裡的情況也一樣，大家都異口同聲地說，很難相信這麼善良的人竟然會遇害，也難以想像竟然有人怨恨她。」松宮站在那裡抱著雙臂說。

「你坐下吧，在外面跑了一天，應該很累吧。接下來還有很長一段路，不要累壞了自己。」加賀用下巴指了指旁邊的椅子說。

「謝謝，那我就不客氣了。」松宮說完，把旁邊的椅子拉了過來。

「不必這麼拘謹，現在根本沒有人在聽我們說話。」

松宮打量四周，其他人都在忙各自的事。

他們是表兄弟，但之前約定，如果有第三者在場，說話時就要格外小心。

加賀在三年前來到松宮所在的股，之前在日本橋分局，那時候他們曾經在辦案時合作過一次。加賀以前也曾經在搜查一課，三年前的人事異動是調回原部門。雖然聽說這樣的人事異動在各方面都算是例外，但松宮也不太瞭解詳細的情況。

「我認為必須尋找其他突破口。」松宮坐下時說道，「也許被害人除了咖啡店老闆和烘焙教室的老師以外，還有另外一面。」

「當然，每個人都有好幾張不同的面孔，何況活了五十多年，就更不用說了。」加賀再度低頭看著手上的報告說：「姓名，花塚彌生，出生地，栃木縣宇都宮市，從當地的高中畢業後，在讀大學時來到東京，畢業後在大型傢俱銷售公司任職。二十八歲時結婚離職，四十歲時離婚，之後在自由之丘開了咖啡店『彌生茶屋』。經營狀態良好，沒有債務，在上野毛租的公寓也從來沒有積欠房租的問題——以上就是被害人的簡歷，即使從這一小段文字中，也可以看到她各種不同的面貌。比方說，上面提到她的老家在栃木縣宇都宮市，她小時候是怎樣的少女呢？」加賀說到這裡，抬起頭說：「你們離開之後，花塚的父母趕到了，由我出面接待他們，也請他們確認了屍體的照片。」

松宮吸了一口氣，挺直身體問：「他們看起來怎麼樣？」

「她的父母八十歲左右，都說沒想到這個年紀會看到女兒的屍體，兩個人淚流不停。因為對父母來說，不管到了幾歲，女兒永遠是女兒，而且她又是獨生女。聽說她從小就很乖巧，到了東京之後也經常打電話回家關心父母的身體，也會寄各地的特產回家，只不過說到回家探親，最近這幾年每年只有一次而已。」

「他們對命案是否有什麼線索？」

「不可能期待他們有什麼線索。」加賀把手上的報告放回桌上，「雖然他們認識女兒學生時代的幾個朋友，但完全不瞭解她最近的人際關係。」

「嗯，我想也是。」

「但是，見到她的父母有很重要的意義。因為他們同意警方搜索花塚的房間，最重要的是，他們還同意我們調查手機的內容。目前已經著手調查，得知花塚加入了幾個社交軟體。」

「那真是太好了，如今社交軟體已經成為人際關係的寶庫了。」

「不要抱有太大的期待，」加賀指著松宮的胸口說，「社交軟體的問題沒這麼簡單，如果只是網友，根本稱不上是人際關係。事實上，根據到目前為止的調查，花塚主要的社交軟體主要都用來宣傳咖啡店，幾乎看不到私人的內容。雖然偶爾有和以前上班時的朋友和老同學互傳的訊息，但似乎並沒有發現頻繁見面的朋友。」

「所以只能期待電子郵件和通話紀錄嗎？」

「沒錯，目前正在調查和她互傳郵件和通話對象的身分，以及和花塚的關係，一旦查明之後，就會隨時派你們去調查。因為如果還沒有瞭解對方的身分之前就貿然上門，萬一對方是凶手，可能會打草驚蛇，甚至可能會逃走。」

「我知道，我會等你的指示，那我先走了。」

松宮說完，正準備起身，加賀抓住了他的右手臂說：「你等一下。」

「怎麼了？」

「我的話還沒說完，我剛才不是說，一旦查明之後，就會隨時派你們去調查嗎？」

「所以我說會等你的指示——」松宮說到這裡，停了下來，因為加賀露出了意味深長的笑容，「該不會已經查明了誰的身分吧？」

「已經查明了幾個人，比方說這個人。」

加賀把椅子轉了回去，俐落地操作了筆電之後，把螢幕轉向松宮。螢幕上出現了一個男人的大頭照、姓名、地址和出生日期，似乎是根據駕照取得的資料。

那個人叫綿貫哲彥，根據生日計算，今年五十五歲。地址在江東區豐洲。

「花塚的手機通話紀錄中出現了這個名字，她在一個星期之前打了這通電話，手機通訊錄上用全名存下了對方的手機號碼。通話時間是五分多鐘，並不算太長，但綿貫這個姓氏引起了注意。」

「為什麼？」

「你應該知道花塚曾經離婚吧？綿貫是她結婚期間的姓氏。」

「啊！」松宮叫了一聲，「所以那個人是她的前夫嗎？」

「你說對了。在確認花塚的戶籍之後，發現姓名無誤。搜尋駕照之後，找到了這個人的資料，應該就是他本人。」

「花塚離婚是在？」松宮打算翻開記事本。

「是她四十歲的時候，所以是十一年前。」

「她和這麼早之前離婚的前夫還有來往嗎？」

「問題就在這裡。調查通話紀錄後發現，至少過去一年期間，花塚並沒有打電話給對方，看手機的通話紀錄，對方也沒有打電話給她。既然這樣，為什麼現在打電話給早就離婚的前夫？」

「的確很令人在意。」松宮看著電腦螢幕。

「我問花塚的父母他們離婚的原因，她的父母似乎也不太清楚。聽到他們離婚的事雖然很驚訝，但離婚之前似乎並沒有太大的糾紛，而且雙方都年紀不小了，年邁的父母覺得不需要干涉，所以也就沒有多說什麼，也許就是這麼一回事吧。」

「但她最近又聯絡了對方，這件事無法忽略。」松宮打開記事本，把螢幕上顯示的內容抄了下來，「我們明天就去瞭解情況。」

「去找對方之前，盡可能多蒐集一些消息。向左鄰右舍打聽一下，也許可以知道綿貫的職業，還有為人處事之類的事。」

「不需要你提醒，這種事我也會去做。因為舅舅以前常說，不事先做好調查就直接上門的刑警最差勁。」

「對方可能再婚之後，有了新的家庭，所以在問話時要小心點。如果因為刑警上門來打聽前妻的事，導致原本美滿的夫妻關係出問題可就糗大了。」

「我當然知道，不要老是把我當菜鳥。」松宮露出不耐煩的表情，把記事本放進口袋後站了起來，「那就明天見。」

「喔，你回家當然沒問題，但小心別遲到了。明天一大早就要開會，你還沒適應一個人住的生活，別忘了沒有人叫你起床。」

「早就適應了，而且每次偵查會議時，我從來沒遲到過。」松宮回答之後，突然想到一件事，「對了，恭哥，你認識姓芳原的人嗎？」

「芳原？」加賀準備拿起桌上的資料。

「和事件沒有關係，是我的私事。」

「私事？」

加賀訝異地抬頭看著他，松宮簡單地向他說明了電話的內容。加賀是克子的侄子，松宮覺得他可能知道。

「芳原亞矢子？我沒聽過這個名字。」

「聽說在金澤經營一家旅館。」

松宮拿出手機，向加賀出示了那張名片的照片。

「『辰芳』嗎？不，我不認識這個人。」加賀難得露出困惑的表情，「你要不要問一下姑姑？」

「我會這麼做。」

「如果有進一步消息，記得告訴我，我也有興趣。」

「我猜想應該不是什麼大不了的事。那就明天見。」松宮微微揮了揮右手走向出口。

走出分局後，他坐上了計程車。他目前住在明大前車站附近，他向司機說了地點之後拿出了手機。

他在兩年前和母親克子一起住在高圓寺的公寓，目前母子並不住在一起，克子住在千葉的館山，和幾個朋友一起租了一棟老舊的民宅，每天在那裡種蔬菜。

松宮撥打電話後，電話馬上就接通了，電話中傳來克子開朗的聲音。

「喂？」

「是我，妳現在方便嗎？我想問妳一件事。」

「沒問題啊，什麼事？」

「媽，妳認識姓芳原的人嗎？她叫芳原亞矢子。」

「方圓……字怎麼寫？」
「妳是問我漢字嗎？要怎麼說呢，對了，芳香劑的芳，原野的原。」
克子沒有回答，松宮以為她沒聽到，對著電話「喂」了幾聲。
「那個人怎麼了？」克子問，聲音聽起來有點尖銳。
「她去之前租房子的房屋仲介公司打聽我搬去哪裡，說是想和我聯絡，然後留下了名片。聽說她在金澤經營一家旅館，但我完全不知道她是誰，而且她好像也認識妳。」
「是喔……」
「我也問了恭哥，他也不知道。怎麼樣？妳知道是誰嗎？」
克子再度陷入了沉默，聽起來好像在猶豫該怎麼回答。
「媽媽——」
「所以呢，」克子問，「你打算怎麼處理？」
「我不知道該怎麼處理啊，所以到底怎麼樣？是妳認識的人嗎？」
電話中傳來重重的嘆息聲，「我勸你最好放棄。」
「放棄什麼？」
「放棄聯絡對方，不要理她就好。」
「為什麼？所以妳認識這個人？這個芳原到底是誰？」

「我沒辦法告訴你。」
「啊？」
「我不想說。」
「為什麼？」
「沒為什麼。你不是刑警嗎？這種事查一下不就知道了嗎？」
「別開玩笑了，我怎麼可能公器私用，用警察的系統查私事？」
「是這樣喔，那就沒辦法了。」
「什麼沒辦法！妳告訴我嘛，她是誰？」
「我不是說了嗎？我沒辦法告訴你，也不想說。反正你不是打算聯絡她嗎？既然這樣，早晚會知道。你別嫌我囉嗦，我勸你最好放棄。沒其他事了嗎？那我就掛囉。」
「不，等——」他還沒有把「一下」兩個字說完，電話就掛了。松宮看著手機，皺起了眉頭。
即使回到家，他也沒有馬上換衣服，只脫下外套，就坐在餐桌前操作手機，找出那張名片的照片，把手機號碼寫在手邊的雜誌角落。
聽了克子剛才的那番話，反而讓他更在意了。他想馬上打電話給對方。
他撥了記下的號碼想要打過去，但在手指碰到通話鍵之前停了下來。

不事先做好調查就直接上門的刑警最差勁——他想起這句話。

松宮把在書架上充電的平板電腦拿了過來，放在桌子上。名片上寫了旅館的官網，他打算先看一下網站。

點進旅館的網站後，出現了和「辰芳」的名片上相同字體的文字，下方是旅館外觀的照片。那是一棟很有歷史的古樸木造建築，建築物的前側有一整排細木條。

網站用幻燈片的方式展示了各種不同客房的擺設和館內的裝潢，以及附近的名勝，光看幻燈片就知道是一家相當高級的旅館。

網站的內容很豐富，也詳細說明了住宿和料理的內容，當然也可以線上預約。松宮看了最貴的住宿方案，忍不住瞪大了眼睛。果然是一家高級旅館。

但網站上並沒有旅館的資本額和員工人數等公司的概況，也無法瞭解松宮最想知道的有關經營者的資訊——也就是女主人是怎樣的人。

「這也無可奈何。」松宮出聲說道，這是為了說服自己，已經無法再進一步調查了。

他再次拿起手機，在按了對方的手機號碼之後，用力深呼吸，按下了通話鍵。

鈴聲響了三次之後，傳來一個女人的聲音。

「喂？」

「喂？請問是芳原亞矢子小姐嗎？」

「我就是，你是？」

「我姓松宮，我接到了房屋仲介公司的電話。」

「喔！」對方在電話中叫了一聲，「果然是……因為這個電話號碼很陌生，所以我猜想可能是你。不好意思，還麻煩你特地打電話給我。也許你覺得我很可疑，但我除此以外，也沒有其他方法聯絡你。」

「我聽說妳有緊急的事要和我討論？」

「對，因為剩下的時間不多了。」

「請問是什麼事？我完全沒有頭緒。」

「你聽到石川縣的金澤，是不是想到了什麼？你母親是不是曾經告訴過你什麼？」

「我問了我媽，她什麼也不告訴我。」

「這樣啊，也許在你母親眼中，我的行為是多管閒事，但我這麼做也是事出有因。」

「請問是怎麼回事？妳要和我討論什麼？」

「我想和你討論的是——」芳原亞矢子停頓了一下。松宮覺得那短暫的沉默並不是故弄玄虛，而是似乎難以啟齒。電話彼端傳來用力吸了一口氣的聲音後，她繼續說了下去，「是關於你的父親……不，可能是你父親的事。」

4

偵查會議上最先公布了負責在命案現場附近查訪的偵查小組報告的內容，報告顯示最近周圍並沒有發現任何可疑的人物，附近的監視器也沒有拍到看起來明顯有問題的人。負責偵查的人員都認為，如同原本的預期，變態或是毒蟲犯案的可能性相當低。

附近的居民目擊，在發現屍體的前一天傍晚六點左右，「彌生茶屋」的門上掛著「CLOSED」的牌子，窗簾也拉了起來。也有好幾名居民證實，看到店內的燈開了一整晚。根據以上這些情況，再結合解剖的結果，認為犯案時間是咖啡店打烊的傍晚五點半至晚上九點之間的推測應該無誤。因為被害人的胃中並沒有未消化的食物殘渣，所以無法得知她習慣在幾點吃晚餐，進一步縮短推測死亡時間並不妥當。

「彌生茶屋」沒有後門，所以凶手應該從玄關出入，但目前並沒有掌握到任何目擊消息。

松宮聽了這些報告，再度振作了精神。因為凶手是被害人熟人的可能性更高了，也就是說，這起命案是否能夠偵破，取決於負責調查被害人人際關係的松宮和其他人的成果。

負責調查證物的小組報告了搜索花塚彌生住家的結果。花塚彌生平時使用的鑰匙，放在店內發現的她的皮包內，她租屋處的房門鎖著，兩把備用鑰匙都放在廚房的抽屜內。室內維持了被害人吃完早餐後出門的狀態，凶手在殺害花塚彌生後闖入她家的可能性極低。

這些情況都很有意義。如果花塚彌生家中有顯示誰是凶手的重要線索，凶手一定會前往她的租屋處帶走。凶手既然沒有這麼做，就可以視為至少凶手認為被害人家中並沒有可以循線查到凶手的直接證據。

她在三年前搬到目前的租屋處，房間的格局是一房兩廳加外廚房，之前住在離車站更遠的公寓，可見她目前經濟上比較寬裕，但偵查員用樸素踏實來形容花塚彌生的生活。無論衣服、化妝品和首飾類都沒有任何過度的奢侈品，似乎符合她的收入水準，她在銀行的存款也緩慢增加。

問題在於她的異性關係，但目前並沒有發現她家中有男性出入的痕跡，也沒有從左鄰右舍口中聽說曾經見過這類男人的證詞。

松宮認為不能因此就斷定她沒有交往中的男友。花塚彌生在住家為學生上烘焙課，很可能因為不想讓學生知道她結交男友，所以在外面約會。

接著報告手機的分析結果否定了松宮的想像。在社交軟體、互傳電子郵件的人物中，沒有發現任何可能和她有戀愛關係的對象。雖然有相約吃飯或見面的內容，但對方都是女性，而且並沒有特定的人物。沒有人對花塚彌生沒有交往對象的結論提出異議。

花塚彌生的手機還沒有完全分析完，之後一旦發現新的情況，隨時會在偵查會議上報告，同時公布了目前已經查明身分的人，花塚彌生的前夫綿貫哲彥的名字也在其中。

松宮和其他負責調查被害人交友關係的小組報告中，沒有任何值得矚目的內容。只是在偵查會議上報告，認識被害人的人都說，「難以相信這麼善良的人會遭到殺害」，就和根本沒有工作沒什麼兩樣。雖然沒有人當面指責，但松宮覺得抬不起頭。

全體成員參加的偵查會議結束後，又繼續分組舉行會議。負責調查被害人交友關係的小組，今天的主要工作也是繼續查訪相關人員。每個人都拿到了花塚彌生手機通訊錄上的名單，按照五十音的順序，出現了「相川梢惠」、「愛光仕女診所」、「秋田咖啡」等超過一百個名字。根據這份名單分配個別負責的對象，松宮主動要求調查包括綿貫哲彥的名字在內的那組人員。

「在向相關人員瞭解情況時，向他們出示這份名單。」擔任指揮工作的加賀發了另一份名單給大家，「這是手機上有紀錄，但不知道明確身分的人，還有用暱稱登記的人。向這些相關人員確認一下，名單上有沒有他們認識的人，或是可能認識的對象。一有任何消息，就立刻回報。」

松宮看著那份名單，上面有一整排名字，上面還有「小敦」、「山哥」之類的名字，可能是在電子郵件或是社交軟體上提到的暱稱。

「還有一件事，」加賀豎起了食指，「在被害人的皮夾中找到了健身房和護膚中心的會員證，雖然不知道她多久去一次，但也許那裡有被害人熟識的工作人員或會員，誰願意去調查一下？」

松宮舉起了手，「我們去查。」

「那就交給你們了。」加賀點了點頭，把手上的紙交給了他。上面是兩張會員證的彩色影本。

「我相信大家都知道，目前認為凶手很可能是被害人的熟人，」加賀巡視著在場的偵查員說道，「凶手可能就是各位今天即將遇到的人，請各位在查訪時牢記這一點，努力做到萬無一失。」

「是。」松宮和其他人一起大聲回答。

解散之後，松宮正準備和長谷部一起走向出口，有人從背後用力抓住他的肩膀。

「之後有沒有新的情況。」加賀在耳邊小聲問道，「我是問金澤旅館的事，你打電話問了姑姑吧？」

「對啊。」松宮回答說，「雖然我問了，但她不肯告訴我，說什麼她不想說。」

「怎麼會這樣！姑姑還真猛啊。」加賀笑得肩膀微微搖晃。

「一點都不好笑，結果我只好打電話給芳原小姐了。」

加賀雙眼一亮，「喔？結果呢？」

「你要聽嗎？說來話長喔。」

加賀撇撇嘴，點了點頭後鬆開手。

「那下次再聽你說後續，你在工作的時候也不要胡思亂想。」

「特地把我叫住，結果竟然這樣。」松宮咂著嘴，跑向長谷部，「讓你久等了。」

「副警部和你說什麼？」長谷部問。

「沒事，是和偵查沒有關係的通知事項。對了，我們要先去找誰？」松宮指著查訪名單問。

「先去找誰都沒關係，你決定就好。」

「那就先去找他。」松宮指著綿貫哲彥的名字。

「被害人的前夫嗎？但他會在家嗎？今天是星期六，正常的公司應該放假。」

「我來確認一下。」

松宮拿出手機，撥打了綿貫哲彥的手機號碼。他聽著電話鈴聲，清了幾下嗓子。

電話接通了，傳來一個男人的聲音。

「喂？」

「喂？請問這是綿貫哲彥先生的手機嗎？」松宮努力用開朗的語氣問道。

「對，沒錯。」

「我是宅配，請問您今天在家嗎？」

「今天嗎？我傍晚會出門。」

「那我可以現在送過去嗎？一個小時以內就會送到。」

「喔，可以啊。」

「那我馬上過去。」松宮掛上電話後，點了點頭說：「這樣就搞定了。」

站在一旁的長谷部瞪大了眼睛說：「原來還有這一招。」

「沒必要通知他，等一下刑警會去找他。我們走吧。」

松宮拍了拍年輕刑警的肩膀。

走出分局後，他們攔了計程車。雖然從碑文谷到豐洲搭電車比較便宜，但要耗費一倍以上的時間。

「不知道怎樣的情況下會聯絡離婚超過十年的前夫。」車子開出去不久之後，長谷部問道。

「不知道，我沒結過婚，完全沒有頭緒。」

「是想要和對方破鏡重圓嗎？」

「怎麼可能？」松宮說，「我認為不可能。」

「果然不可能嗎？畢竟已經隔了這麼多年。」

「不光是這樣，而且被害人是女性。無論是男女朋友還是夫妻，如果在分手之後還舊情難忘，通常都是男人。女人在分手之後，就開始思考以後的事。你可以去問一下負責調查花塚家的刑警，她家裡是否還有以前結婚時的東西，他們一定會告訴你，連一張照片都沒有。」

「你這麼一說，我想起經常聽到前男友變成跟蹤狂的事，很少聽到前女友做這種事。」

「對不對？女人都調適得很快。」

松宮說到這裡，想起了自己的母親。克子也調適得很快，和男人分手之後，就當作他死了嗎？

他回想起和芳原亞矢子的對話。

——我想和你討論的是關於你的父親……不，可能是你父親的事。

松宮聽到這句話的瞬間，差一點昏厥，感受到好像被一支從意想不到的方向飛來的箭射中的衝擊。

松宮告訴對方，自己的父親多年前就已經死了。芳原亞矢子重重地吐了一口氣問：

「葬禮呢？有沒有舉辦葬禮？」

「應該有，只是那時候我年紀還很小，所以不記得了。」松宮回答。
「那有沒有墳墓？你有沒有去掃過墓。」
松宮無言以對。松宮家沒有墳墓，但他以前從來沒有想過父親的墳墓這件事。
松宮繼續沉默，芳原亞矢子說：「我很熟悉的人說，你是他的兒子，而且這個人還活著。」
松宮愕然不已。在他至今為止的人生中，從來不曾想像過這件事。
松宮在電話中說，他想瞭解詳細的情況。
「你當然會這麼想，我也是為了這個目的聯絡你。但我認為這不是適合在電話中談的內容，所以我希望當面告訴你。」
芳原亞矢子說，她在金澤，只要松宮指定時間和地點，她隨時可以配合。
即使對方時間方便，松宮無法放下偵查工作，所以他說雖然晚上可以見面，但他無法離開東京。芳原亞矢子回答說：「沒問題，我可以去東京。」而且說越快越好，問他明天晚上是否有時間。既然對方都已經這麼說了，松宮也想不到拖延的理由，於是回答說「沒問題」。
他們約好今晚十點在東京都內見面，芳原亞矢子會決定地點。她說和松宮見面後，打算在東京住一晚，也許會約他在飯店的咖啡廳見面。

她到底要告訴自己什麼事？

感覺不像是精心策劃的惡作劇。看「辰芳」的網站，那是一家正派的旅館，既然那裡的女主人特地來東京，一定是很重要的事。應該真的有人自稱是松宮的父親。

問題在於這件事是真是假。松宮一度想要向克子確認，但最後還是作罷了。從她在昨晚電話中的態度，就知道她不可能輕易說實話。與其如此，還不如問芳原亞矢子更簡單。

因為走高速公路的關係，大約三十分鐘左右，就來到有樂町豐洲車站附近。長谷部用手機查了一下，發現從這裡走路只要幾分鐘而已。

他們下了計程車，根據手機上的地圖前往。松宮邊走邊打量周圍，這個區域的人口迅速增加，有好幾家大型店鋪，大型超市內還有家庭餐廳。

他們很快就找到了那棟超高樓大廈。大廈比想像中更高，應該有四十多層，根據手上的地址，綿貫哲彥住在十八樓。

明亮寬敞的大廳前方是門禁系統的玻璃門，旁邊有一個櫃檯，一名看起來像是管理公司的中年男人坐在那裡。

松宮走過去，說了聲「打擾一下」，出示了警察證。對方立刻露出緊張的神情。

「我們是警視廳的人，想看一下這棟大廈公寓，可以請你打開門禁系統嗎？」

「呃，請問、那個、為什麼？」

「雖然無法告訴你詳情，但日前逮捕了一個闖空門的小偷，他說曾經來這裡勘察，所以我們需要確認一下他的供詞真偽。」

「啊？怎麼會有這種事？」中年男人身體向後仰，「他只有勘察而已嗎？是不是偷了什麼？」

「他說只有勘察而已，可以請你把門打開嗎？」

男人拿起一旁的電話，不知道和誰說了幾句之後，立刻從櫃檯內走出來，說了聲「請進」，為他們打開了玻璃門。

「太厲害了。」長谷部邊走邊小聲地說，「竟然可以臉不紅，氣不喘地說那種謊話。」

「這根本不足掛齒，那些資深刑警為了查訪，可以面不改色地說更誇張的謊話。」

他們搭高速電梯來到十八樓，在鋪了地毯的走廊上邊走邊找。雖然加賀說，先向左鄰右舍打聽一下，或許可以問到有關當事人的情況，但那只限於住宅區，在這種巨大的高樓層大廈，恐怕很少人知道隔壁鄰居長什麼樣子。

他們在一八〇五室前停下腳步。門旁有一塊刻著「WATANUKI」的金色牌子，松宮按了對講機的門鈴。

對講機沒有應答聲，不一會兒，就聽到門內有動靜。隨著喀嚓一聲打開門鎖的聲音，門打開了。

一個短髮女人探出頭。看起來年約三十多歲，但因為個子嬌小，所以也許只是看起來比較年輕。

女人有點驚訝地「啊！」了一聲，她手上拿著印章，可能以為是宅配。

松宮微微欠身，出示了從懷裡拿出的警察證。

「不好意思，打擾妳休息。請問綿貫哲彥先生在家嗎？這是我們的證件。」

女人瞪大了眼睛，注視著松宮出示的證件，對著屋內叫了一聲：「阿哲，」她的聲音很緊張，「你過來一下。」

女人身後的門打開了，一個身穿灰色運動衣的高大男人慢吞吞走了出來。他方正的臉上有兩道濃眉，頭髮理得很短。「怎麼了？」

「你是綿貫哲彥先生吧？」松宮立刻擠進門內。

「是啊……」綿貫的雙眼看向松宮手上的警察證件，立刻露出緊張的表情。

「我是警視廳的松宮，有幾個問題想要請教你，可以耽誤你一點時間嗎？」

「請問是什麼事？」

「等一下會向你說明，如果方便的話，希望可以去外面談一下。」

「在家裡不行嗎？」

「如果方便的話，」松宮重複了一次，然後鞠了一躬說：「麻煩你了。」

綿貫一臉困惑的表情抓了抓頭。

「好，那等我一下，我去換一下衣服。」

「如果可以帶一張名片，我會很感激。」松宮補充說。

「喔。」綿貫一臉訝異地走進屋內。

看起來像他太太的女人尷尬地站在那裡，然後露出窺視的眼神看著松宮他們問：「請問、發生什麼事了嗎？」

「對，有點事。」松宮含糊其詞。

女人的眼神不安地飄忽起來。警察上門找自己的丈夫，當然會感到不安。

松宮看向綿貫走進去的那個房間，房門敞開著，餐桌的椅子上掛了一件看起來像白色制服的衣服。

「請問妳是護理師嗎？」松宮問那個女人。

「啊？」

「因為我看到那裡有一件白色制服。」松宮指著房間內說道。

「喔。」女人恍然大悟地點了點頭。

「這的確是制服，但不是護理師，我是照護員。」

「喔，原來是這樣。」松宮再度看向那個女人。

仔細觀察後，發現她眉清目秀，稍微化妝一下，也許可以算是美女。她的腳上也擦了指甲油。

「他在幹嘛？不好意思，我去看一下。」

女人走進了房間，似乎想要逃離松宮的視線。房間內傳來他們小聲說話的聲音，但聽不到他們在說什麼。

松宮轉頭對長谷部小聲地說：

「對面的超市有一家家庭餐廳，我打算帶綿貫去那裡。你留在這裡，巧妙地向她打聽一下綿貫前天的行動。結束之後來餐廳找我。我相信你應該知道，不要提命案的事。」

「瞭解了。」長谷部心領神會地用力點了點頭。他可能終於知道松宮要帶綿貫離開這裡的原因了。

綿貫從裡面的房間走了出來，雖然仍然穿著運動衣，但外面加了一件夾克。剛才的女人也跟著他一起走了出來。她加了一件連帽外套，可能也打算同行。

「這張可以嗎？」綿貫遞上了名片。

「謝謝。」松宮道謝後接了過來。名片上印著一家知名製藥公司的名字，綿貫是營業部長。

「幾年前因為研發了癌症的新藥引起話題時，我從新聞報導中聽過這家公司，原來你在這麼厲害的公司工作。」
「謝謝。」綿貫一臉不悅的表情。
「綿貫太太，我同事有其他問題要請教妳，請妳留在這裡。」松宮把名片放進口袋時，笑著對女人說。
「啊？但是……」她不知所措地看著綿貫。
「拜託了。」長谷部用快活的語氣說完，向前一步，擋在她面前。
「綿貫先生，那我們走吧。」松宮打開門，走了出去。
「那我去一下。」綿貫一臉憂鬱的表情說完，來到走廊上。
走進電梯後，松宮問：「這棟公寓很不錯，你從什麼時候開始住在這裡？」
「五年前。」
「買的嗎？」
「不是不是。」綿貫輕輕搖著手說，「是租的，以前住的房子沒辦法兩個人住，所以急忙搬來這裡。」
「所以，你是那個時候再婚的嗎？」
「也不算是再婚……我們開始同居，並沒有結婚。」
「是有什麼原因嗎？」

「不，也沒有特別的原因……」綿貫苦笑著聳了聳肩，「如果硬要說有什麼原因的話，就是之前的婚姻讓我受夠了。」

「原來是這樣。」松宮附和著，不再繼續討論這個話題。因為沒必要在這裡問他細節問題。

走出大廈公寓後，松宮提議去超市內的家庭餐廳，綿貫也表示同意。他似乎也打算去那裡。

因為是星期六，一走進餐廳，發現有很多帶著孩子來用餐的客人。服務生問他們是否介意坐在吧檯，松宮回答說：「沒問題。」

他們去飲料吧拿了咖啡後，一起坐在吧檯前。

「好，」松宮轉向綿貫的方向，「我想要請教你的不是別的事，就是關於花塚彌生的事。」

綿貫露出緊張的表情問：「她怎麼了嗎？」

他的表情沒有任何不自然。刑警突然上門，提到已經離婚的前妻名字，當然會產生這種程度的警戒。

「不瞞你說，她去世了。」

「啊？」綿貫的表情越來越嚴厲，「什麼時候？怎麼會？」

「前天晚上。你知道她開了一家咖啡店嗎？」

「我記得是在自由之丘……」

「昨天上午，有人發現她倒在店裡，背後中了一刀。目前認為是他殺。」

電視新聞已經報導了這些內容，但因為並不是重大新聞，即使綿貫不知道也很正常。

「彌生她……」綿貫嘀咕著，然後就說不下去了。他的雙眼漸漸充血。這些反應並不像是演戲，如果真的是裝出來的，只能說他演技太出色。

「目前還沒有抓到凶手，所以我們正展開偵查，希望你能夠提供協助。」

綿貫不停地眨著眼睛，臉頰肌肉微微顫抖後開了口。

「只要是力所能及的事，我都會盡力而為，但我們離婚已經好幾年了，不知道能不能幫上忙……」

「你們最近完全沒有聯絡嗎？」

「我們有將近十年沒有聯絡了，但是，我想一下，那是幾天前呢？」綿貫用指尖抓了抓額頭角落，「應該是一個星期前，她突然打電話給我。因為真的很久沒聯絡了，所以我嚇了一大跳。」

「她找你有什麼事嗎？」

「不，那個……她說有話要對我說，可不可以見面？我問她有什麼事，她說想見面再談。」
「所以你們見了面嗎？」
「對，上個星期六，在銀座的咖啡店見了面。」
綿貫說了那家咖啡店的名字，是銀座三丁目一家有名的店。
「你們聊了什麼？」
「她先問了我的近況，問我的生活狀況，有沒有再婚之類的。」
「你怎麼回答？」
「我就如實回答。工作還是沒變，目前和一個女人生活在一起，只是並沒有辦理結婚登記。她聽了之後對我說，我找到理想的對象真是太好了。」
「然後呢？」
「然後……嗯，還聊了什麼呢？」綿貫露出努力回想的表情，他的眼珠子骨碌碌轉動著。
「花塚女士沒有談自己的情況嗎？」松宮問。
「嗯，」綿貫點了點頭，「聽她稍微說了一些。」
「她說了什麼？」
「她說在自由之丘開咖啡店的事。雖然起初很辛苦，現在總算步上了軌道。聽她說的時候，我還很佩服她很有活力。對我來說，沒有做生意的經驗就直接開店實在太可怕了，根本難以想像。她邀我有機會務必去坐坐，我還答應她近期一定會找時間去。」綿貫說到這裡，咬著嘴唇。也許他對無法實現這個約定感到很遺憾。

「其他還聊了什麼？」

「大致就聊了這些。」

「真的嗎？」松宮忍不住感到奇怪，「照理說不可能只是為了說這些話，特地約前夫出來。」

「即使你這麼說，我也……」

「有沒有聊到男性的話題？說她目前有交往的對象？」

「不，」綿貫露出猶豫的表情偏著頭說，「她並沒有聊這個話題，之後閒聊了一陣，相互說著隔了這麼多年有機會聊天真是太好了，之後大家也要在各自的人生路上繼續努力，然後就道別了。」

「是喔……」

松宮看著翻開的記事本上一片空白，因為並沒有聊到任何他認為值得記錄的內容。

「聽你剛才這樣說，感覺你們之間的關係並不差。恕我冒昧請教，請問你們當初離婚的原因是什麼？」

「嗯，」綿貫皺起了眉頭，發出了低吟，「很難說清楚，但簡單地說，就是無法感受到結婚的好處。彌生的學歷並不差，在公司上班時也很有能力。當初因為我希望她照顧好家庭，所以在結婚後辭職了，但她對家庭主婦的角色漸漸感到不滿足。如果有孩子的話，情況可能會不一樣，但我們沒有孩子。我也覺得她和社會脫節不是一件好事，所以就決定重新回到原點。」

即使松宮是單身，也能夠理解綿貫深有感慨地訴說的內容。無論在哪一個時代，日本向來推崇把女人封閉在家裡的想法，女人一旦失去工作的機會，就很難再重拾工作。

「也許，」綿貫繼續說道，「彌生只是想要向我報告。聽說很多女人在離婚之後很辛苦，但她想要告訴我，她並不是這樣，所以離婚是正確的決定。」

「為什麼選在這個時間點？」

「這……我就不知道了。可能是因為某個契機想到了吧。」

松宮在記事本上記錄的同時，還是無法理解。他能夠理解綿貫說的話，但仍然無法消除為什麼選在這個時間點的疑問。

「花塚女士每天的生活都很充實，為什麼會遭到殺害呢？請問你是否有什麼頭緒？」

綿貫搖了搖頭。

「我完全沒有頭緒。上個星期見到她時，她看起來真的很開心，完全沒有提到任何不好的事。我反而想請教一下，她到底發生了什麼事？」他說話時情真意摯，完全不像是裝出來的。

松宮從內側口袋拿出一張折起的紙。那是加賀交給他的名單，上面是在花塚彌生的手機上留下紀錄，但還沒有查明身分的人物名單。他攤開那張紙，出示在綿貫面前，問他有沒有認識的名字。

綿貫瞥了一眼後，很乾脆地搖了搖頭。

「全都是我不認識的名字，我不可能瞭解彌生目前的人際關係。」

「是嗎？我只是想問一下。」松宮打算把紙折起來。

「等一下。」綿貫說，「可以再給我看一下嗎？」

「沒問題。」松宮把紙遞給他。

綿貫仔細打量清單之後，說了聲「不好意思」，把名單還給了松宮。

「有什麼問題嗎？」

「不。」綿貫露出淡淡的笑容，「我只是覺得她很了不起，在十年多的期間內，建立了我完全陌生的人際關係。果然不應該把她綁在家裡。」

松宮不知道該怎麼回答，默默把名單放回懷裡。

這時，長谷部走進餐廳，然後走了過來，在松宮旁邊坐了下來。

松宮重新拿起原子筆。

「最後是否可以請教你前天的行程？你幾點從公司下班？」

「前天嗎？」綿貫的聲音很低沉，「是彌生遇害的日子嗎？」

「我知道你會感覺不舒服，但我們必須向每個人瞭解這件事，不好意思。」

「沒關係，這是你們的工作。嗯，前天是星期四，那天我準時下班，然後和同事一起去聚餐。」

綿貫說，公司五點下班，之後去新橋的居酒屋聚餐，晚上九點多結束。因為是常去的居酒屋，所以他記得店名。將近十點回到家。從新橋回到豐洲的話，時間上應該差不多。

松宮闔起記事本。

「我瞭解了，沒有其他問題了。之後也許還會有問題要請教，到時候再麻煩你。」

「這樣就行了嗎？」

「可以了，感謝你的協助。」松宮站了起來，遞上了名片，「如果你想起什麼，請隨時聯絡我。」

「好。」綿貫接過名片後，露出意味深長的眼神看著松宮。

「怎麼了嗎？」

「剛才的電話……說要送宅配的電話是你打的嗎？」

綿貫似乎發現了。

「對不起。」松宮很乾脆地道了歉，「因為我們也有一些不得已的原因。」

「果然是這樣嗎？好，沒關係。不過，刑警先生，」綿貫目不轉睛地注視著松宮的眼睛說，「我並沒有殺彌生，也完全沒有理由殺她。我甚至很感謝她，雖然最後我們離了婚，但在結婚生活期間，有很多開心的事。」

「我會記住你說的話。」松宮也注視著他回答。

綿貫點了點頭，起身說：「那我就先告辭了。」

「謝謝。」松宮鞠躬道謝，坐在旁邊的長谷部不知道什麼時候也站了起來。

目送綿貫走出餐廳，松宮再度坐了下來。

「情況怎麼樣？」長谷部問。

松宮皺著眉頭說：「很可惜沒有什麼重要的線索。」

松宮把綿貫剛才說的內容告訴了長谷部，長谷部也洩氣地說：「這樣啊。」

「但是，你不覺得很令人在意嗎？」松宮問，「雖然我不是不能夠理解她想要告訴前夫，目前已經獨立自主這件事，只不過如果是剛開咖啡店，或是剛步上軌道時還情有可原，但『彌生茶屋』的經營從幾年前就開始漸漸穩定，如果要說的話，不是應該更早就說嗎？」

「也許並沒有什麼特別的理由，只是現在沒來由地想到要告訴他這件事吧。」

「沒來由嗎？如果你這麼說，我當然就無法反駁了。」松宮喝完了冷掉的咖啡，「對了，你有沒有問他太太？」

「問了，但她並不是綿貫正式的太太。」

「我也聽說了。聽綿貫說，他對婚姻已經受夠了。」

「但他好像是個好老公，因為是雙薪家庭，所以也會幫忙做家事。」

長谷部說，綿貫的同居人叫中屋多由子，在養老院的工作時間不規律，但很慶幸綿貫很支持她。

松宮聽了之後，完全能夠理解。綿貫一定是從上一次婚姻中汲取了教訓，認為必須尊重伴侶的獨立心，不能把她綁在家裡。

「製藥公司的營業部長和照護員嗎？他們感覺年齡差距很大，不知道是在哪裡認識的。」

「是她以前打工的時候認識的。」

「打工？該不會在酒店上班？」

長谷部豎起食指，表示松宮答對了。「聽說是上野的酒店，綿貫招待客人時經常去那裡，然後兩個人就越走越近。」

「原來是這樣，你打聽得真詳細。」

「因為我覺得突然問前天的事似乎有點尷尬，所以和她閒聊了很久。綿貫前天是在晚上快十點時到家，聽說公司有聚餐，他太太說，那天早上就知道他會晚回家。」

松宮點了點頭。綿貫說那天去了新橋的居酒屋，應該很容易確認他的不在場證明。

松宮拿起帳單站了起來，他告訴自己，偵查工作才剛開始，不可能這麼輕易掌握到線索。

5

穿著五顏六色運動服的數十名男女老幼在燈火通明的健身房教室內，以相同的節奏舞動的樣子很壯觀。不，仔細一看，就發現男女老幼的形容並不正確。大部分都是看起來像家庭主婦的女人，其中有幾個退休的男人。非假日的傍晚，當然只有這種人出沒。

松宮隔著玻璃窗戶看著健身房的教室想到，自己最近完全沒有做任何像樣的運動。

他從玻璃中看到身後有人靠近，回頭一看，一個身穿運動服的男人微微欠身，向他走過來。那個人年紀大約三十歲左右，短髮，皮膚黝黑，身材很結實，一看就知道是運動高手。

「請問是河本先生嗎？」松宮問。

「對。」男人回答。

「不好意思，在你忙碌的時候打擾。我姓松宮，可以請教你幾個問題嗎？」

「沒問題。要不要去按摩室？現在應該沒有人使用。」

「好，不好意思。」

走進按摩室，那裡是差不多三坪大的小房間，中央放了一張床，但兩個男人不可能坐在按摩床上說話。河本不知道去哪裡拿來兩張鐵管椅。

「我想請教一下，請問你認識花塚女士嗎？花塚彌生女士。」松宮開門見山地問道。

「認識。」河本回答時，臉上露出緊張的表情。看他的反應，似乎預料到松宮會提到這個名字。

「你該不會已經知道那起事件？」

「我聽說了。同事看到網路新聞後告訴我，她問我是不是我的客人？」

「什麼樣的新聞？」

河本從運動褲口袋裡拿出手機開始操作，很快就把手機遞到松宮面前說：「就是這個。」

那則網路新聞寫著，在自由之丘的咖啡店發現了一具女性屍體。屍體應該是咖啡店老闆花塚彌生，因為背後插了一把刀，所以警視廳朝向殺人事件的方向展開偵辦。

「我同事說，因為地點就在這附近，而且花塚的姓氏很少，所以她想起來了。」

「原來是這樣。我剛才向櫃檯打聽到，花塚女士是一個月前加入這個健身房的會員，她申請一對一的私人教練，所以由你擔任她的教練。」

「沒錯。」

「為什麼由你擔任她的教練？」

「沒有特別的理由，只是剛好而已。雖然這裡有好幾名教練，但當時剛好我有空。」

松宮在點頭時目不轉睛地盯著對方的眼睛，河本似乎不知道松宮為什麼看他，不知所措地眨了眨眼睛。松宮覺得應該可以相信他說的話。

「私人教練實際都會做些什麼？」

「有各種不同的課程。花塚女士想上減重特別課程，設定體重和腰圍的目標值，由我們教練研擬訓練計畫，一對一進行指導。除了訓練以外，還會針對生活習慣和飲食習慣提出改善的方法。」河本就像在背課文一樣，口若懸河地向松宮說明。也許在簡介上也寫了相同的內容。

「訓練期間多久？」

「基本上是兩個月，所以花塚女士剛好完成了一半。前幾天她來測量了體脂肪率和代謝率，發現訓練已經有了效果，她還很高興……」

「在訓練時，你們會聊天嗎？」

「當然會。」

「你有沒有聽花塚女士提到她申請私人教練的動機？」

「喔，那是因為……」河本的視線看著半空，「她說在鏡子中看到自己的身體，覺得這樣下去不行，還說因為她要和客人打交道，所以反省了自己，要更加注重外表。」

「是不是曾經有人這麼說她？比方說，男朋友之類的。」

「不，」河本臉上的表情稍微緩和了些，「她沒有聊到這方面的話題。以她的年齡來說，像她那樣很漂亮，即使有男朋友也很正常。」

松宮只看過花塚彌生的照片。即使連比她年輕許多的河本也這麼認為，可見她具備了身為女性的魅力。

「除了訓練以外，你們還聊了些什麼？」

「聊了很多。因為無論是伸展運動還是有氧運動，訓練都很無聊，所以我們的工作就是和客人閒聊，讓他們感覺時間過得很快。」

「花塚會不會主動聊一些話題？」

「會啊，像是最近看的電影，或是藝人的八卦。她可能對運動不太熟，所以從來沒有主動聊這方面的話題。」

「有沒有聊一些私人的事？」

「有嗎？」河本偏著頭思考，「聽她說，她沒有家人，這幾年都一個人生活，所以平時只有和店裡的常客聊天。她也曾經告訴我，配合客人的喜好，思考新的蛋糕是一件快樂的事。」

真是悠閒的話題。松宮在記事本上記錄的同時，忍不住焦躁起來。

「她有沒有向你提過，最近發生了什麼不一樣的事。」
「什麼不一樣的事？」
「任何事都沒有關係。比方說，店裡有討厭的客人，或是接到奇怪的電話之類的。」
「不知道欸，」河本發出無力的聲音，「我不記得聽她提過這種事。雖然她也曾經和我聊過在店裡發生的糗事，但都是一些溫馨的故事。」
松宮努力忍著嘆息。因為完全沒有聽到任何值得參考的內容。
「你最後一次見到她是什麼時候？」
「這個星期一的晚上，她來這裡訓練。」
「花塚女士看起來怎麼樣？有沒有和平時不一樣的地方？有沒有看起來在傷腦筋，或是很煩惱之類的。」
「不，我沒有發現，她很開心地流了汗，然後心滿意足地離開了。」
松宮默默點了點頭，闔起了記事本。他判斷應該無法從這名健身教練身上問到任何有用的消息。
「我知道了，不好意思，打擾你工作了。感謝你的協助。」松宮站起來，向他鞠躬。
離開健身房後，他走向自由之丘車站。他走在有一排長椅的綠化地帶時，手機響了。液晶螢幕上顯示了長谷部的名字。

「喂，我是松宮。」

「我是長谷部，護膚中心的查訪已經結束了。」

「我這裡也剛結束，那就按照原本說好的，去車站前的咖啡店見面。」

「我知道了。我離那裡很近，五分鐘應該就可以到了。」

「好，那就一會兒見。」

松宮掛上電話，確認時間。目前是傍晚六點多。上午離開特搜總部之後，一轉眼，就已經這麼晚了。

向綿貫哲彥道別後，他和長谷部一起見了許多人。有料理研究家、網頁設計師，還有雜誌編輯，都是女性，而且和花塚彌生在工作上有交集。料理研究家偶爾會和花塚彌生交流新的蛋糕資訊；網頁設計師受花塚彌生的委託，為「彌生茶屋」架設了網站；雜誌編輯曾經去咖啡店採訪過一次，但她們除了工作以外，都和花塚彌生沒有交流，最近也沒有聯絡。只是每個人得知命案的事之後，都紛紛表示，難以相信這麼善良的人竟然遭遇這種事。她們都不像在說謊，當然也沒有任何人有任何頭緒。

查訪這幾個人耗費了太長時間，於是松宮和長谷部決定分頭前往健身房和護膚中心。一方面也因為對這兩個地方並沒有抱有太大的期待。

來到事先約定見面的咖啡店，發現長谷部坐在牆邊的桌子旁。松宮走過去時，長谷部立刻站了起來。
「我去買飲料，松宮哥，你想要喝什麼？」
「那我要咖啡。」松宮從皮夾裡拿出一張一千圓遞給他，「連同你的份。」
「不，不用了。」
「你不必客氣。」松宮苦笑著說，「所有飲料都不超過五百圓。」
「謝謝。」長谷部道謝後，走向點飲料的櫃檯。
年輕刑警拿著托盤走回來後，松宮邊喝飲料，邊聽他報告查訪的成果。
「簡單地說，就是沒有打聽到任何重要的事。」長谷部看著記事本，皺著眉頭，「她加入會員後才去了兩次，負責接待的美容師幾乎不瞭解她。雖然聊了天，但都是花塚問美容師美容護膚的效果，美容師回答她的問題而已。」
「兩次？她什麼時候加入會員？」
「一個月前。」
「一個月……她加入會員的動機是什麼？」
「美容師好像並沒有問，負責的美容師說，應該是想變漂亮吧，還說只要有錢有閒，大部分女人都想去護膚中心。」
松宮放下咖啡杯，抱起了雙臂。
「怎麼了嗎？」長谷部問。

松宮告訴他，花塚彌生也是在相同的時間成為健身房的會員。

「花塚請了私人教練開始訓練，她參加的是減重課程。而且在相同的時期開始去護膚中心。雖然她對健身房的教練說，是因為看到自己在鏡子中的樣子，突然想到要健身，但真的只是這樣嗎？」

「去健身房減重瘦身，然後去護膚中心讓自己變更漂亮。」長谷部自言自語地喃喃說著，「如果要問有什麼動機，通常只有一個。」

「男人嗎？但到目前為止，並沒有發現有這號人物。」

會不會是難以向他人啟齒的關係——

松宮覺得似乎終於看到了一線光明。

回到分局之後，和昨晚一樣，松宮獨自去了特搜總部，發現加賀正在和一名姓坂上的刑警說話。坂上這次也負責調查花塚彌生的交友關係，今天去查訪了花塚彌生的舊識。

「辛苦了。」加賀說，坂上也說了聲「辛苦了」，然後轉過身。當他看到松宮時，默默點了點頭，走向出口的方向。

「怎麼樣？有沒有從被害人前夫的口中聽到什麼有趣的事？」加賀問。

「沒有太大的收穫，但有一件事很令人在意。」

「喔，不錯嘛。刑警的直覺嗎？說來聽聽。」加賀向他招手，催促著他。

松宮告訴加賀，花塚彌生打電話給綿貫是為了約他見面，但見面之後，只聊了近況而已。

「雖然綿貫說，花塚彌生是為了向他炫耀自己創業成功，但我在意的是為什麼在這個時間點。如果剛好在街上遇到，順便聊起這些當然沒問題，但會特地打電話約前夫出來，只為了聊這些事嗎？」

加賀皺起了眉頭。

「這件事的確有點蹊蹺，也許原本約他見面另有目的，但在聊天之後改變了心意。她的前夫和她聊了些什麼？」

「他似乎也只是聊了近況而已，工作方面的事，還有和女人同居的事。」

「是喔，原來他和女人同居。」加賀摸著冒著鬍碴的下巴，「會不會是她聽了這些之後，沒有說出原本想說的話？」

松宮也猜到了加賀想要表達的意思。

「你的意思是說，花塚彌生原本以為前夫還是單身，打算提議復合嗎？我和長谷部也聊了這個問題，我認為可能性相當低。如果她目前的生活有困難或許還有可能，但生活充實的女人會有這種想法嗎？」

「你有這樣的疑問很合理，但千萬不能認定就是這樣。因為對男人來說，女人心就像海底針。還有其他可以在偵查會議上報告的內容嗎？」

「詳細情況我會寫報告，今天查訪了在工作上和花塚彌生有交集的人，並沒有聽到任何值得一提的事，但在查訪健身房和護膚中心後，倒是得知了一件耐人尋味的事。」
加賀從松宮口中得知花塚彌生都是在一個月前加入會員時，露出了銳利的眼神。
「因為交了男朋友，所以在意自己的容貌嗎？但無論在社交軟體還是電子郵件中，都沒有看到像是她男友的男人影子。」
「會不會是離經叛道的愛？」
「外遇嗎？」加賀發出了低吟，「有可能，也許他們使用了特別的聯絡方法，以免被對方的妻子發現。」
「會不會有另一支智慧型手機？」
加賀指著松宮的臉說：「這也是一種方法。」
「果真如此的話，對方會是誰呢？又是在哪裡認識被害人？」
加賀露出似乎想到了什麼的表情，從桌上拿起一份資料。就是在手機上留下紀錄，卻身分不明的人物名單。
「聽坂上說，花塚有一個老同學經常去『彌生茶屋』，那個人知道這份名單上的幾個人。都是店裡的常客，所以曾經聊過幾次，其中有一個是男人。」
「男人？真難得啊。」
「就是這個人。」加賀指著名單上的一個名字。
那個人叫汐見行伸。

6

芳原亞矢子指定在新宿一家飯店的酒吧內見面。那不是商務飯店，而是經常舉辦婚禮的一流飯店。松宮從大門走進飯店，搭了電扶梯。聽說大酒吧在二樓，但松宮從來沒去過。

松宮離開特搜總部之前，把和芳原亞矢子在電話中談的內容告訴了加賀。這位面對大部分事情都很淡然的表哥竟然提高音量叫了聲：「不會吧！我從來沒有聽說姑姑的老公還活著，只聽說她結了兩次婚，兩個老公都死了。」

松宮並不感到意外，因為連自己這個兒子都不知道，加賀當然不可能知道。死去的舅舅——加賀的父親可能從克子那裡聽說了什麼，但他不可能告訴兒子。更何況加賀父子之間的關係也很複雜，根本沒有機會聊這些。

「你要伸長耳朵聽清楚，別漏聽了任何事。」加賀對著松宮的背影說道，說話的語氣和平時送松宮出門辦案時一樣。

走進二樓的酒吧，入口有一個小型櫃檯，身穿黑西裝的男人站在那裡。一看到松宮，立刻問他：「請問是一位嗎？」

「已經用芳原的名字預約了。」

男人低頭看了一下，然後笑著點了點頭。

「我為您帶位，您的朋友已經到了。」

松宮跟在男人身後走進酒吧時打量著周圍。四周都是紅磚牆的酒吧很寬敞，吧檯也很大，一大片紅棕色皮革沙發看起來很壯觀。他大致看了一下，發現坐了一半的客人。大部分都是歐洲人，還有一些亞洲面孔，大部分應該是外國遊客。

男人帶他來到最深處的桌子旁，坐在沙發上的女人發現他們後站了起來。她穿了一套灰色的褲裝，松宮意外地發現她個子很嬌小。因為她是一家大旅館的女主人，原本以為她是一個高大的女人。

「不好意思，我來晚了。」松宮鞠躬說道。

「不，我才不好意思，你這麼忙還打擾你，真的很抱歉。」

帶位的服務生離開後，女人從皮包裡拿出名片說：「我是芳原。」和之前房屋仲介公司的人用電子郵件寄來的名片一樣。

松宮也遞上名片。芳原亞矢子接過名片後看了一下，微微睜大了細長的眼睛。「原來你從事這一行。」

松宮嘴角露出笑容說：「我們坐下聊。」

他們在桌前面對面坐了下來，芳原亞矢子遞上了細長形的飲料單。「你要喝什麼？不能喝酒吧？」

「今天已經下班了，所以沒問題，那我喝啤酒。」

芳原亞矢子舉起手叫來服務生，點了啤酒和新加坡司令。她似乎在等松宮時，就已經決定了要喝什麼飲料。

「你的工作會不會很辛苦？」芳原亞矢子再次看著松宮的名片說。

「每個人對辛苦的定義不同，即使我是女人，我應該也沒辦法勝任旅館女主人的工作。」

「雖然有辛苦的地方，但工作很開心。」

「那真是太令人羨慕了，我們的工作沒辦法樂在其中。」

芳原亞矢子露出驚訝的表情，再度低頭看著名片問：「搜查一課是？」

「專門偵辦殺人命案。」

芳原亞矢子露出嚴肅的表情點了點頭，挺直了身體說：

「這次的事，請你見諒。我相信你一定很驚訝。」

松宮也坐直了身體，看著對方說：「真的很驚訝，至今仍然無法相信。」

「但確有其事，真的有人坦承你是他的兒子。」

「這個人是誰？」

「芳原真次——他是我爸爸。」芳原亞矢子用堅定的語氣說。

她的雙眼炯炯有神，兩道眉毛的形狀很好看，鼻子也很挺。松宮看著她的臉，產生了和眼前的場面格格不入的感想——冰山美人應該就是指這種人。

「如果是真的，妳就是我的姊姊或是妹妹。」

「因為不忍心讓你猜不透，所以我先聲明，我已經過了不惑之年，如果我爸爸說的話是事實，你會是我的哥哥，還是弟弟？」

「是弟弟。」

芳原亞矢子放鬆了原本緊繃的嘴角，「我就知道。」

服務生走了過來，把飲料放在他們面前，松宮立刻拿起了啤酒杯。喝了一口之後，才發現自己口乾舌燥。原來自己很緊張。

「我有很多問題想請教妳，」松宮說，「首先，為什麼妳父親現在才說出這件事。先不討論這件事的真偽，我很想知道妳父親怎麼向妳說明這件事。」

「你有這樣的疑問很正常。」芳原亞矢子把裝了新加坡司令的平底細長玻璃杯放在桌上，「根據我的想像，他應該認為，現在是說出這件事的唯一機會。」

「想像？妳沒有向妳父親確認嗎？」

「沒有。因為表面上，我還不知道這件事。」

松宮皺起眉頭，他無法理解眼前的狀況。「請問是怎麼回事？」

「因為我爸爸是在遺囑中承認這件事。」

「遺囑。」

「對，我爸爸目前是癌症末期，已經來日不多了。他自己也瞭解狀況，所以就預立了遺囑。在遺囑中坦承了這件事。」

芳原亞矢子從放在旁邊的皮包裡拿出一張折起的紙放在桌上。

「我可以拜讀一下嗎？」

「當然沒問題，我就是為了這個目的帶來的。」

松宮拿起那張紙攤開後，發現是遺囑的一部分影本。他看了最初的部分，忍不住嚇了一跳。「立遺囑人認領下列人士為立遺囑人芳原真次和松宮克子之子」之後，寫著「姓名　松宮脩平」。地址是之前住在高圓寺時的公寓，戶籍也在那裡。生日也的確是松宮的生日，戶長是松宮克子。

「因為是公證遺囑，即使立遺囑人還活著，也可以先打開看。在我爸爸預立遺囑時的見證人建議我先看，所以我就確認了內容，發現其中有這一頁。」

松宮重重地吐了一口氣。

「我瞭解狀況了，但完全不瞭解事情的來龍去脈，簡直就是晴天霹靂。」
「令堂完全沒向你提過嗎？」
「完全沒有。我在電話中也說了，她一直告訴我，我爸爸死了。而且我們之前並不是住在東京，而是群馬縣的高崎。」
芳原亞矢子一臉凝重的表情點了點頭，拿起細長的玻璃杯，喝了一口雞尾酒後，再度開了口。
「老實說，我對自己是否應該像這樣和你見面沒什麼自信。照理說，我應該在爸爸去世之後再打開遺囑，至少我爸爸應該這麼想，所以也許我目前所做的事違反了爸爸的意志。即使這樣，我仍然試圖和你聯絡。其中當然有原因，原因之一，是我想瞭解詳細的情況，我原本以為你可能知道某些事。另一個原因，就只是我想見你。我是獨生女，從小就很羨慕同學有兄弟姊妹。你有兄弟姊妹嗎？」
「沒有。」
「是喔。」她露出微笑，臉上的表情似乎很想知道松宮得知有這樣的姊姊，有什麼感想。但是松宮沒有吭氣，因為他自己也不太清楚。
「我剛才列舉的兩個原因，無法成為我為什麼想趁爸爸活著的時候和你見面的理由，因為即使等爸爸去世之後，再和你見面也不遲。最大的原因是我覺得是否應該趁爸爸活著的時候，讓你們見一面。」

松宮的心臟在胸膛內用力跳了一下，他感覺到自己的體溫在上升。他說不出話，當他回過神時，發現自己用力握著遺囑的影本。

「我是不是說了什麼奇怪的話？」芳原亞矢子擔心地問。

「沒有。」松宮搖了搖頭，「我不覺得奇怪，只是該怎麼說，因為我之前從來沒想過……」松宮把遺囑影本放在她面前，「在我生命中，從來不曾有過父親，從來沒有存在過。現在要我和這樣的人見面，有點缺乏真實感。」

「也許吧。」芳原亞矢子小心地把影本折了起來，放回了皮包，「看了遺囑之後，我想起一件事。在我小時候，爸爸有一段時間不在家。」

「什麼意思？」

「爸爸是入贅丈夫，原本就決定以後由我媽媽繼承旅館，所以大人告訴我，爸爸為了日後接任主廚的工作去東京學習廚藝。但在我六歲的時候，媽媽出車禍受了重傷，之後爸爸就回來了，提前成為旅館的主廚。之前我從來沒有對這件事產生過任何疑問，但在看了遺囑，得知你的事後，我開始覺得也許這和事實不符。」

「妳是說，他是因為其他理由離家嗎？」

「對。」芳原亞矢子收起了尖下巴。

「爸爸可能不是去學廚藝，而是和其他女人一起生活。不僅如此，還和那個女人生了一個孩子。」

松宮拿起杯子，一口氣喝了半杯啤酒。他用手背擦了擦嘴巴。

「我聽我媽說，我爸爸除了我媽以外，有一個正式的太太。那個人是廚師，我媽說他是廚藝很好的廚師，原本打算和太太離婚之後，就和我媽再婚，也會認領我，但還來不及完成這一切，他工作的日本餐廳就發生火災，他逃生不及──我媽當初這麼告訴我。」

「你有沒有調查過那場火災？」

「沒有。因為那時候完全沒有任何理由懷疑我媽告訴我的是謊話。」

「我想也是。」芳原亞矢子小聲嘀咕，「如果是說謊，令堂為什麼要說這種謊呢？」

「應該是不想說實話吧，可能有什麼不希望我這個兒子知道的隱情，至少不是什麼值得吹噓的事。我想應該就是這樣吧。」

芳原亞矢子窘迫地低下頭，然後再度抬起頭說：

「雖然我不知道你的想法，但我相信我爸爸很想見到你，只是已經對這件事不抱希望了，所以他覺得至少要認領你，才會在遺囑上這麼寫。那也許是我爸爸用他的方式道歉。」

「道歉……所以，妳爸爸雖然在外面有另一個家庭，但最後拋棄了他們，回到了原來的家庭——妳這麼認為嗎？」

「雖然我不願意這麼想像，但你不認為這是最合理的解釋嗎？」

松宮用力深呼吸後，注視著可能是自己同父異母姊姊的女人。

「關於這件事，妳有什麼想法？妳得知自己的父親曾經和其他女人共同生活，而且還生了孩子，難道不會感到不愉快嗎？」

芳原亞矢子露出笑容說：

「因為我不知道他和我媽媽之間是因為什麼原因而分居，所以我不會責怪我爸爸。我小時候只記得爸爸一直在照顧因為車禍而身受重傷的媽媽，所以我發自內心感謝他，也很尊敬他。得知他在外面有孩子雖然很驚訝，但並不會不愉快。我剛才不是說，我沒有兄弟姊妹，所以很想見你嗎？不瞞你說，我充滿了好奇。相反地，」

她抿了一下嘴，露出嚴肅的眼神看著松宮說：

「我想知道你的想法。我相信你和令堂相依為命，應該吃了很多苦。現在知道拋棄你們的父親還活著，會感到很氣憤嗎？」

「氣憤喔……」松宮說出口之後偏著頭，「不，沒有這種具體的感受，只能說有點不知所措。妳剛才說的內容只是想像，不是嗎？在向當事人確認之前，我們都不知道到底發生了什麼事，如果要發表感想，也是之後的事。」

「所以你願不願意見我爸爸的事……」
「暫時保留，等我向我媽問出真相之後再說。」
「我瞭解了。」芳原亞矢子點了點頭，「我也很希望可以問我爸爸。」
「妳不打算問他嗎？」
她緩緩眨了一下眼睛之後搖了搖頭。
「我擔心會對爸爸的精神造成負擔，因為他原本打算把這個秘密帶進墳墓，如果我在他面前提起，他可能會慌亂。」
「原來如此。」
「所以你問了令堂之後，我也很想瞭解。」
「如果我問到的話，就會和妳聯絡，只是我不知道她會不會很乾脆地對我說實話。因為她甚至反對我和妳見面。」
「我相信其中一定有複雜的原因。」
「我之前就知道我媽的人生並不順遂，但似乎遠遠超出了我的想像。」
「我也覺得瞭解到爸爸陌生的一面。」芳原亞矢子說完這句話，視線停在半空中的某一點。
松宮握起放在桌上的雙手。

「請問妳爸爸是怎樣的人？妳剛才說，妳很尊敬他。」
「簡單地說，他是那種手藝人的個性，滿腦子都是廚藝，對其他事沒有興趣。很笨拙，但很誠實，也很重視家庭。」
松宮無法克制自己的嘴角露出嘲諷，芳原亞矢子似乎察覺了他的表情所代表的意思，小聲地說：
「對不起。我知道你想說，如果真的很誠實，就不會拋棄你們，回去原來的家庭。」
「此外，也不會離家和其他女人生活在一起。」
芳原亞矢子用力點著頭，「你說得沒錯，對我來說，這是一個未解之謎。」
她把細長的杯子舉到嘴邊，輕輕嘆了一口氣之後，微微揚起下巴。
「聽律師說，如果孩子已經成年，可以由本人決定是否要提出認領登記。如果你不願意，就可以拒絕。」
「是這樣嗎？」
本來就應該這樣。松宮想道。如果自己沒有選擇的權利就太奇怪了。
「還有一件事必須告訴你，」芳原亞矢子豎起食指，「一旦提出認領登記，你就正式成為爸爸的兒子，當然就有遺產繼承權。雖然遺囑上也寫了關於繼承的問題，但你可以繼承特留分，不受遺囑內容的影響。」

松宮伸出右手，「現在不要談這些，以後再說，也許根本不必談這種事。」

「好。」

松宮看了手錶之後，喝完剩下的啤酒。他伸手準備拿帳單，芳原亞矢子搶先拿了起來。「我等你聯絡。」

「謝謝招待。」松宮說完後站了起來。

7

昏暗中響起電子鈴聲。

他立刻發現不是周圍昏暗，而是自己閉著眼睛。睜開眼睛，看到了白色天花板。天花板上的燈沒有打開，但因為窗簾拉開了，所以室內很明亮。

汐見行伸在客廳的沙發上緩緩坐了起來，看到吸塵器放在地上，他想起自己剛才在打掃房間時覺得很累，就在沙發上躺了下來。

手機在餐桌上發出電子鈴聲。星期天下午，到底是誰打電話來？他想了一下，猜不到是誰。他站了起來，緩緩走到餐桌旁，但鈴聲斷了。

他看了來電顯示，發現是090開頭的陌生號碼。行伸偏著頭，把手機放回桌上。

正當他打算繼續打掃時，手機又響了。他這次立刻拿起了手機，發現是和剛才相同的號碼。

「喂？」他接起電話。

「喂？請問是汐見行伸先生的手機嗎？」電話中傳來一個男人的聲音。

「對。」

「我要送宅配到府上，請問您在家嗎？」

「在，我在家。」

「那我三十分鐘就到，麻煩你了。」

「好，我知道了。」

他掛上電話，打開吸塵器的開關，稍微想了一下到底是誰寄東西來，但隨即覺得等收到之後就知道了，所以就不再思考這個問題。

一看牆上的時鐘，發現下午三點多了。剛才睡了將近一個小時。他打算先去洗衣服，於是關了吸塵器的開關。

他走去盥洗室，打開滾筒式洗衣機的蓋子，發現裡面有衣服。他昨天和今天都沒有用過洗衣機，應該是萌奈昨天洗完自己的衣服後忘了拿出來。

行伸看到裡面還有內衣褲，立刻關上洗衣機。如果被萌奈知道自己碰她的衣物，一定會發脾氣。看來只能等女兒回來之後再洗衣服了。

他走回客廳，正打算繼續打掃，聽到門鈴響了。那不是公寓共用玄關的門鈴，而是住家的門鈴聲。

他快步走到玄關，打開了門。原本以為會看到穿著宅配制服的人站在門外，沒想到是一個身穿西裝的年輕人，身後還站了另外一個人。

「請問是汐見行伸先生嗎？」
「對。」他在回答之後，立刻猜到是警察。八成是為了花塚彌生的事。
「抱歉打擾你休息。我們是警視廳的人，可以耽誤一下你的時間嗎？」男人說完這句話，從西裝內側拿出了什麼東西。原來是附有身分證的警徽。
「啊……好，那就、請進。」
「打擾了。」兩名刑警走了進來。
他想起剛才的電話。雖然電話中說要送宅配，但並沒有報上宅配業者的名字，於是他知道，是這兩名刑警確認自己是否在家。
他猜想應該無法站著三言兩語說完，於是帶他們來到客廳，請他們坐在前一刻自己午睡的沙發上，自己在對面的椅子上坐了下來。
年紀稍長的刑警自我介紹說，他是警視廳搜查一課的松宮，另一個人姓長谷部。
「我想廢話就不多說了，請問你認識花塚彌生女士嗎？」松宮問。
刑警說了意料之中的名字。刑警不可能因為其他理由上門。
「我知道，她是『彌生茶屋』的店長。」
「你知道她去世了嗎？」松宮露出窺視的眼神，似乎不願錯過自己的任何反應。
他吞了口水之後回答說：「我看新聞知道的。」

「電視新聞嗎？」
「對。」
「什麼時候的新聞？」
「我記得是前天晚上。」
「幾點的時候？第幾頻道？」
松宮連續發問讓行伸有點不知所措。為什麼要問這種細節？
「七點的NHK新聞，我每天吃飯的時候會看。」
「當時和家人一起看嗎？」
「我一個人。」
「你有其他家人嗎？」
「有一個女兒。」
松宮巡視室內後，將視線回到行伸身上。「還有其他家人嗎？」
行伸停頓了一下後開了口，「沒有，只有我和女兒兩個人。」
「請問你女兒今年幾歲？」
「十四歲。」
「十四歲。」松宮小聲嘀咕後，一臉難以理解的表情打量著四周。

「有什麼問題嗎？」
「沒有，我只是覺得看起來不像。」
「怎麼不像？」
「我的意思是說，看起來不像是父親和十四歲的女兒兩個人生活的樣子，那裡不是有一個化妝箱嗎？」松宮指著客廳櫃子上的黃色塑膠箱，「門口的傘架有一把陽傘，還是說，現在的中學女生像大人一樣化妝、撐陽傘嗎？」
「喔。」行伸點了點頭，佩服刑警觀察入微。「都是我太太的，也許應該說，我太太以前用的東西。」
「你的意思是？」
「她死了，兩年前去世了。」他在說這句話時，努力表現得很輕鬆。
兩名刑警都露出驚訝的表情。
「原來是這樣，」松宮用沉重的聲音說，「是生病嗎？」
「她得了白血病。」
松宮挺直了身體，鞠了一躬說：「請節哀。」坐在他旁邊的長谷部也跟著鞠躬。
「謝謝關心。」
「你女兒今天在家嗎？」

「她加入了學校的網球社，今天去參加社團活動，差不多快回家了。」

行伸抬頭看向牆上的時鐘，已經快四點了。

他不知道刑警的目的。雖然一開始提到花塚彌生的名字，但遲遲不進入正題。那個姓長谷部的刑警在記事本上記錄著什麼，但剛才問的這些問題有什麼意義嗎？

「汐見先生，你目前有工作嗎？」松宮問。他們似乎知道行伸今年六十二歲。

「有，因為接下來還有很多地方要花錢。」

「是正職工作嗎？」

「對——失陪一下。」行伸站了起來，從矮櫃的抽屜裡拿了兩張名片，遞給兩名刑警，「我在這家公司工作。」

松宮低頭看著名片。

「你在池袋營業所上班，請問是什麼性質的工作？」

「簡單地說，就是檢查老舊的大樓。」

「檢查建築物……所以你並不是一整天都在公司內。」

「早上會去營業所，但通常很快就開車出去了。」

「大部分都是去哪裡？」

「到處跑，只要是東京二十三區內，什麼地方都會去。」

松宮輕輕點了點頭，默默把名片放在桌子上。行伸覺得他這個不經意的動作似乎表明「開場白到此結束」。

「你好像經常去那家店——『彌生茶屋』。」果然不出所料，松宮進入了正題。

「對，雖然我不知道你說的經常是指怎樣的頻率。」

「常客說經常看到你，還說只要見面就會打招呼。」

「嗯，是啊，曾經遇到過。」

行伸不知道松宮說的常客是誰。可能是花塚彌生以前的老同學，雖然還有其他認識的客人，但知道行伸名字的人有限。

「聽那位常客說，大約從半年前開始，經常在店裡看到你。沒錯吧？」

「是啊，應該沒錯。」

「你是因為什麼契機去那家店嗎？」

「沒有特別的理由，因為有一陣子在那附近工作，那個案子完成之後，偶然走進那家店。硬要說有什麼原因的話，應該是外觀看起來是一家感覺很不錯的咖啡店。」

「結果走進去一看，果然感覺很不錯嗎？」

「對，」行伸點了點頭，「氣氛很溫馨，蛋糕也很好吃。」

「你喜歡吃蛋糕嗎？」

「別看我這樣，我很愛甜食，但不太會喝酒。」

玄關傳來動靜。萌奈回來了。行伸回頭看向門口，不一會兒，門打開了，萌奈戰戰兢兢地探頭張望。她在玄關看到兩雙陌生的皮鞋，應該知道家裡有客人。

「妳回來了。」行伸向她打招呼，松宮也用爽朗的語氣說：「打擾了。」

萌奈不知所措，不發一語，微微欠了欠身。

「這兩位是警察，」行伸說，「爸爸認識的人捲入了一起事件。」

萌奈面不改色，似乎不知道該做出如何反應，微微張開的嘴唇好像說了什麼話，但行伸沒有聽到。

萌奈快步穿越客廳，跑進旁邊的房間，重重地關上門，發出「砰」的聲音。

「不好意思，」行伸向兩名刑警道歉，「都沒有好好向兩位打招呼。」

「青春期的女生從學校回到家，看到有兩個陌生男人在家，當然會感到很可怕。」松宮笑著說，「我可以繼續發問嗎？」

「請說。」

「這也是從常客那裡聽說的，據說你不僅經常去店裡，還和花塚女士看起來很熟。」

「這是、因為——」行伸立刻思考著，現在應該表現出怎樣的態度？他舔著嘴唇，小心翼翼地說：「因為我每次都是一個人，所以經常坐在吧檯的座位。彌生總是很貼心地主動和我聊很多話題，在旁人眼中，認為我們看起來很熟也很正常。」

「既然你叫她彌生，可見你們很熟啊。」

「因為其他客人都這麼叫她，所以我只是跟著這麼叫，但也許這麼說也沒錯，我算是和她比較熟的客人。」一味否定反而很不自然。

之後，松宮又問了行伸去「彌生茶屋」時都做些什麼，以及和其他客人的關係，雖然搞不懂有些問題和事件有什麼關聯，但刑警當然有目的。

「你剛才說，你在前天晚上看新聞知道這起命案。」松宮突然回到了最初的問題，「你看到之後，有沒有什麼感想？」

「什麼感想……當然大吃一驚，覺得怎麼可能有這種事，一定是搞錯了，但電視上出現的就是『彌生茶屋』……」

「之後你有沒有和誰討論過這起事件？」

「沒有，因為我身邊並沒有人可以討論『彌生茶屋』的事。」

「那麼，」松宮微微探出身體，「你有什麼看法？」

「你是指？」

「對於這起事件的看法，如果你有什麼頭緒，是否可以請你告訴我們？」

「不，我並沒有——」

他還沒有把「任何頭緒」這幾個字說完，松宮的臉更加靠了過來。

「你不必擔心是自己想太多，或是自己的誤會，我們的工作就是徹底調查這種不確定的事。胡亂臆測、不負責任的傳聞都沒有關係，經常可以在這些消息中，發現有助於找出凶手的線索，請你提供協助。」

銳利的眼神、強烈的語氣、果斷的措詞——雖然這名刑警看起來很年輕，但具備了歷經風風雨雨，累積了不少經驗的魄力。

即使你這麼說……行伸想要開口，但聲音沙啞，他清了清嗓子後，再度開口說：

「即使你這麼說，我也完全沒有頭緒。我不認為彌生會和別人結怨，只不過我並不瞭解她的私生活，也許她因為意外的事和人結怨，那我就不知道了。」

「她的男性交友方面呢？」松宮的身體繼續前傾，從下方探頭看著行伸的臉問：「她有沒有男朋友？」

「不，我想應該沒有。」行伸搖了搖頭。

松宮坐直了身體問：「你似乎很肯定，請問有什麼根據嗎？」

「並沒有很肯定，只是覺得應該是這樣……而且也從來沒有聽她提過。」

行伸覺得自己的身體微微發熱，有點擔心不知道臉有沒有紅。

「你知道花塚女士從一個月前開始上健身房嗎？」

「啊？健身房？不，我不知道。」
「她請了私人教練，參加了相當正式的課程，而且也同時加入了護膚中心的會員，這件事你知道嗎？」
行伸搖了搖頭，「我第一次聽說。」
「關於這兩件事，你有什麼看法？女人會做這種事，通常都是因為什麼原因下了決心，請問你知道是什麼原因嗎？」
「這……」行伸看向斜上方，微微偏著頭，「我不知道，因為我完全沒聽說。」
事實上，他的確第一次聽說健身房和護膚中心的事。
「最後要請教一個形式的問題，就是關於這個星期四的事，請問你那天也像往常一樣去公司上班嗎？」
「星期四嗎？對，應該是。」
「你那天下午去哪裡工作？如果知道詳細的時間就太好了。」
刑警顯然在問自己的不在場證明。
「請等一下。」行伸說完，去餐桌上拿了手機過來，確認了管理行事曆的應用程式。
「星期四去品川的一棟公寓檢查漏水情況，下午兩點開始作業，四點半左右結束。」
「還有其他人嗎？」

「在作業的時候，為那棟公寓施工的業者也在場。」
「可以請教那個人的姓名和聯絡方式嗎？」
「可以啊。」
行伸操作手機，把對方的名字和電話號碼告訴了松宮。
「你剛才說，四點半結束，之後去了哪裡？」
「收拾完東西後，就一個人回到營業所，大約六點左右。」
「之後就回家了嗎？」
「不，吃完飯才回家。」
「吃飯？在哪裡？」
「這附近的定食餐廳，我通常都在那裡吃了晚餐才回家。」
松宮一臉難以理解的表情偏著頭問：「你女兒也在那家店吃晚餐嗎？」
「她……另外解決。」
「另外解決？」
「她會解決自己的晚餐。她已經是中學生了，自己會做一些簡單的菜。」行伸的嘴角露出笑容，努力表現得若無其事，但無法克制自己臉頰變得僵硬。
「你剛才說，邊看電視邊吃晚餐，是指在那家店的意思嗎？」

「對，不好意思，剛才沒說清楚。」

松宮問了那家定食餐廳的店名和地點，可能打算晚一點去確認。

「吃完晚餐後幾點回到家？」

「應該七點多。」

「之後一直在家嗎？」

「對，一直在家。」

「有沒有和誰通過電話？」

「我忘了。」行伸確認了手機的電話紀錄，「那天晚上沒有。」

「瞭解了，謝謝。另外——」松宮指了指隔壁房間的門，「我們想要請教你女兒幾個問題。」

「我女兒不知道『彌生茶屋』的事。」

「只是形式而已，拜託了。」松宮鞠躬拜託。

行伸起身走到隔壁房間門口，敲了敲門，門內傳來萌奈不悅的聲音問：「幹嘛？」

「妳開一下門。」

門內傳來動靜，然後打開一條門縫。萌奈從門縫中探出頭，但並沒有看父親一眼。

「刑警先生說有事要問妳。」

萌奈轉動了一下眼珠子，「啊？問我？」
「不是什麼大不了的事，」松宮用親切的語氣說，「一下子就結束了。」
萌奈有點遲疑地走出了房間。
「汐見先生，不好意思，可以請你先迴避一下嗎？」松宮面帶笑容對行伸說，「因為如果你在場，你女兒可能會不方便表達意見。」
「是嗎？那我在玄關旁的房間，結束之後再叫我。」
「好，謝謝。」
行伸看到萌奈在刑警對面坐下後，走出了客廳，走進玄關旁的房間時，聽到松宮問：「妳叫什麼名字？」他坐在床上，豎起了耳朵，但聽不到刑警的聲音。
他們到底打算問萌奈什麼？
行伸覺得刑警無法從女兒口中問出任何事，但還是坐立難安，忍不住抖著腳。
不一會兒，聽到了腳步聲，松宮叫著他的名字：「汐見先生。」
他從床上站了起來，打開門，兩名刑警已經穿好了鞋子。
「不好意思，打擾你們休息，那我們就告辭了。」松宮說完，遞上了名片，「如果你想到什麼，可以請你打電話給我嗎？任何微不足道的事都沒關係。」
「好。」

名片上也有手機號碼。

「打擾了。」兩名刑警說完後離開了。

行伸轉身大步走向客廳，發現萌奈剛好從廚房走出來，手上拿了寶特瓶裝的麥茶。

「刑警問了妳什麼？」

「很多啊。」萌奈冷冷地回答。她仍然不看父親一眼。

「妳這麼回答，我怎麼知道？妳說清楚點。」

萌奈重重地嘆了一口氣回答：「星期四的事。」

「他們怎麼問？」

「他們問我記不記得你幾點回家。」

「妳怎麼回答？」

「我說不知道。因為那天晚上，我一直在自己的房間。」

「妳聽聲音應該就知道我回家了啊。」

「我不知道啊，我根本不關心這種事。」萌奈轉過頭，嘟著嘴。

換行伸嘆了口氣，「他們還問了什麼？」

「他們說了一家店名，問我知不知道。因為我不知道，所以就回答不知道。」

「還有呢？」

萌奈沉默不語，板著臉低下了頭。
「怎麼了？他們應該還問了其他問題吧？妳說啊。」
「……他們問了你的事。」
「問了我什麼事？」
「問這半年左右，你有沒有什麼不一樣的地方。有沒有經常愁眉苦臉，好像在煩惱什麼，或是突然變得很開朗之類的事。」
「妳怎麼回答？」
「我說不知道，因為很少碰面。」
「是喔……」
「就這樣而已。可以了嗎？我有很多事要忙。」萌奈說完，快步衝回自己的房間，用力關上了門。
行伸站在原地良久，再度走回玄關旁的房間。和剛才一樣坐在床上後，突然想到一件事，起身打開了旁邊的壁櫥，最下面那一格有一個紙箱。
打開紙箱，裡面雜亂地放著相框和相簿，行伸拿起一個相框。
相片上的行伸比現在年輕多了，健康的怜子站在身旁，兩個孩子都面帶笑容。那是十五年前，全家一起去東京迪士尼樂園時拍的照片，照片中的兩個孩子是繪麻和尚人。

他有一種奇妙的感覺。照片上的一家四口已經消失得無影無蹤，只剩下父親和女兒兩個人的單親家庭。照理說，這個女兒應該為墜入絕望深淵的夫妻帶來重生。

萌奈的確曾經是希望之光，怜子順利生下她時的興奮難以用言語形容。夫妻兩人抱在一起，發誓這次一定要讓這個孩子幸福。

萌奈滿月第一次神社參拜、出生後第一個節日、生日、七五三節——每逢節日，慶祝的規模都比以前繪麻和尚人時更加盛大。在育兒和教育方面花錢毫不手軟，同時也小心預防疾病和意外發生。因為擔心萌奈感染疾病，所以極力避免前往人多的地方，也絕對不帶她去可能有絲毫危險的地方。怜子以前在繪麻和尚人小時候，曾經騎著腳踏車，一前一後載著他們出門，但從來沒有讓萌奈坐過腳踏車，任何時候都有人陪在她身旁，行伸或是怜子中必須有一人完全掌握萌奈的行蹤。

在怜子每天負責接送的幼兒園時代結束，萌奈上小學後，每天都提心吊膽。行伸每天在放學時間的三十分鐘後打電話給怜子。「萌奈呢？」「她已經回到家了。」——這樣簡單的對話可以帶來莫大的安心。

只要一有機會，就會向萌奈提起繪麻和尚人的事。妳曾經有姊姊和哥哥，但有一次大地震時房子倒塌，兩個人被壓死了。爸爸和媽媽都很難過，然後決定再生一個孩子，於是就生下了妳。所以爸爸和媽媽都很愛妳，也很擔心妳。妳不可以做任何危險的事，一定要注意身體。拜託妳了，妳要向爸爸、媽媽保證。

萌奈回應了父母殷切的期待健康成長。雖然曾經得過流行性感冒，也曾經受過小傷，但從來沒有發生需要掛急診的狀況。

萌奈不僅身體健康，而且也很乖巧，很聽父母的話，個性認真，在學業上也很主動。

夫妻兩個平時的話題都圍繞著萌奈。他們曾經為了要不要讓萌奈學游泳發生爭執。行伸擔心會發生溺水意外而反對，怜子主張正因為這樣，所以更要學會游泳。因為既然以後無法避免游泳這件事，當然越早學會越好。行伸最後同意了，萌奈第一次下水的日子，他還特地向公司請假去看她。

雖然內心的傷痛並沒有消失，每次感受到萌奈的成長，就更常回想起死去的一對兒女。如果繪麻還活著，現在應該讀高中了；不知道尚人在中學會參加什麼社團。每次想像這些事，就忍不住陷入沮喪。明知道現在想這些也無濟於事，但仍然忍不住想像，如果當時沒有讓他們姊弟兩人自己出門，也許就不會發生這一切。當然，他絕對不會把這些話說出口。

萌奈的確讓家裡重新有了笑聲。行伸確信，自己和怜子看著前方，他決心不要再回頭，一家三口要攜手走下去。

沒想到陷阱藏在意想不到的地方。

三年前，怜子在買菜途中昏倒，被救護車送去了醫院。行伸慌忙趕去醫院，醫生告訴他極其震撼的消息。

怜子得了白血病，而且是必須馬上治療的階段。

行伸眼前一片漆黑。自己好不容易走出失去兩個孩子的傷痛，這次又要奪走妻子的生命嗎？

但是怜子並沒有沮喪。她回答說「我知道了」之後，對醫生說：「我想要徵求第二意見，可以請你介紹其他醫院嗎？」怜子的語氣很堅強，絲毫感受不到慌亂，行伸發自內心感到驚訝。

主治醫生說，徵求第二意見當然沒問題，但因為時間緊迫，希望她趕快前往接受診斷，然後立刻為她準備了轉介到其他醫療機構的介紹信。

在那家醫療機構接受診察的結果也一樣，而且治療方針也沒有不同，於是決定回到原本的醫院接受治療。

汐見家的生活當然完全變了樣。行伸必須承擔起家務事，當時他即將退休，想到日後還要支付醫藥費等龐大的開支，他必須繼續工作，所以只能利用工作和家務事的空檔，為找下一份工作奔走。

行伸只能在非假日的晚上和週六、週日帶萌奈去醫院探視怜子，怜子總是笑臉相迎，她最大的樂趣就是聽萌奈聊學校的生活。雖然每次見到她，她都比之前更瘦，而且因為治療的關係，頭髮都掉光了，但她面對女兒時，總是露出燦爛的表情。

她經常向行伸道歉說：「對不起，給你添了麻煩。」

「沒問題，不必擔心我，妳只要專心治療。我退休後的工作即將有著落了，妳不必擔心錢的事。」

「謝謝。」怜子說話很小聲，卻很有力，「我不會輸，我絕對要活下去。我要長命百歲，要看著萌奈成長。我的夢想是親手抱一抱萌奈生的孩子，為了實現夢想，再大的痛苦我都可以忍受。」

行伸緊緊握住了她的手，他覺得「加油」這兩個字太敷衍，所以只是注視著她的眼神，點了點頭。

「第一個目標，」怜子說完，將視線移向萌奈，「就是要看萌奈穿水手服。」

「嗯。」行伸回答。怜子顯然想起了在上中學之前就離開人世的繪麻。

可惜怜子剩下的時間無法讓她完成第一個目標。在一月難得的溫暖午後，怜子在行伸和萌奈的守護下結束了短暫的一生。那一年她才五十二歲。

那天之後，行伸和萌奈就開始了父女兩人的生活。行伸覺得從今以後，自己除了扮演父親的角色以外，還必須承擔起母親的角色。每次和萌奈相處時，都會思考如果怜子活著，她會怎麼做。萌奈即將進入青春期，這個年紀的女孩會覺得父親很煩。以前繪麻也一樣，在最後見到她的那天早上，她也沒有和行伸好好說一句話。

怜子死後三個月，萌奈成為中學生。行伸決定買智慧型手機送她作為賀禮。萌奈之前一直想要，怜子似乎和她約定，等她上了中學就送她。

萌奈如願得到渴望已久的禮物似乎很滿足，她雙眼發亮地滑手機的身影，完全感受不到母親三個月前才去世的悲傷。

這樣很好。行伸這麼告訴自己。

然而，不久之後，行伸越來越不確定，這樣真的好嗎？萌奈在極短的時間內，就學會了充分使用這個可以輕易踏入未知世界的溝通工具。她經常關在房間內好幾個小時都不出來，行伸猜想她和同學在社交軟體上交流。萌奈上了中學後，一定建立了新的人際關係，也一定結交了和以前讀小學時不同的朋友。她加入了網球社，應該很重視和社團朋友的聯絡，所以有很多可以在社交軟體上交流的朋友。

萌奈在家也這樣，行伸根本不知道她在外面時的情況。雖然學校禁止學生在上課時打開手機，但現在的中學生不可能乖乖遵守學校的規定。萌奈雖然個性認真，但很可能因為同學的慫恿，或是不想被同學討厭，和同學一起不遵守規定。

如果怜子還活著會怎麼做？怜子一定會數落她。

只是行伸不知道該在什麼時候提醒她，而且更不知道該怎麼提醒。學校並沒有請家長去學校，她的成績也沒有退步，所以行伸一直找不到機會。

如果知道她如何使用手機，問題就簡單了。她和哪些人聯絡？雖然應該不可能，但會不會去上一些不正派的網站？行伸越思考，越有許多負面想像浮現在腦海。

有一天晚上，萌奈在洗澡時，行伸發現她的手機放在桌子上。

行伸戰戰兢兢走過去拿了起來。他猜想一定鎖住了，沒想到根本不需要密碼就打開了。

怎麼辦？他猶豫起來。他當然很想看手機，但有什麼東西阻止了他的這種想法。是良心嗎？即使是父親，也不能侵犯女兒隱私的想法，阻止了自己的手指繼續滑動嗎？

「你在幹嘛？」

聽到旁邊傳來的叫聲，行伸驚訝得感覺心臟差點從嘴裡跳出來，手機掉在地上。他慌忙想撿起來，聽到萌奈尖聲叫著：「你不要碰！」整個人愣在那裡。

穿著浴袍的萌奈撿起了手機，她濕濕的頭髮還滴著水。

「我什麼都沒看。」行伸說，「我沒騙妳，只是看到妳沒鎖，在想到底是怎麼回事？」

「你為什麼要確定我的手機有沒有鎖？難道不是想看手機的內容嗎？」女兒雙眼通紅瞪著父親。

「不，那個……」他想不到藉口。

萌奈用力吐了一口氣。

「我沒有鎖手機，是因為和媽媽的約定。」

「和媽媽？」

「媽媽說，會買手機給我，但我要遵守約定。其中一項約定就是手機不可以鎖住。因為沒有鎖，大人隨時可能看到，所以不會拿來做壞事。」

「……是這樣啊。」

穿著浴袍的萌奈走進自己房間，又很快走了回來，手上拿著一張白色的A4紙，然後遞到行伸面前說：「你看。」

行伸接過來，發現上面用鋼筆寫了字。

『關於手機的十項約定

・禁止在吃飯時用手機

・當天功課完成後才能使用

・一天不超過兩個小時，晚上九點之後禁止使用

・不課金

．下載應用程式時要和大人商量
．考試期間禁止使用
．禁止走路看手機
．絕對不留電話給陌生人
．不上不正派的網站
．不鎖手機』

「媽媽說過，只要我遵守約定，她絕對不會偷看我的手機。爸比，我有不遵守約定嗎？雖然你以前可能不知道，但我一直都遵守。」

行伸無言以對。他不知道怜子和萌奈之間有這樣的約定，雖然之前聊到要買手機給萌奈時，怜子曾經說：「別擔心，我會好好教她」，但並沒有說詳細的情況。但是這無法成為行伸的藉口，如果萌奈遵守了這些約定，就代表她的使用方式很正常。行伸並沒有證據顯示萌奈沒有遵守這些約定，她一直在自己的房間，未必一直都在玩手機。

「對不起，」行伸說，「因為我很擔心，所以忍不住……」

「你擔心什麼？」

「當然是擔心妳，擔心妳發生什麼狀況。」

「什麼狀況？」

「這……很多啊，像是捲入什麼糾紛之類的。」

「我現在是中學生了，你可不可以相信我？」

「我當然相信妳，但世界上有各種各樣的人，壞人可能透過手機接近妳。」

「我不會和這種人扯上關係，不用擔心。」

「但是爸比很擔心，想到萬一妳出什麼事，我就坐立難安。爸比失去了妳的姊姊和哥哥，這次又失去了媽媽，不希望再有令人難過的事了。爸比只有妳了，所以妳絕對——」

「不要！」萌奈大叫著，「我就知道你會說這種話，絕對會這麼說。因為每次都這樣。我受夠了，不要再這樣，有完沒完啊！」

萌奈突然抓狂地大叫，行伸感到不知所措。

「不要什麼？妳希望我不要什麼？」

「你不要再用這種眼神看我，不要用你只剩下我這種眼神看我。我真的覺得很煩，煩透了，也覺得很噁心，我已經受夠了。」

「疼愛女兒有什麼錯？」

「才不是！你的眼神才不是這樣。媽媽也死了，你失去了依靠，所以想要用我來取代，你就是這種眼神。」

「才沒有這種事。」
「你騙人！」
「我並沒有依靠妳，妳還是中學生，我依靠妳什麼？」
「但你把我當作你生命的意義，不是嗎？」
「這有什麼問題嗎？小孩子就是父母的心靈支柱，生命的意義，每個家庭都這樣，這很正常啊。」
「但我們家不正常。我從出生的那一天開始就是替代品。爸比和媽媽的兩個孩子死了，你們為了消除自己的悲傷才生了我，不是嗎？我小時候你們就一直這麼對我說：萌奈，希望妳連同已經離開的姊姊和哥哥的份好好活著，希望妳得到幸福。」
「這是我們的心願，我們不希望妳也像他們一樣。」行伸指著放在客廳的照片，那是繪麻和尚人的合影，「所以我們連同他們的份疼愛妳。」
「這不關我的事，我已經受夠了。老實說，他們和我根本沒有關係！」萌奈走到矮櫃前，把相框蓋了起來。
「妳在幹嘛！」行伸甩了萌奈一巴掌。
萌奈尖叫一聲，看著父親。雖然她眼淚快流出來了，但眼中充滿反抗，絲毫沒有退縮。

「我是我，我來到這個世界不是別人的替代品，不想聽別人說什麼要我連同死去的人的份活著。」

「萌奈……」

「媽媽死了，你可能為又少了一個支持你的人感到沮喪，但你不要對我抱有期待。我也很難過，但我不會依靠你，因為我並不指望你，所以你也不要指望我，不要把我當成心靈支柱和生命的意義。」

萌奈捂著剛才被打的臉頰，衝進了自己的房間，直到隔天早晨，都沒有再出來。

那天之後，父女之間的關係持續惡化到令人絕望。萌奈不再叫行伸「爸比」，而是改叫「爸爸」。

萌奈內心應該也有很多想法，從出生那一天開始就是替代品——這句話太沉重、太悲傷。她的確是行伸和怜子為了走出悲傷所生的孩子，而且也多虧了她，讓他們決定向前看。

但是，萌奈自己有什麼感受？

父母和姊姊、哥哥的悲劇與她沒有關係，但在她懂事之前，就已經背負了沉重的負擔。聽父母說她從來沒有見過的哥哥、姊姊的事，父母希望她連同他們的份活下去。

仔細思考之後，就知道不可能不對她的心靈造成負擔，但萌奈以前從來不曾表現出來。因為她心地很善良，所以一定覺得自己必須回應父母的期待，必須完成自己的使命。只不過忍耐有限度，那一天，她壓抑在內心的不滿終於爆發了。

行伸不知道該怎麼和萌奈相處，完全不知道該對她說什麼，也不知道該為她做什麼，簡直就像和一個未知的外星人生活在一起。

然而，行伸最近發現一件事，也許從很久之前開始，對他來說，萌奈就已經是外星人了。他不知道萌奈在想什麼，也避免觸及她本質的部分。

他現在終於知道，當時拿著她手機時為什麼不敢看。

並不是擔心會侵犯她的隱私，而是他覺得手機中隱藏了自己陌生的、女兒的真實面貌，他不敢看。

8

旗魚還是紅鮭？松宮在猶豫之後，選擇了紅鮭。一看菜單就決定要點旗魚的加賀又加點了日式炒芹菜和啤酒。

店員離開後，松宮問他：「恭哥，你今晚也要住在分局嗎？」

坐在對面的加賀鬆了鬆領帶，皺起眉頭，點了點頭。

「偵查範圍始終無法縮小，相反地，還不斷擴大。因為偵查對象持續增加，刑警回到特搜總部時也會帶來更多消息，所以製作偵查會議的資料也需要花更多時間。」

「看你的表情似乎在說，如果有令人眼睛為之一亮的消息，整理資料起來也會帶勁些。」

加賀聽了松宮的話，忍不住「哼」了一聲。

「如果這麼想的話，就沒辦法做這份差事，只能抱著如果一千顆石頭裡有一顆鑽石就算是大賺的心態。」

炒芹菜和啤酒送了上來，加賀拿起啤酒瓶，分別在兩個杯子裡倒了啤酒。兩個人首先拿起杯子，說了聲「辛苦了」，喝了一口啤酒。

雖然已經過了晚餐時間，但他們來到這家從分局走路只要幾分鐘的食堂吃晚餐。這家位在路旁的食堂很寬敞，店內排放著木製的四方桌和椅子。

「昨晚的情況怎麼樣？」加賀用筷子夾起炒芹菜問，「你找我出來吃晚餐，就是為了聊這件事吧？」

「因為這種事不能在分局談，但也不是站著就可以說完那麼簡單的內容。」

加賀露出好奇的表情，招了招左手，示意他繼續說下去。

松宮確認附近沒有其他客人後，抱起雙臂，把雙肘放在桌子上，詳細說明了和芳原亞矢子的對話。他在說話時，觀察著加賀聽到這麼複雜的情況會有什麼反應，但表哥和聽偵查員報告時一樣，臉上的表情並沒有太大的變化。

「所以我昨晚對芳原小姐說，目前無法給予任何答覆，然後就回家了。」

加賀聽了松宮的總結，點著頭，為自己的杯子裡加了啤酒。

「聽你剛才說的內容，我覺得那個人不像在說謊。」

「我也這麼認為，因為沒有理由為了說謊，不惜偽造公證書。」

「既然這樣，那是誰在說謊呢？還是她那個罹患了末期癌症的父親？」

「我認為可能性很低，畢竟關係到遺產繼承的問題，所以顯然是另一個人在說謊。」

「另一個人。」加賀嘀咕後，露出探詢的眼神問：「你有沒有聯絡克子姑姑？」

「今天早上出門前，我打電話給她。因為她在種蔬菜，所以最近都早睡早起。我直截了當問她，芳原真次是不是我爸爸？」

「她怎麼回答？」

「和上次一樣，她回答說她不想說。」

加賀露出苦笑說：「她來這招啊。」

「我向她提了遺囑的事，然後問她，我可以接受認領嗎？她說我的事，就由我自己決定，然後就掛上了電話。」

「喔喔……看來有難言之隱啊。」

「即使是這樣，為什麼不告訴我？難道你不覺得她應該向我說明嗎？」

「姑姑應該有她的想法，也許她覺得為你著想，不告訴你比較好。」

定食送了上來。這家食堂最有名的是山藥泥麥飯，搭配烤魚、小菜和豬肉蔬菜味噌湯。

加賀把山藥泥淋在麥飯上吃了一口。

「真是太好吃了。想要在附近找一家物美價廉的餐廳吃晚餐，就得向轄區警局的人打聽。」

長谷部向松宮推薦了這家餐廳。

松宮也把山藥泥淋在麥飯上後吃了一口。山藥的香氣和湯汁相得益彰，的確很好吃。
「果然難以啟齒說自己被拋棄了嗎？」松宮用筷子夾紅鮭時嘟噥著。
「你是說姑姑嗎？」
「嗯。」松宮點了點頭，「我稍微計算了一下，芳原亞矢子說她四十歲，她媽媽是在她六歲的時候出車禍，然後她爸爸就回家了。也就是說，那場車禍是在三十四年前發生的，我今年三十三歲。」
「所以說，發生車禍的當下，你還沒有出生嗎？」
「對，我媽很可能當時已經懷孕了。雖然是這種狀況，但那個男人還是回到原本的家庭。這種情況當然就是被拋棄。但是她無法對生下來的兒子這麼說，所以只能謊稱他已經死了。」
「這的確是合理的推理，但有幾個疑問。」
「比方說？」
「如果那個男人能夠滿不在乎地拋棄已經懷孕的情婦，應該不會在遺囑中認領兒子。而且那個人回到原本的家庭後，等待他的是什麼？是必須照顧因為車禍受到重傷的太太，我不認為這是被一時的感情沖昏頭腦，行為輕浮的人會做的事。」
「即使你這麼說，但他的確一度拋棄家庭，在外面有了女人，這種人無法信任。雖然他回到了原本的家庭，也不能說他沒有算計。他是入贅丈夫，原本無法繼承旅館，但既然太太受了重傷，意外有了繼承的機會，所以他就假裝是好人回到了原本的家庭。你不覺得完全有這種可能嗎？」

「嗯，並非完全不可能。」

「是不是？我認為這種可能性比較高。」

加賀停下筷子，一臉難以釋然的表情偏著頭。「嗯，但是……」

「怎麼了？」

「這是很多年前的事，我曾經聽克子姑姑提到你爸爸。你以前不是打過棒球嗎？」

「在中學之前。怎麼了嗎？」

「你說要打棒球時，姑姑好像很驚訝。因為周遭很多小孩都踢足球，但你在電視上看到高中棒球賽，就說自己也想打棒球。」

「小時候的事，我不太記得了，差不多就是這樣吧，所以呢？」

「姑姑聽了之後，似乎覺得血緣真的騙不了人。因為好像你爸爸也愛打棒球，高中時參加了棒球社，在球隊當捕手，以進入甲子園為目標。」

正準備吃小菜的松宮停下了筷子。

「我從來沒聽過這件事。」

「我也只有那次聽說，之後才是重點。姑姑說這番話時的表情要怎麼說……看起來很高興，好像為你確實繼承了你爸爸的基因感到高興。如果她覺得自己遭到拋棄，我認為不會露出那種表情。」

松宮忍不住有點慌亂。因為加賀的意見一針見血，而且很有說服力，他不知道該如何反駁，視線飄忽起來。

「不過不能貿然下定論，因為每個人都有各自的不得已。」加賀勸說著，再度吃了起來，「我只是提供一下參考意見，你不必放在心上。」

「不，我會記得，謝謝。」

松宮說完，也再度吃了起來。

兩個人默默吃著，豬肉蔬菜味噌湯很清爽，忍不住一口接著一口。

啤酒雖然喝完了，但加賀並沒有加點，而是請店員送茶上來。他應該不好意思滿身酒氣地走進分局。

「如果你的事說完了，我想談工作的事。」加賀吃完所有的餐點後說。

「請說。」

「你剛才說，你覺得汐見行伸的態度有問題。」

「只有一個地方。」松宮伸手拿起茶杯，點了點頭，「他說不瞭解花塚的私生活，但在我問到花塚是否有男朋友時，他用相當強烈的語氣否認說，應該沒有。如果他不瞭解狀況，通常不是會說不知道，或是不瞭解嗎？」

「的確不自然，那松宮刑警有什麼見解呢？」

「我認為汐見就是她交往的對象，所以他才很有自信地說，應該沒有男朋友。那是代表除了他以外，並沒有其他男人的意思。」

「原來是這樣，但他為什麼不說實話？」

「問題就在這裡。汐見的太太已經死了，花塚也是單身，他們並不是外遇，根本沒必要隱瞞交往的事，更何況照理說，他會希望趕快逮捕殺了女朋友的凶手，應該主動告訴警察，協助警方偵查。既然他沒有這麼做，就代表他有什麼虧心事吧。」

加賀雙眼露出可怕的眼神，他雙手放在桌子上，稍微把臉湊了過來。

「你說他沒有不在場證明？」

「他沒有不在場證明，就連他女兒也說不知道他幾點回到家。」松宮看著加賀的眼睛回答。

從汐見行伸的家離開後，松宮和長谷部立刻前往他常去的那家定食餐廳。向店員確認之後，汐見的確在星期四晚上六點半左右去了那裡。他大約吃了三十分鐘左右，所以七點左右離開。汐見說他七點多回到家，但無法證明。問了他的女兒萌奈，萌奈說她一直在自己房間，所以不知道爸爸什麼時候回家。

「假設他離開定食餐廳後直奔自由之丘，大約晚上八點左右抵達，完全有可能犯案。」

加賀露出比剛才更嚴肅的表情問：「動機是什麼？果然是感情糾紛嗎？」

「這就很難說了。我只是認為，如果汐見這傢伙是花塚的交往對象，和命案有關的可能性很高。」

「他還不是嫌犯，不要叫他這傢伙。除此以外，還有什麼不自然的地方嗎？」

「他的供詞並沒有太大的矛盾。汐見……汐見說，他是在星期五晚上，在定食餐廳看了電視的新聞報導，得知了這起命案，店員記得他當時的樣子。因為他目不轉睛地盯著電視，所以店員留下了深刻的印象。」

「目不轉睛嗎？如果是『彌生茶屋』的常客，這種反應很正常。」

「如果是凶手的話，也會有這種反應。因為會很在意新聞會怎麼報導這起命案。」

加賀移開視線，露出沉思的表情，然後又將視線移回松宮身上。

「做我們這一行，經常深刻瞭解到人不可貌相這件事，但我還是想問你一下，你眼中的汐見行伸是怎樣的人？」

松宮吸了一口氣。因為他預料到加賀可能會問這個問題，所以事先準備了答案。

「我認為他本質上並不是壞人，只不過內心有黑暗。」

加賀意外地挑了挑眉毛說：「你似乎對自己的意見很有把握嘛。」

「他自己在定食餐廳吃晚餐，讓女兒在家裡煮來吃。如果只是偶爾這樣也就罷了，但他們每天都這樣。照理說，父女兩人相依為命，不可能有這種事。我認為過去可能發生過什麼重大的事，導致他內心有點扭曲，搞不好他女兒也一樣。」

加賀聽了松宮的話，抱著雙臂，閉上了眼睛。松宮可以感受到他絞盡腦汁思考著。

不一會兒，加賀睜開了眼睛。

「那就在你的直覺上賭一把。明天開始，你和長谷部兩個人開始調查汐見行伸周邊的情況，我會去向股長說明。」

「收到。」松宮豎起了大拇指。

9

亞矢子確認完液晶螢幕上顯示的會計軟體中所有的數字，重重地倒在椅背上。她從桌子抽屜中拿出眼藥水，左右兩眼各滴了三滴。因為昨晚住在東京的關係，今天晚上必須處理兩天份的事務工作。涼涼的藥劑滲入疲憊的雙眼，她用手指在眼瞼上輕輕揉著。

她睜開眼睛，看著筆電上的時間。目前是晚上十點多，只有亞矢子一個人還留在辦公室。

她轉動著僵硬的脖子，用右手揉著左側肩膀時，聽到背後傳來開門的聲音。「女主人，」上晚班的女性員工叫著她，「脇坂律師來了。」

「請他進來。」

她讓筆電進入休眠模式後站了起來，走向辦公室角落的流理台，打開日本茶的茶葉罐，然後把倒在蓋子上的茶葉放進茶壺。

她正在把熱水瓶中的熱水倒進茶壺時，門打開了，脇坂慢條斯理地走了進來。「嗨，妳好啊。」

亞矢子轉向他說：「律師，不好意思，還麻煩你特地來一趟。」

脇坂搖了搖手說：

「不不不，我也很關心後續的情況，更何況原本就是我先提起這件事，而且當事人還活著，就慫恿妳看他的遺囑，其實算是犯規。」

「即使我在爸爸死了之後才看到，我也必須做相同的事。」亞矢子看著年邁律師的眼睛說，「我應該還是會去東京找他。」

「是啊……我想也是。」

脇坂從外祖父母的時代就出入這裡，他熟門熟路地走去會客區的沙發上坐了下來。

亞矢子用托盤把倒了日本茶的茶杯端了過來，其中一杯放在脇坂面前，另一杯放在自己手邊。「請喝茶。」

「所以，」脇坂露出窺視的眼神，「妳有沒有見到那個姓松宮的人？」

「見到了。果然不出所料，他比我年紀小，也就是我的弟弟。」

「嗯，是啊，正常來說應該是這樣。」脇坂伸手拿起了茶杯。

之前他們曾經討論，如果真次在外面生了孩子，很可能是在分居的那段時間，當然也就是在亞矢子出生之後。

「妳告訴對方多少？」

「我給他看了遺囑的影本，還有大致說明了爸爸的情況。」

「對方的反應呢？」
「他很驚訝。」
「當然會驚訝。」脇坂笑得肩膀都搖了起來，「他是怎樣的人？」
「他是警察，而且是警視廳搜查一課的刑警。」
「是喔。」脇坂瞪大了眼睛。
「看起來意志很堅定，也很頑固，我覺得是一個誠實優秀的年輕人，而且很聰明。」
「不錯，真是太好了。怎麼樣？」脇坂露出好奇的表情，「根據妳的觀察。遺囑的內容正確嗎？」
「錯不了。」
年邁的律師聽到亞矢子斬釘截鐵的回答，意外地噘著嘴。
「妳毫不猶豫啊。」
「因為我很有把握。」亞矢子笑了笑，「他就是爸爸的兒子，至少有血緣關係，而且是很深的血緣關係。」
「他們長得很像嗎？」
「非常像。」亞矢子深深地點頭。
她見到松宮脩平時，甚至覺得根本不需要再確認了。因為松宮精悍的臉龐簡直和真次年輕時一模一樣，不僅如此，就連不經意的動作、舉手投足都像一個模子刻出來的。

亞矢子簡略地向脇坂說明了和松宮的對話。

年邁的律師有點痛苦地撇著嘴，發出「嗯」的低吟。

「綜合雙方說的情況，真次不是在東京，而是在高崎有了另一個家庭，最後拋棄對方，回到了原來的家庭，這似乎是不可爭辯的事實。」

「我也認為必須承認這件事，只是我覺得『拋棄』的說法是否正確則有待商榷。」

「喔？」脇坂嘟著下唇，「妳的意思是說，並不是拋棄，而是雙方經過溝通，在彼此都同意的情況下分開嗎？」

「不是我的意思，而是我希望是這樣。」

「我也有同感，我也不希望真次是這麼無情的人。他這個人很有責任感，正因為這樣，聽到正美車禍重傷，他無法袖手旁觀。他覺得自己必須照顧太太。」

「我也這麼認為。小時候看到他在家裡照顧媽媽的身影，真的很佩服他，覺得爸爸很了不起。現在我可以說實話了，自從車禍之後，我有時候覺得媽媽根本不像是媽媽，也不希望她是我媽媽。因為她大腦受到損傷的關係，性格完全變了樣，不要說認不出我，她有時候甚至不知道自己是誰。」

「不光是妳，正美的父母，也就是妳的外祖父、外祖母的悲傷也不同尋常，他們深受打擊，變得很憔悴，看在旁人眼中都覺得很不忍心。」脇坂垂著已經灰白的兩道眉毛說。

亞矢子回想起當時的情景，心情也很沉重。

「那時候，幾乎每天都有人流淚。」

「是啊，對芳原家來說，根本無心經營旅館。光就這點來說，真次發揮了很大的作用。妳也知道，他除了擔任主廚以外，在經營方面也發揮了重要的作用。如果沒有他，『辰芳』應該會陷入苦戰。」

「搞不好已經倒閉了。」

「完全有可能，但他從來沒有說過任何驕傲自大的話，相反地，他經常說，自己只是代為管理，他的任務就是在妳成為女主人之前，他照顧好『辰芳』這家旅館。還有……嗯，我想起來了，他之前曾經說過一句奇怪的話。」脇坂突然露出好像想起什麼似的表情。

「請問是什麼話？」

「那一次我問他，為什麼可以這麼犧牲奉獻？結果他回答我說，並不是犧牲奉獻，只是在為自己擦屁股。」

「擦屁股？」亞矢子皺起眉頭，「請問是什麼意思？」

「雖然我問了他，但他並沒有再說什麼，還叫我忘了這句話。」

「聽爸爸的意思，好像他做錯了什麼事。」
「是啊。現在回想起來，可能是指曾經在其他地方建立另一個家庭。」
「但是，」亞矢子摸著自己的臉頰，「『辰芳』是因為媽媽發生了車禍，才會陷入困境，和爸爸並沒有關係。」
「照理說應該是這樣。」
「因為當時我年紀還小，所以不是很清楚詳細情況，聽說是媽媽坐朋友夫婦的車子，結果好像墜落了。」
「在轉彎時，方向盤失控墜落懸崖。那對夫妻的先生開車，他們夫妻都死了，坐在後車座的正美總算撿回一命。」
亞矢子也曾經聽說過這些事，因為朋友夫婦都死了，所以無法追究責任。
「為什麼爸爸說他是在為自己擦屁股？」
「這就不知道了。」脇坂偏著頭，「目前的當務之急，還是要先搞清楚在高崎到底發生了什麼事。恐怕要問那位克子女士，才能夠瞭解情況。」
「是啊，只是聽松宮先生說，事情好像沒那麼簡單。」
「是嗎？真是傷腦筋啊。」脇坂喝完茶之後，看了一下手錶說：「已經這麼晚了嗎？那我差不多該告辭了。」他站了起來。
亞矢子也跟著站起來。

「路上請小心，如果有任何進展，我會和你聯絡。」

「真次留下了一個棘手的謎啊。不對，還不能這麼說，但他似乎沒打算解開這個謎。早知如此，當初在擔任預立遺囑的見證人時，我應該向他問清楚。」

「我認為問了也沒用，如果他當時會回答，應該早就告訴我了。」

脇坂聳了聳肩之後點著頭。

「是啊，有道理——啊，妳留步，不用再送我了。晚安。」

「晚安。」

亞矢子目送脇坂走出辦公室後，再度在沙發上坐了下來。

脇坂最後說的那句話在耳邊迴響。棘手的謎。亞矢子完全同意。

亞矢子應該一輩子都不會忘記第一次看遺囑時的衝擊。立遺囑人認領下列人士為立遺囑人芳原真次和松宮克子之子——

她陷入了混亂，覺得天旋地轉，完全搞不清楚狀況。

但是，她無法一直陷入困惑。因為遺囑中指定亞矢子是遺囑執行人，聽脇坂說，執行人必須在遺囑生效起算十天之內辦理認領非婚生子女的手續。也就是說，在真次死亡之後，亞矢子開始辦理遺產繼承手續時，必須和松宮脩平接觸。

於是她覺得既然這樣，不必等到真次死後，現在就立刻去見他。理由就是和松宮說的那樣，她認為也許可以瞭解詳細情況，也想見一見同父異母的兄弟。最重要的是，也許可以在真次辭世之前安排他們見面。

亞矢子再度回想起在東京和松宮脩平見面時的情況。

和同父異母的弟弟見面時有適度的緊張，想到這個人和自己有血緣關係，就產生了一種奇妙的感慨。

得知他的職業後，雖然有點驚訝，但也感到安心。因為她一度擔心，萬一他靠離經叛道的事為生該怎麼辦。如果是這種人，很可能為了遺產接受認領，而且甚至可能會動歪腦筋，想要霸佔「辰芳」。

這個人值得信賴。亞矢子在和松宮脩平說話時想道。他充滿正義感，討厭那種偷雞摸狗的事，所以他才會當警察。之前曾經聽說，搜查一課內菁英匯聚，他一定也很優秀。

松宮似乎完全不知道有真次這個人，這代表他出生至今，從來沒有見過嗎？但真次直到最近，都很瞭解生活在遠方的兒子近況。遺囑上所寫的地址，是松宮母子兩年前才搬離的公寓。

亞矢子不知道真次是因為怎樣的來龍去脈在外面生了孩子，也許是一時意亂情迷，但最後選擇回到原來的家庭時，也許已經做好了一輩子都見不到那個孩子的心理準備。

然而，他必定一直很掛念，而且從來不曾忘記過。他也必定很想在死前見到兒子，哪怕只見一次也好。

亞矢子發自內心希望能夠為父親圓夢。

10

原本打算在中午之前就完成的工作意外費事，所以不得不放棄了午餐。下午的第一個工作完成時，已經四點多了。雖然知道時間有點尷尬，但行伸還是走進了常去的一家中餐廳。

他坐在吧檯前，點的炒飯剛送上來，就聽到手機發出收到電子郵件的聲音。他從口袋裡拿出手機，發現是之前公司的後輩傳來的。

『汐見哥：

好久不見，不知道近來可好？我離退休只剩一年了，還死皮賴臉地繼續賴在這裡（笑）。

之所以傳這封電子郵件，是因為有一件事讓我有點在意。

昨天，警視廳的人來公司，是一個姓松宮的人。

那個人似乎在調查你，我也被他個別找去問了幾個問題。他只說「目前針對發生一起事件的某家店的所有常客進行調查，盡可能多蒐集各方消息。汐見先生只是其中之一，並不是他有什麼特別的嫌疑」，並沒有向我說明詳細的情況。

我認為沒什麼好隱瞞的，就坦誠說了我所知道的所有情況。他問了你的為人和最近的情況之類的問題，還問了你目前有沒有交往的對象，我對這個問題回答說不知道。

對方保證絕對不會對外洩露打聽到的事，所以我想應該不會給你添麻煩，但還是知會你一聲。

正值換季，請多保重，改天約吃飯。』

行伸邊吃炒飯，邊看電子郵件，忍不住嘆了一口氣。

他還接到好幾個人傳來類似的內容。有在之前那家公司的同期同事，也有學生時代的老同學，行伸和他們的交情都不錯，至今仍然會不時聯絡。正因為這樣，他們才會通知他有刑警上門。刑警實際上應該找了更多人調查，應該也問了目前的同事，但因為他們都和行伸沒有太多交情，所以沒有人告訴他。那些人也許在心裡想，那個二度就業、姓汐見的老頭不知道幹了什麼壞事。

這些向他通風報信的老朋友都提到了同一件事，就是刑警都問他們，行伸目前是否有女朋友。他們都回答不知道。這也是理所當然。因為他還沒有向任何人提過花塚彌生的事。

警察——松宮應該發現了行伸和彌生的關係。只要問「彌生茶屋」的常客，其中有幾個人提到這件事也很正常。雖然那些人在作證時應該會辯稱，這只是自己的想像。

松宮一定認為，汐見行伸和花塚彌生在交往。行伸的妻子死了，對方離婚超過十年。他們彼此都是單身，即使被其他人知道也完全沒有問題。既然這樣，為什麼連常客都要隱瞞？即使原本認為沒有必要公開，但女朋友遭到殺害，照理說，應該主動向警方坦承這件事，協助警方偵辦。一定有什麼特殊原因，所以才會這麼做。

警方不可能不把這件事和這起事件結合，在掌握可以證明行伸和彌生之間關係的明確證據之前，松宮絕對不會放棄追查。

真傷腦筋。到底該怎麼辦呢？

他食不知味地吃完了整盤炒飯，然後把湯匙放在空盤子上，正打算拿出皮夾時，看到了放在吧檯上的芝麻球照片。他已經有好一陣子沒吃甜點了。他向店員點了一份。

他重新坐了下來，拿起芝麻球的照片。他想起了第一次走進「彌生茶屋」的情景。雖然那家店的菜單上並沒有芝麻球。

行伸一見到花塚彌生，立刻心跳加速。不光是因為她看起來年輕的外表，她全身發出的氣場讓他驚為天人。

他確信這是命運的安排。他終於遇到了命中註定的人。

行伸吃著加了大量鮮奶油的磅蛋糕，偷偷觀察著花塚彌生的一舉一動。也許說視線無法離開她更正確。

那天之後，他只要一有時間就去「彌生茶屋」。那家店有八成以上的客人是女人，年過六十的男人出入那家店想必很引人注目，不久之後，彌生就主動找他說話。

你是不是喜歡甜點？你最喜歡哪一種蛋糕？彌生先問了這種問題，漸漸問了行伸的私事。你住在這附近嗎？做什麼工作？

這麼一來，行伸也比較容易問彌生的情況。他問了彌生對飲食的喜好，和平時在家時做什麼，得知彌生喜歡吃日式料理和日本酒，店休的前一天晚上會用DVD看好幾部老電影。

去了幾次之後，行伸掌握了「彌生茶屋」生意比較好和比較不好的時段，他盡可能在客人比較少的時段前往。因為沒有其他客人時，就可以好好和彌生聊天。

不久之後，他察覺到彌生似乎也不討厭自己。正因為覺得自己不是討厭的客人，所以才會坐下來和自己聊天。

彌生是一個細心體貼的聰明女人，也可以說，她是那家店的招牌。客人中有各式各樣的人，有時候也會有人態度很過分，彌生也具備了能夠處變不驚，化險為夷的堅毅。

行伸曾經問過她，為什麼會開咖啡店，彌生回答說，因為渴望緣分。

「任何人都無法獨自生活，有緣結識許許多多人的人生才會更加豐富，但我不得不放棄一個很大的緣分。」

彌生說，那就是孩子。

「每次看到懷孕的女人就很羨慕，忍不住想，啊，這個女人在幾個月後，就會有很美好的緣分。」

行伸聽了她這番話，腦海中浮現一個幻想，而且這個幻想不斷膨脹。這個幻想就是——希望這個女人可以成為萌奈的母親。他認為彌生一定可以帶給萌奈某些自己缺乏的東西。

芝麻球送了上來。他摸了一下，發現還很燙。正當他想要吃的時候，手機響了。一看螢幕顯示，他吃了一驚。是怜子的娘家打來了。

行伸按下了通話鍵，站了起來，小聲說：「喂？我是汐見。」

「行伸嗎？我是竹村。」電話中傳來岳母的聲音，「你現在方便說話嗎？」

「沒問題。妳好，好久不見。」他把手機放在耳邊，走出了餐廳，「有什麼事嗎？」

「今天有東京的警察來找我。」

行伸倒吸了一口氣，小心翼翼地問：「然後呢？」努力不讓自己的聲音透露出內心的慌亂。

「我也不太清楚，說什麼是為了偵查，問了很多關於你的事。即使我問對方是在偵查什麼，對方也堅持說什麼無法透露。」

「對方問了什麼？」

「真的問了很多問題……問了地震當時的事，還問了從怜子活著的時候到最近的事，以及你和萌奈共同生活的情況，還問我你有沒有再婚的打算。我回答說，這種事我怎麼可能知道。」

行伸聽著岳母的聲音，心情越來越沮喪。松宮果然打算徹底調查。

「還有啊，行伸，我可不可以問你一件事？」岳母語帶遲疑地問。

「什麼事？」

「這是我聽刑警說的，他說你們父女最近都沒有一起吃飯，這是真的嗎？刑警說，你都在外面吃，萌奈自己張羅吃的，應該不會有這種事吧？」

行伸不知道該如何回答，吞著口水。

「不，那個、是……」他思考著該怎麼回答，不經意地隔著玻璃看著店內，看到了吧檯上裝了芝麻球的盤子。

芝麻球應該已經冷掉了。他腦海中浮現了毫無關係的事。

11

猛然回過神時，發現拿在手上的記事本差一點掉了。自己似乎在不知不覺中睡著了。有人經過身旁的通道。松宮發現列車停了，看向車窗外，原來已經抵達上野車站的月台。

時間將近晚上七點，松宮坐在上越新幹線的自由座車廂內。

他瞥了一眼自己雜亂的筆記後，闔起記事本，放進西裝的內側口袋。他抱著手臂，靠在椅背上，再度整理思緒。

這幾天都在調查汐見行伸的周邊關係。目前職場的上司、之前公司的同學，以及學生時代的同學，找遍了所有可能瞭解汐見狀況的人。這件事八成已經傳入汐見本人的耳裡。

松宮對查訪的每個人都說：「並不是針對汐見先生在調查，而是對發生事件的那家店所有相關人員都進行相同的調查」，但不見得每個人都會相信，相反地，應該會有不少人認定汐見涉及某起事件，用有色眼鏡看他。如果汐見和這起命案完全沒有關係，真的對他很抱歉，但為了偵查，這也是無可奈何的事。

向這麼多人打聽之後，瞭解到汐見行伸至今為止的人生並不順遂，相反地，可以說歲月對他很殘酷。

最初的悲劇發生在十六年前。

松宮知道新潟縣中越地震是一場大地震，雖然和阪神．淡路大地震相比，死亡人數少了很多，但汐見的一對兒女就在為數不多的死者中。他太太的老家在長岡，當時只有兩個孩子去外婆家玩，而且剛好和外婆一起去鄰近的十日町市，結果就遇難了，所以只能說很不幸。

松宮昨天去了汐見之前任職的公司，向之前和汐見在同一個職場工作的後輩瞭解情況。中越地震發生時，那個人和汐見一起到公司加班，一起看了電視的新聞報導。

「得知他的兩個孩子都遇難時，真的不敢相信有這種事。汐見哥之後一蹶不振，我都不太敢找他說話。接下來好幾個月都沒有看到他露出笑容。」那個後輩可能回想起當時的情況，忍不住皺起了眉頭。

然後，他又接著說了下去。

「後來好像是孩子讓汐見夫婦重新站了起來。聽說他們在身心徹底崩潰之後，覺得只有再生一個孩子，才能夠重新站起來。但那時候他太太已經不年輕了，所以好像為了懷孕吃了不少苦頭。正因為這樣，在得知太太懷孕時，汐見哥簡直欣喜若狂，他找回了往日的開朗，甚至比以前更加精力充沛。我們當然也很高興，只不過汐見哥太高興了，大家都很擔心萬一他太太流產，他們會不會跳樓自殺。當得知孩子順利生下來時，辦公室所有人都起立鼓掌，發自內心鬆了一口氣。」

松宮聽了這件事，瞭解到汐見行伸周遭的人都很關心他、支持他。松宮也從其他人口中聽說了相同的事，大家都希望汐見能夠得到幸福。

但命運女神很殘酷，再度為汐見帶來了考驗。大約兩年前，他的妻子怜子罹患白血病去世了。汐見長期全心照顧造成的身心俱疲，和之前因為地震同時帶走兩個孩子時完全不同。

汐見遭到命運如此殘酷的捉弄，現在的情況又是如何呢？

從好幾個人口中瞭解了他的近況，松宮的腦海中浮現了「孤獨」這個字眼。汐見失去妻子之後，不再和他人深交。周圍人也不願意打擾他，於是漸漸保持了距離。也因為這樣的關係，沒有人瞭解他的近況。

正因為如此，松宮無法忽略汐見和「彌生茶屋」的關係，正確地說，是和花塚彌生之間的關係。曾經共患難的妻子去世將近兩年，他終於遇到了可以為他帶來心靈安慰的對象，於是開始頻頻造訪那家店似乎是順理成章的發展。事實上，松宮見到的好幾名常客都認為他們對彼此有好感，甚至有人說很看好他們，只不過目前並沒有任何證據顯示他們之間有特別的關係。難道是他們的關係還沒有到這種程度，只是剛開始而已？

松宮想到一件事。汐見是不是顧慮到女兒的心情，對花塚彌生進一步交往感到遲疑？

中學二年級的女生會如何看待父親有了心儀的女性這個事實？如果覺得應該不會太排斥，這種想法未免太樂觀，尤其那對父女的關係明顯出了問題。

果真如此的話，汐見會和誰討論？對方必須瞭解汐見父女，尤其必須非常瞭解他的女兒萌奈。通常會找家人討論，但汐見的父母已經不在人世。

會不會和岳父母討論？在妻子怜子去世之後，如果汐見要和別人討論女兒萌奈的事，會不會找死去妻子的父母？

松宮立刻請教了加賀和股長的意見，他們立刻回答說：「去實際走一趟。」地點位在新潟縣長岡市，當天就可以來回。於是他把其他查訪工作交給長谷部，今天下午跳上了上越新幹線。

汐見的妻子怜子的娘家姓竹村，事先打電話確認有人在家，但只說是警察，並沒有說是警視廳，當然也沒有提到汐見的名字。

竹村家雖然老舊，但是一棟牢固的日式房子，所以並沒有受到地震的影響。松宮想到如果地震發生時，兩個孩子在家，可能便不會死於非命，就不由得感到心痛。

汐見的岳母名叫恆子，她的丈夫五年前去世，目前一個人住。她說長女一家人就住在附近，有時候會來玩，所以並不會感到寂寞。

松宮問她汐見父女呢？是否會不時來探望她？

「伶子在世的時候經常來，不光是中元節和過年的時候，連假時也會來。萌奈真的很可愛，我老公也很疼愛她。畢竟之前兩個孩子曾經發生那樣的事。」

竹村恆子提到地震的事，忍不住紅了眼眶。她一再提到，都怪自己腦筋不清楚，才會害死那兩個孩子。

「萌奈真的是上天送的禮物，伶子為了那個什麼不孕治療，吃了不少苦，我們原本也不抱希望了。幸好萌奈很健康，我老公臨死之前還很掛念她。」

最近怎麼樣？汐見父女有來看妳嗎？

「伶子去世之後，就沒那麼常來了。而且萌奈上了中學，學校應該很忙，但有時候會打電話來。她說雖然沒什麼事，但想聽聽外婆的聲音。她真的很乖巧。」

汐見有沒有打電話給妳？如果有的話，最後一次是什麼時候？當時的感覺怎麼樣？松宮這麼問她。

「你這麼一問，我想起好像有半年左右沒有接到他的電話了。」竹村恆子好像突然想起這件事似地回答後，露出了訝異的表情問：「刑警先生，你到底在調查什麼？我還以為是為了預防匯款詐騙或是鎖定獨居老人的犯罪。」

松宮向她解釋，是為了偵查一起在東京發生的事件，然後像平時一樣，強調並不是特別懷疑汐見行伸。竹村恆子露出不解的表情，但松宮進一步問道——汐見行伸有沒有和她討論過再婚的事。竹村恆子驚訝地連續眨了好幾次眼睛。

「行伸從來沒有提過這件事，但我以前曾經對他說過。」

在怜子去世滿一週年時，竹村恆子曾經建議他，如果有理想的對象，可以考慮再婚。

「我對行伸說，你還很年輕，不需要對我們有什麼顧慮。而且一個男人照顧萌奈也很辛苦，但行伸說，他目前沒這個打算。」

那現在呢？是否覺得他可能考慮再婚？

「這我就不知道了，這種事你不要問我，應該去問行伸本人啊。」竹村恆子毫不掩飾內心的不悅。

最後，松宮問她是否知道汐見父女並沒有一起吃晚餐？她瞪大了被皺紋包圍的眼睛問：

「真的嗎？我想不可能有這種事。」

當松宮告訴她，這是汐見親口說的，竹村恆子難過地皺起眉頭，低聲嘀咕說：「果然變成了這樣……」

她說一年前，萌奈打電話給她，哭著向她抱怨父親的事。

「她說她討厭被當成替代品，想到父母把她當成死去的哥哥、姊姊的替代品生下來、養育長大，一點都不覺得感激，也不覺得高興。我對她說，沒這回事，妳就是妳，外婆並不覺得妳是誰的替代品，妳爸爸也一定這麼覺得。」

竹村恆子說，萌奈之後就沒再提這件事，所以她以為早就解決了。

「討厭被當成替代品嗎？這句話很殘酷啊。」加賀從自動販賣機拿出裝了咖啡的紙杯說道。

松宮把零錢投進自動販賣機，按了寫著「加奶不加糖」的按鈕。

「聽了竹村老太太的話，終於瞭解了汐見父女的不自然關係。我能夠體會萌奈的心情，她一定從小到大，一直聽父母說死去的姊姊和哥哥的事。雖然不知道她的父母是否明確告訴她，當初為了重新站起來，決定再生一個孩子，那個孩子就是她，但在言談之間一定會流露出這種感覺。雖然她的父母應該沒有惡意，只不過聽的人會很受傷，即使會因此懷疑父母的愛也不足為奇。」

「你之前說，汐見父女內心有黑暗，現在終於知道黑暗的原因了。接下來你有什麼打算？」

「問題就在這裡。」松宮從自動販賣機拿出紙杯，喝了一口之後說：「恭哥，我還是和你不一樣。」

「什麼不一樣？」

「也許我身為刑警的直覺不怎麼靈光。我開始覺得即使汐見和花塚彌生有戀愛關係，可能也和這起事件無關。」

加賀苦笑著，身體微微抖動起來。「怎麼了？這麼快就舉白旗了嗎？」

「雖然之前覺得汐見向周圍人隱瞞他們之間的關係很不自然，所以開始懷疑他，但他可能只是在意女兒萌奈的感受。因為妻子死去不到兩年就交了女朋友，可能很難向女兒啟齒，更何況他們之間原本就有複雜的隔閡。」

「也就是說，刑警松宮的直覺不準嗎？」

「是啊。」松宮聳了聳肩。

加賀喝了一口咖啡，用鼻子「哼」了一聲。

「刑警的直覺的確經常不準，如果沒有意識到這件事，對搞錯方向的偵查很執著，就不算是優秀的刑警。但是，如果案情的發展稍微出乎自己的意料，就立刻認定自己直覺不準，也沒辦法成為出色的刑警。」加賀用拿著咖啡杯的那隻手的食指指向松宮，「這是你的壞習慣。」

「恭哥，但是……」

「即使你認為自己直覺不準，也先要確認這件事，然後再考慮進入下一個階段。之前我和股長溝通之後，決定讓你們去調查被害人的異性關係，當初是你提出來的，所以就要做完這件事。」
松宮嘆了一口氣，點了點頭說：「好吧。」
「還有一件事要確認。」
「確認？我當然打算充分確認汐見和花塚彌生之間是否有戀愛關係——」松宮看到自己話還沒說完，加賀就搖著頭，於是住了嘴。
「這件事當然要確認，我說的不是這件事，而是另一件事。」
「另一件事？」
「就是討厭被當成替代品這件事。你不是只有聽她外婆說嗎？不要聽了一個人的證詞就認定是這麼一回事，即使只是看起來和事件無關的父女吵架原因。」
「要向汐見確認嗎？」
加賀聽到松宮這麼說，不耐煩地皺起眉頭。
「你就是因為這樣，才會被說不瞭解女人心。難道你打算把萌奈對外婆說了內心想法的事告訴她父親嗎？汐見聽了之後，如果去向女兒確認，搞不好會讓他們父女關係更加惡化。」
「那倒是……」
松宮覺得很有可能，然後內心深處浮現一個疑問：到底是誰說自己不瞭解女人心？

「那要直接問萌奈嗎？」
「我認為這樣比較好。」
松宮喝完咖啡，壓扁了紙杯。「我去試試。」
他把紙杯丟進垃圾桶後，手機響了。他看了來電號碼，發現是陌生的號碼。他接起了電話。
「喂？我是松宮。」
「喂……那個、我、是汐見。」電話中傳來一個男人的聲音。
有時候聽到前一刻還在思考的名字，反應反而會變得遲鈍。松宮此刻正是如此。他在腦袋中想了一下，「汐見」就是那個「汐見」之後，叫了一聲：「喔，原來是汐見先生。」一旁的加賀立刻露出嚴肅的表情。
「前幾天突然上門打擾，不好意思。」
「不，我才不好意思，沒能幫上什麼忙。」
「沒這回事，你提供了很大的參考。之後想到了什麼嗎？」
「不，不是想到什麼，是覺得有一件事還是說明一下比較好……」
「喔喔，原來是這樣啊。」松宮立刻思考起來，「聽你的語氣，好像不是能在電話中三言兩語說完的內容。」

「對，是啊。如果可以，我希望能當面談。」
「好，你什麼時候方便？即使是今天晚上，等一下就見面，我也完全沒問題。」
「是嗎？我也沒問題，我覺得越快越好。」
「好，那我去府上嗎？」
「不，你來家裡有點……我家附近有一家店營業到很晚，可以請你去那裡嗎？」
「當然，請問那家店叫什麼名字？」
汐見說了住家附近那家店的名字。聽起來是一家西式居酒屋，他們約好晚上十點在那裡見面後，松宮掛上了電話。
「所以我就說了，不要輕易認定自己的直覺不準。」加賀說，「對方不是有動靜了嗎？」
「他似乎有什麼事想要向我說明，但要聽了之後才知道和事件有沒有關係。」
「如果完全無關，對方不可能採取行動。我認為有希望。」
「希望如此。」
「說到有動靜，還有一個人也做出了奇怪的舉動。」加賀丟掉紙杯後，在走廊上走了起來，「就是綿貫哲彥，被害人的前夫。今天白天的時候，他打電話來這裡詢問。」
「他打電話來這裡？詢問什麼？」

「他問什麼時候可以歸還花塚彌生的遺物。綿貫說，他會代替彌生的父母處理包括整理遺物在內的死後事務，而且也已經簽好了委託書。」

「處理前妻的死後事務……為什麼會由他來處理？」

「綿貫說，他是受彌生的父母委託。他得知事件之後，和彌生的老家聯絡，兩老說不知道要怎麼處理死後事務，正在傷腦筋，問可不可以請他幫忙。他們原本就不是因為憎恨對方而離婚，所以就回答說，如果他們信任他，他願意協助。」

「原來是這樣。雖然他看起來冷冰冰，沒想到這麼熱心。」

「我認為熱心過度了。」加賀停下腳步，抱著雙臂，「整理遺物、整理租屋處和解約、辦理咖啡店的解約手續、把店裡的東西搬清，以及其他許多事——死後事務的作業相當龐大，既費工夫，又耗時間。即使曾經夫妻一場，也不太會輕易答應。」

「所以他有什麼目的？」

「如果不這麼想，就不是刑警。」加賀斷言道，「我猜想綿貫想要獲得有關彌生的個資。」

「你怎麼知道？」

「因為聽說他在電話中表示，如果無法立刻全部歸還遺物，可不可以先把手機還給他們，如果沒辦法還手機，他希望複製手機內的資訊。」

「然後呢？」

「股長和我討論，到底該怎麼辦。我建議找一個適當的理由，讓對方等幾天。在這段期間監視綿貫的行動，也許可以發現他的目的。」

「如果他沒有採取行動呢？」

「那就查訪綿貫的熟人瞭解情況，我會派人處理。」

「可以派我去。」

「你有你的工作，你先專心處理那件事。」加賀看了一眼手錶說，「你差不多該走了吧。」

松宮也確認了時間，的確差不多了。「希望有成果。」

「我等你的好消息，記得要充分發揮直覺。」

松宮舉起一隻手，回應了加賀的激勵。

和汐見行伸約好見面的那家店位在老舊大樓的二樓。店內昏暗，桌子和桌子之間的距離很寬敞。店內客人不多，很適合安靜聊天。

汐見坐在牆邊的座位上，穿著長袖Polo衫，旁邊放了一件夾克。他看到松宮後想要站起來，松宮伸手制止了他。

「讓你久等了。」松宮說著，在他對面坐了下來。

「不會。不好意思，突然找你來這裡。」

店員拿來了小毛巾，松宮點了烏龍茶。汐見稍微猶豫了一下後說：「我也要一樣的。」

「你經常來這家店嗎？」松宮問。

「最近偶爾會來，我喜歡這裡安靜的氣氛。」

「把你女兒留在家裡？」

「她已經是中學生了。」汐見說完，坐直了身體，看著松宮說：「有幾個人通知我，說有刑警去找他們，打聽了很多關於我的事。松宮先生，是不是你？」

「有很多偵查員，大家分頭調查很多人。被調查的人可能覺得只有自己遭到特殊對待，但在我們眼中，只是眾多調查對象之一。如果因此造成你的不愉快，我道歉，真的很抱歉。」

「不，我並不是想聽你的道歉——」

汐見打算站起來時，店員走了過來，把裝了烏龍茶的杯子和吸管分別放在他們面前。

店員離開後，汐見沒有用吸管就喝了烏龍茶，再度開了口。

「我聽了和我聯絡的那些人說明的情況之後，覺得好像遭到了誤會，所以打算向你說明一下。」

「你說的誤會是？」

雖然附近的座位並沒有其他客人，但汐見迅速巡視四周後，微微向松宮的方向探出身體說：

「你是不是在懷疑我和花塚女士的關係？懷疑我們是不是在交往？」

松宮笑了笑說：

「不是我們在懷疑，而是店裡的常客中，有人說，你們看起來很親密，所以可能在交往。但上次和你見面時，你完全沒有提到這件事。非但如此，而且還斷言花塚女士並沒有正在交往的對象。既然這樣，警方就必須判斷，到底該相信哪一方的說詞。」

汐見連續點了好幾次頭。

「我似乎應該把話說清楚。我的確對花塚女士有好感，所以經常去『彌生茶屋』，想要接近她。她似乎也察覺到我的想法，但我終究是客人，她當然不可能對我太冷淡，所以也對我客客氣氣。在旁人眼中，覺得我們看起來在交往也很正常。但是我和花塚女士之間真的沒有任何關係，我並不是想要說自己是紳士，而是花塚女士已經先發制人了。」

「先發制人？」

「我們在聊天時，她對我說，她已經五十多歲，對戀愛沒有興趣，即使再優秀的男人出現在眼前，也希望只是維持朋友關係。雖然她用半開玩笑的方式說這些話，但我知道她是在為我打預防針，暗示我不要衝動地向她表白，只要像目前這樣就好。簡單地說，就是我被甩了。」汐見露出苦笑，微微攤開了雙手。

「所以你就放棄了嗎？」

「當然只能放棄啊。但從某種意義上來說，我也能夠理解。如果發展成男女關係，到時候相處不愉快，最後可能還是會分手。但如果當朋友，就不必擔心這種事。」

「有辦法這麼輕易放下嗎？你還很年輕啊。」

汐見聽到松宮這麼說，在臉前搖手否認。

「我知道這個世界上有些人無論活到幾歲，都會追求戀愛，但我不是這種類型的人，我知道自己老了，花塚女士只是讓我意識到這一點。所以，雖然你積極調查我，但希望你知道，我和花塚女士之間的關係就只是我剛才告訴你的那樣。無論你怎麼調查，都查不出什麼，老實說，根本是徒勞。」

「偵查工作有很多都是徒勞，而且是否徒勞，我們會判斷。但很感謝你願意對我說實話。」

「你瞭解了嗎？」

「算是吧。」

汐見聽了松宮的回答，似乎有點不滿地皺起眉頭。「還有什麼在意的地方嗎？」

我在意的是——

你的態度。松宮很想這麼說。

對汐見來說，即使警察所做的一切是徒勞，他根本不痛不癢。雖然有人四處打聽自己的事的確不是一件開心的事，但如果沒有做任何虧心事，置之不理就好。

汐見是不是不希望警方繼續調查他和花塚彌生之間的關係？

他說因為花塚彌生先發制人，所以他們無法發展為男女關係。這件事聽起來很不自然，通常會這樣輕易放棄嗎？

想到這裡，松宮的腦海中浮現一個疑問。

「我可以請教你一個問題嗎？」

「什麼問題？」

「如果花塚女士沒有說那些話，你打算怎麼做？會在某個時間點向她告白嗎？」

「這個嘛，」汐見偏著頭，「事到如今，我也不太清楚。因為告白需要勇氣，也許我會退縮。」

「你打算在告白之前和你女兒討論嗎？」

「和女兒嗎？不，完全……因為這和我女兒沒有關係。」

「沒有關係？」松宮忍不住挑起眉頭，「是這樣嗎？如果你們開始交往，不是早晚要介紹給你女兒認識嗎？你沒有想過這件事嗎？」

「這個嘛，到時候……但反正最後並沒有這個需要。」

汐見拿起杯子，喝完剩下的烏龍茶。他把杯子放回時，裡面的冰塊發出了聲音。

「松宮先生，」汐見露出僵硬的笑容，「很抱歉，在你百忙之中把你找來，我要說的話已經說完了，我可以走了嗎？」

「沒問題，謝謝你的協助。」松宮伸手拿起桌上的帳單，「我來付就好，我還要坐一會兒。」

「是嗎？那我就不客氣了。」汐見起身向松宮行了一禮後走向門口。

松宮拿起杯子。剛才太專心聽汐見說話，完全沒有喝。冰塊融化，烏龍茶變得有點淡。

聽了汐見的說明，松宮感到不解的是他竟然完全沒有提到有關萌奈的話題。遇到想要交往的女人，不是首先會在意女兒的感受嗎？

該如何向加賀報告這件事？這算是充分發揮直覺嗎？松宮思考起來。

12

哲彥從剛才就連續看了好幾次牆上的時鐘，果然不出所料，他從沙發上站了起來，「我出門一下。」

正在開放式廚房洗碗的多由子忍不住停下手問：「你要去哪裡？」

「我想去釣具店轉一下。」哲彥拿起夾克，沒有看多由子一眼。

「你幾點回家？」

「嗯，晚餐前會回來。」

現在才下午兩點多，最早也要六點才吃晚餐，所以他在星期六下午，要去哪裡四個小時？

「今天晚上你想吃什麼？」

「都可以，妳決定就好。」哲彥穿上夾克，拉起了拉鍊，「那我出去一下。」

「早點回來，路上小心。」

「嗯。」哲彥簡短地應了一聲之後走出客廳。

玄關的門打開後又關上了。多由子聽到鎖門的聲音後，繼續低頭洗碗，但因為無法專心，手一滑，玻璃杯掉在白色餐盤上，盤子破了。

她嘆了一口氣，小心翼翼撿起碎片，以免不小心割到手。她用廚房紙巾把碎片包了起來，裝進塑膠袋。晚一點要用麥克筆在上面寫「小心內有碎玻璃」。

自從那個姓松宮的刑警來過之後，哲彥這一陣子鬼鬼祟祟。他聽到前妻遇害應該很受打擊，但看起來好像在隱瞞什麼。

多由子正在擦剛洗好的碗盤，對講機的門鈴響了。她走去螢幕前，看到一張陌生男人的臉。雖然穿著西裝，但看起來不像推銷員。

她拿起電話應了一聲：「找哪位？」

「不好意思，這是我的證件，可以耽誤妳一點時間嗎？」男人對著攝影鏡頭出示了警察證。

多由子不由得緊張起來。這次又有什麼事？

「我先生不在家。」

「不，我是有事想要請教妳。」

「我嗎？」

「對，一下子就結束了，敬請配合。」男人說話的語氣很平靜，卻有一種不容拒絕的威嚴。

多由子想不到拒絕的理由，只好回答說：「好。」然後按了打開門鎖的按鍵。男人鞠了一躬後，從螢幕上消失了。

多由子回到臥室，在全身鏡前確認了自己的衣著。原本穿著牛仔褲和長T恤，她又加了一件深藍色的連帽衫。因為沒有化妝，正在猶豫要不要擦一點口紅，聽到玄關的門鈴響了。

她小跑著來到玄關，打開門一看，一個高大的男人站在眼前。他的五官輪廓很深，看起來很精悍，肩膀也很寬。

「不好意思，打擾妳休息。」這個男人再度從懷裡拿出了剛才的警察證出示在多由子面前，「請確認一下。」

多由子看了身分證的部分，得知他是名叫加賀恭一郎的副警部。

「可以了嗎？」

「可以了，你是……加賀先生。」

「我是警視廳搜查一課的加賀。」他在說話時，把證件收了起來，「妳是中屋多由子女士吧？」

「對。」

「之前姓松宮或是長谷部的偵查員曾經來府上打擾。」

「對，他們來過。」

「我也在負責同一起事件，今天有幾個補充的問題想要請教，所以登門打擾。」

「是喔……請進。」多由子做出請他進屋的動作。

「不，」加賀伸出右手，他的手很大，「因為妳先生不在家，所以不方便進去。聽說附近有一家家庭餐廳，如果妳方便，要不要去那裡？」

「啊，好，沒問題……」

雖然對方是刑警，但和男人單獨在家的確令人不安。

「妳需要一點時間準備吧？我去外面等妳。」

「不好意思，我會馬上準備好。」

她走去盥洗室擦了口紅，雖然還想畫眼線，但太匆忙容易畫歪。她走去玄關前，去客廳拿了一頂帽子戴在頭上，壓得低低的。

「讓你久等了。」她邊說邊走出家門。

「妳工作時是用本名嗎？」加賀問她。

「是啊。」

加賀指著刻著「WATANUKI」的金色牌子。

「這個門牌寫這樣，妳的包裹或是郵件不會收不到嗎？」

「喔……沒問題，我在寫地址時都會寫綿貫轉。」多由子說，「我就像是寄居的。」
加賀默默點了點頭，「我們走吧。」說完，他邁開了步伐。
「妳先生似乎外出了，請問妳知道他去哪裡嗎？」在等電梯時，加賀問道。
「他說要去釣具店，他的興趣是釣魚。」
「是嗎？那不錯啊，是海釣嗎？」
「不，是去河邊釣魚。」
「他通常都去哪裡？」
「我不太清楚，聽說好像去很遠的地方，像是秩父或是奧多摩之類的……」
「真有活力啊。妳不一起去嗎？」
「我有點……因為我對體力沒有自信。」
「是嗎？」
電梯門打開了，裡面有一對看起來像夫婦的中年男女。也許是因為這個原因，加賀在電梯內沒有說話。
來到一樓，走出公寓後，加賀只是問了家庭餐廳的位置，沒有進入正題。他邊走邊操作著手機。
走進餐廳後，他們坐在最深處的餐桌旁，去飲料吧拿了飲料後，面對面坐了下來。多由子選了柳橙汁，加賀拿了一杯黑咖啡。

「聽說上次松宮和妳先生就是在這家店談話，妳先生有沒有和妳談過當時的情況？」

「他說很驚訝。聽到他的前妻被人殺害，我也很驚訝。」

「你們聊了些什麼？」

「聊什麼……我告訴他，警察問我他的不在場證明，他好像也一樣。他不久之前和前妻見過面，所以說警方懷疑他也情有可原。」

「並不是懷疑他，而是因為發現他們在案發前不久聯絡過，所以認為他可能知道什麼重大的線索。」

「是對方聯絡他。我老公說，雖然對方把他約出去，但並沒有什麼重要的事。」

「好像是這樣。」加賀點了點頭，目不轉睛地看著多由子的臉，「刑警問妳先生的不在場證明，妳心裡也會很不舒服吧？」

「也不是不舒服……只是有點不知所措。」

「我想也是。正常生活的人很少會被問到不在場證明，但是請妳放心，目前已經確認妳先生有不在場證明。之前真的很抱歉。」

「別這麼說。」多由子在說話時，伸手拿起了裝了吸管的細長套袋，撕破其中一端後拿出吸管，放進了柳橙汁的杯子。

「在得知這起事件之後，妳先生的態度怎麼樣？有沒有和之前不一樣的地方？」

「不太清楚。」多由子偏著頭。

她不知道該不該告訴眼前這名刑警，不知道丈夫偷偷摸摸在做什麼事，但最後決定不說出來。「他沒什麼精神……」

「妳先生之前有沒有和妳聊過前妻的事？」

「不，他很少提，可能怕我不高興吧。」

「妳知道她在自由之丘開咖啡店嗎？」

「我老公好像之前也不知道，他說這次見面後才知道。」

「妳知道那家咖啡店的名字嗎？」

「好像叫……『彌生茶屋』？聽說她是根據自己的名字取的。」

「沒錯，她叫花塚彌生。」

「我之前就知道他前妻叫彌生，但不知道她姓花塚。」

「這個姓氏很罕見，聽說栃木縣很多人都姓這個姓氏——」加賀說到這裡，把手伸進內側口袋，說了聲「不好意思」，拿出手機站了起來。似乎有人打電話給他。

多由子不經意地打量四周，剛好看到一個大肚子女人和一個看起來像她丈夫的男人走進來。兩個人都面帶笑容，看起來很幸福。

加賀走了回來，說「對不起」之後，順著多由子的視線看了過去。

「那對夫妻怎麼了嗎？」

「沒有，我只是在想，不知道什麼時候會生。」

「喔。」加賀點了點頭之後坐了下來，「雖然不太清楚，肚子已經那麼大了，搞不好下個月就生了。」

「是啊。」

「所以很快就會迎接緣分。」

多由子看著刑警的臉，「緣分？」

「聽『彌生茶屋』的常客說，花塚女士很喜歡緣分這兩個字。」

「緣分嗎？」

「她說和各種不同的人之間的緣分可以豐富人生。她還說，和妳丈夫——綿貫哲彥先生之間的緣分也是寶貴的財產，所以她並不後悔當初結婚。」

原來是這樣。多由子不由得想。哲彥幾乎不提以前那段婚姻的事，總覺得他偶爾提起時，似乎也帶著幾分懷念，也許並不是自己的錯覺。可能對他們雙方來說，都不算是負面的回憶。

「所以看到懷孕的客人去店裡時，花塚女士都會對她們說，很快就會有美好的緣分了，真令人期待。她覺得對嬰兒來說，見到媽媽，是人生最初的緣分。」
多由子用力吸了一口氣，不停地眨著眼說：「……她好像沒有生孩子。」
「是啊，也許正因為這樣，才會有這種想法。」
多由子把裝了柳橙汁的杯子拿了起來。她不知道該說什麼。即使想要稱讚，總覺得聽起來會很空洞。
「彌生是怎樣的人？」
加賀喝了一口咖啡說：
「這個問題真難回答。根據四處查訪的偵查員回報的消息，完全沒有人說花塚女士的壞話，大家都異口同聲地說，從來沒有見過這麼善良的人。她會記住第一次來店裡的客人，當客人第二次上門時，會主動上前說，謝謝再度光臨。或許可以說她很會做生意，但普通人很難做到。」
「聽起來是一個很出色的人。」多由子低頭看著柳橙汁。
「但是，」加賀繼續說道，「每個人都有好幾張不同的面孔，不能囫圇吞棗地接受別人的評價。不是經常聽到某些事件的凶手遭到逮捕之後，周圍人都大吃一驚，難以相信那個人竟然會做這種事嗎？刑事案件經常遇到這種事。被害人也有同樣的情況，經常有受到大家尊敬和喜愛的人，因為意外的理由招致他人怨恨。並不是恩將仇報，聽了凶手的供詞之後，就會覺得能夠理解凶手的殺人動機。人真的很複雜。」

的確很複雜，有時候甚至連自己都不瞭解自己。多由子在內心嘀咕著，搓著雙手，腦海中浮現了哲彥的臉。

「我想請教另一件事，」加賀說，「四天前，妳先生向公司請了假。」

「啊？」多由子瞪大了眼睛，忍不住叫了一聲。她不知道這件事。

「妳不知道嗎？」

多由子搖了搖頭說：「我不知道。」

她想起四天前的早晨。雖然多由子也有工作，但哲彥都比她更早出門。那天早上，他也像平時一樣出門，隻字未提請假的事。

「妳先生這幾天都幾點回家？」

「有點……晚，有時候晚上九點多才回家。」

「他說是什麼原因？」

「聚餐，或是應酬……」

「原來是這樣。」加賀附和時的表情似乎暗示了什麼。

「難道不是這樣嗎？我老公在哪裡、做了什麼？如果你知道，請你告訴我，拜託了。」

加賀好像故意不理會多由子的心情般伸手拿起了咖啡杯，在慢慢品嚐了咖啡之後，才把杯子放回碟上。

「四天前，妳先生去了宇都宮。」

多由子聽了加賀的話，忍不住倒吸了一口氣。

「宇都宮……為什麼去那種地方？」

「我剛才不是說，栃木縣有很多人姓花塚嗎？宇都宮是花塚彌生女士的出生地，她的老家就在那裡。綿貫哲彥先生去見了花塚女士的父母，為了簽署委任契約。」

「啊，契約？」

「因為花塚女士去世了，需要處理房子的解約和辦理店面結束營業手續等各種事務。通常都由家屬處理，但花塚女士的父母都已經高齡，而且住在遠方，不方便辦理，所以就由綿貫先生代勞，就是為了這個目的簽署委任契約，但好像妳並沒有聽說這件事？」

「我完全不知道。」

「妳先生這一陣子晚回家會不會是在處理這些死後事務？其實警方也在蒐集有關花塚女士的相關消息。」

「原來我老公在處理這些事……」

「但警方並沒有因此懷疑他。」加賀擠出了親切的表情，「我剛才也說了，我們已經確認了綿貫先生的不在場證明，只是有點在意他為什麼會代為處理費力勞心的事後事務。而且在我們向花塚女士的父母瞭解之後發現，並不是他們拜託，而是綿貫先生自己提出這樣的要求。」

「他主動提出……」

「妳不覺得我們會對於他為什麼主動攬下這種麻煩事產生疑問嗎？所以我們認為，綿貫先生可能想要調查前妻，然後想到妳也許知道什麼，或是有什麼頭緒，於是今天來拜訪妳。請問妳有沒有什麼頭緒？」

加賀眼窩很深的雙眼露出銳利的眼神。

多由子低下頭，拚命地克制著在桌下緊握的雙手不停顫抖。

「他什麼都沒告訴我，我也不知道為什麼會這樣。」她勉強擠出這句話，完全不知道眼前的刑警是否察覺了自己的慌亂。

沉重的靜默持續。多由子不知道加賀露出怎樣的表情看著自己，她害怕抬起頭。

「是嗎？」不一會兒，聽到了加賀平靜的聲音，「可能讓妳知道了原本不想知道的事。既然妳先生沒有向妳提起，可能是因為和前妻有關，所以不容易啟齒的關係。至於妳要不要向妳先生確認今天從我口中得知的事，可以由妳決定，而且我們也不知道這件事是否和這起事件有關。」

「好。」多由子低著頭回答，「……我會考慮一下。」

「最後我想請教一個問題，我剛才說過，綿貫哲彥先生的不在場證明已經獲得證實，但是，松宮他們忘了確認一件事，那就是妳的不在場證明。請問那一天妳在哪裡，又做了什麼？」

13

因為大門關閉，所以就從旁邊的側門走了進去。一進門，立刻看到了警衛室。身穿制服的男人坐在裡面，松宮出示了警察證件，那個男人一臉緊張地站了起來。

「我有事要找網球社的學生。」松宮對他說。

「啊，是嗎？網球場在操場後面，呃，可以請你填一下這個嗎？」

警衛遞給他訪客登記單。

松宮填寫完畢後，接過訪客卡掛在脖子上，走進了校園，忍不住思考自己多久沒有踏進中學的校園了。

雖然是星期六，但棒球社在操場上練習，一個看起來身材魁梧、不知道是領隊還是教練的男人正在擊球，軟式棒球特有的清脆擊球聲響起後，擔任游擊手的選手跑向右側，撿到了滾地球，然後投向一壘，一連串的動作很輕快。

松宮內心湧起懷念的感覺。他讀中學時參加了棒球社，曾經接過無數次擊球。因為他是投手，所以和打擊者之間的距離很短，球飛過來時的力道很猛，當時也充分練習了犧牲打的捕球。

他突然想起從加賀口中得知的事。加賀說，松宮的父親以前也曾經打過棒球，而且是捕手。

那又怎麼樣？他很想這麼問。難道喜歡棒球會遺傳嗎？

松宮至今仍然沒有和克子好好談過，因為即使打電話給她，她也會掛電話，所以松宮沒有和她聯絡。如果想質問她，只能當面談，但目前忙著辦案，根本沒時間去館山。

他想起芳原亞矢子那張氣質高雅，但感覺外柔內剛的臉。說句心裡話，和她有血緣關係並不會讓松宮感到不高興。既然她能夠掌管一家歷史悠久的旅館，想必是優秀的女主人，而且想到一個男人把獨生女培養得這麼出色，就忍不住思考芳原真次到底是怎樣一個人。

雖然是因為加賀指示必須證實汐見父女吵架的原因，所以今天來找汐見萌奈，但汐見行伸不自然的供詞也讓松宮覺得有這個必要。汐見顯然不希望警方深入調查他和花塚彌生之間的關係，松宮認為原因就在萌奈身上。

走過操場後，看到了用鐵絲網圍起的網球場。兩個網球場上分別有網球社的人在練習單打和雙打，其他人在球場周圍做伸展操或是聊天。

看起來像是擔任指導的老師站在雙打的球場旁。這個高大的男人穿了一套白色運動衣，當松宮走過去時，他似乎察覺了動靜，露出驚訝的表情看著松宮。

「不好意思，打擾一下，請問你是社團的顧問老師嗎？」

「是啊，你是哪位？」

「這是我的身分證明。」松宮敞開西裝前方，從內側口袋中拿出警察證，努力不讓學生看到。

顧問老師驚訝地眨了眨眼，露出幾乎是害怕的表情。他可能以為學生在外面闖了禍。

「有一名學生叫汐見萌奈吧？可以請她協助偵查嗎？」

「協助是指？」

「只是問她幾個問題，很快就結束了。」

「二年級目前去跑步，但差不多該回來了。」

「等她回來之後，可不可以問她幾個問題？」

「好。」

松宮打量周圍，角落有長椅，但沒有人坐在那裡。他決定坐在長椅上等待。

他坐在長椅上，看著網球社成員的練習。雖說是中學生，但個頭已經和大人差不多，完全沒有多餘脂肪的身體躍動的身影，宛如在熱帶草原上奔馳的羚羊。

網球場和後方的馬路只隔了一道鐵絲網，所以可以清楚看到人行道上的行人身影。反過來說，外面的人也可以看到球場的情況，只是可能沒什麼人會好奇想看中學生打網球。

不一會兒，幾名學生回來了，汐見萌奈也在其中。顧問的老師看著松宮的方向正在和她說話，即使在遠處，也可以看到萌奈不知所措的樣子。

萌奈穿上運動衣外套後，才膽戰心驚地走向松宮。松宮站起來迎接她。

「不好意思，打擾妳練習。因為有一件事想向妳確認一下。」

「什麼事？」

「先坐下來再說。」

松宮示意萌奈坐下，然後一起坐在長椅上。

「上次我問妳爸爸回家的時間，妳回答說不知道他幾點回家。因為妳一個人吃完晚餐之後，就一直在自己的房間。我沒記錯吧？」

「對，沒錯。」萌奈低著頭回答。

「我想確認的就是這件事。妳每天都一個人吃飯？還是那天剛好一個人吃飯？」

萌奈抬起頭，露出窺視的眼神看著松宮。「爸爸沒有告訴你那件事嗎？」

「哪件事？」

「就是我們一直都是分開吃飯。」

「嗯。」松宮發出了低吟，「妳爸爸說了，但我向上司報告之後，他們都不相信你們父女住在一起，竟然沒有一起吃飯這件事。老實說，我也一樣，也許妳已經發現了，我們調查了所有人的不在場證明，也調查了妳爸爸，所以得知妳和妳爸爸沒有一起吃飯，我們不可能輕易接受這樣的答案。」

「即使你這麼說，事實就是這樣……」萌奈低頭喃喃說道，語尾幾乎都聽不到了。

「可以請妳告訴我其中的原因嗎？因為妳爸爸並沒有向我明說。」

「原因……」萌奈搓著雙手，「有很多原因。」

「很多是指？」

「就是有各式各樣的原因，讓我覺得和爸爸在一起很討厭、很煩，還是一個人比較輕鬆自在。」

這根本答非所問。松宮無法瞭解她是不想回答，還是自己也搞不清真正的原因。於是他決定更深入一步。

「聽說在妳出生之前，妳的姊姊和哥哥在地震中去世了，所以妳爸爸特別疼愛妳，這種感情讓妳覺得壓力很大嗎？」

萌奈板著臉，眼眶微微紅了起來。這一定是她不希望別人提起的部分，松宮以為她會惱羞成怒，但他已經做好了心理準備，即使這樣也沒關係。

她好像沉思般陷入沉默片刻之後，用意想不到的平靜語氣開了口。

「這也是原因之一。我從小就一直聽哥哥、姊姊的事，我也覺得他們就這樣死了很可憐……我想爸爸、媽媽應該很悲傷，也很痛苦，所以我能夠理解他們為了重新站起來，想要再生一個孩子。經常聽到有人疼愛的寵物死了，陷入喪失寵物憂鬱症的人再養一隻完全相同種類的貓和狗這種事……」

「我認為小孩子和貓狗不一樣。」

萌奈抬起了頭。

「即使一樣也沒有關係，即使和寵物一樣也沒有關係，不對，被當成寵物反而比較好。因為如果是寵物，只要被疼愛就好，但我不一樣，他們整天要求我連同死去的哥哥、姊姊的份活下去，要我做哥哥、姊姊來不及做的事，讓我感到喘不過氣，而且還說不希望我像哥哥、姊姊一樣。爸爸、媽媽真的很囉嗦，我根本沒有自由。」萌奈說話的語氣強烈，似乎要把壓抑在內心的不滿一吐為快。

「對妳來說，的確壓力很大。」

「雖然我知道自己是哥哥、姊姊的替代品，但希望他們不要做得那麼明顯。」

「原來是這樣，的確很為難。」

汐見父女不和的原因似乎就是松宮之前所掌握的內容，既然這樣，就沒必要深究。

正當松宮打算結束問話時，萌奈繼續說道：「如果只是這樣，我還可以忍受。」

「除此之外，還有其他原因嗎？」

「我最受不了爸爸最近的眼神。」

「眼神？」

「就是看我的眼神，好像在害怕，或是有所顧慮，每次他用那種眼神看我，我就很火大，覺得如果有什麼話就說啊。」

「妳爸爸想說什麼？」

「我不清楚，我不知道。」

汐見行伸向女兒隱瞞了什麼嗎？只有一個可能。

「我上次也問過妳，妳爸爸沒有向妳提過『彌生茶屋』這家店吧？」

「對……那家店怎麼了？」

「那是我們目前偵辦案子中的被害人生前經營的咖啡店，妳爸爸好像和那名被害人關係很密切，妳也沒聽說過吧？」

萌奈輕輕搖頭說：「沒聽說。」

「是喔……」

松宮想問她是否察覺父親身邊有女人，正在思考該怎麼發問時，沒想到萌奈主動問他：「那個被害人是女人嗎？」

「是啊。」

「我爸爸和那個人在交往嗎？」

直截了當的問題讓松宮有點措手不及，但也讓他更容易進入核心問題。

「妳爸爸說，他們之間的關係不到這種程度，所以我想知道，妳爸爸是怎麼告訴妳……」

「他沒有告訴我，應該說，我們很少說話。我完全不瞭解爸爸最近的情況，他應該也不瞭解我的情況。」

這樣不太好吧。雖然松宮這麼想，但這不是刑警該干涉的事。總而言之，該問萌奈的話都問完了。

「我瞭解了，不好意思，打擾妳的練習，妳可以回去了。」

「呃，」萌奈站起來時開了口，「請問、有相片嗎？」

「相片？」

「那個女人的相片，我想知道爸爸和怎樣的人交往……」

「不，妳爸爸否認他們交往。」

「但我想看，可以給我看一下嗎？拜託了。」

萌奈在臉前合掌拜託。

真傷腦筋。松宮皺起眉頭。身為刑警，這違反了規定，但他無法忽視十四歲女孩想多瞭解父親的想法，也許可以藉由這個機會稍微化解她內心的高牆。

「真是拿妳沒辦法，但下不為例。」

「我知道。」

松宮拿出手機，找出花塚彌生的相片說：「就是這個人。」然後把手機轉向萌奈。

萌奈好奇地看著相片，立刻「啊！」了一聲。

「怎麼了？」

「我見過這個人。」

「啊？」松宮的身體忍不住向後仰，「在哪裡？」

「就在那裡。」萌奈說完，指著馬路的方向，「她站在人行道上看我們練習。」

「什麼時候？」

「最後一次好像是兩個星期前。」萌奈偏著頭說。

「妳說最後一次，這代表她來了不止一次嗎？」

「看過她好幾次。這手機可以借我一下嗎？我想找同學確認一下。」

「沒問題。」

萌奈拿著手機跑向正在網球場周圍做伸展運動的女生身旁，把手機拿給其中幾個人看，討論了一下，然後又跑了回來。

「大家都說沒錯，這個阿姨經常來這裡。」
「從什麼時候開始看到她？」
「應該是從三個月前發現她。」萌奈把手機交還給松宮時，一臉凝重的表情喃喃地說，為什麼那個阿姨會被殺？
這是怎麼回事？花塚彌生為什麼會來這裡？
松宮注視著手機上的相片，這時，手機鈴聲響了。是長谷部打來的。
「謝謝妳，」他對萌奈說，「提供了很大的參考。」
萌奈鞠了一躬之後，轉身跑回同學那裡。松宮目送她離開後接起了電話。「喂？我是松宮。」
「我是長谷部，現在方便嗎？」
「嗯，剛好告一段落，」松宮一邊用手機說話，一邊走向網球場的出口，「汐見萌奈說了很耐人尋味的事，雖然還不知道和事件有沒有關係。你那裡的情況如何？」
「我還在查訪，但接到分局股長的緊急聯絡，你還沒有接到通知嗎？」
「緊急聯絡嗎？不，我沒有接到，發生什麼狀況了？」
「聽說……嫌犯招供了。」
「啊？」松宮停下了腳步，「招供？嫌犯？」

「中屋多由子。」

「中屋……這個人是誰啊？」

「就是和綿貫哲彥同居的女人。」

原來她叫這個名字。總而言之，實在太意外了，松宮一時想不起她的長相。

「她去警局說，她是凶手嗎？」

「不，在和查訪的刑警談話時，突然坦承人是她殺的。」

「怎麼會這樣？查訪的刑警是誰？」

「加賀副警部。」

14

我差不多在六年前第一次見到綿貫哲彥。我當時在上野一家名叫「好奇」的酒店上班。因為光靠白天的工作生活很辛苦。

認識不久之後，我們就越走越近，最後開始交往。交往了一陣子之後，他對我說，打算搬到大一點的房子，問我要不要和他一起生活，但希望我辭去酒店的工作。

我原本就希望早日辭去酒店的工作，所以欣然接受了他提出的要求，認為從此可以輕鬆過日子了。

雖然我原本期待他會和我結婚，但他曾經離過婚，說不想再結婚，所以我也告訴自己，隨時可以分手的關係也許對雙方都很輕鬆，而且這幾年所謂的「事實婚」也越來越普遍。

我們同居差不多快五年了，這段期間，從來沒有提過分手。我認為我們因為沒有正式結婚，所以才沒有遇到普通夫妻所謂的倦怠期。雖然我不知道綿貫內心的想法，但我對我們的關係並沒有不滿，也希望這種關係可以一直持續下去。

但是最近發生了令我在意的事。有一次吃晚餐時，他的手機響了，他接電話的神情有點奇怪。我問他怎麼了，他猶豫了一下之後，說是前妻打給他，在電話中說有事情要和他談，希望可以見一面。

我問他是否知道前妻想找他談什麼，他偏著頭說，該不會是錢的事？雖然他們之前離婚時沒有在財產分配的問題上發生糾紛，但之後似乎發現綿貫還有其他資產，他說也許前妻發現了這件事，想要向他抗議。

綿貫好像隔天就和前妻見了面，我問他到底是為了什麼事，他回答說只是聊近況，沒什麼重要的事。

聽綿貫說，他的前妻在自由之丘經營了一家名叫「彌生茶屋」的咖啡店。那一次我才得知她名叫花塚彌生。

綿貫說，前妻可能想要炫耀她一個人也過得很好。我覺得很奇怪，有人會為這種事特地約前夫見面嗎？但我不太清楚離婚女人的心理，所以當時覺得也許就是這麼一回事。只不過綿貫之後的態度，讓我覺得他們見面應該不只是聊近況而已。

因為綿貫明顯經常發呆，即使我和他說話，他也常常心不在焉，但有時候會拿著手機，不知道在查什麼，我問他怎麼了，他也總是顧左右而言他，每次都說沒事。

我越來越在意到底發生了什麼事，有一天晚上趁綿貫睡覺時，偷看了他的手機。我之前就知道打開他手機的方法。

我在他手機裡發現了打算寄給花塚彌生的電子郵件，但還沒寫完。他在電子郵件中說，目前還沒有想好，希望再給他一點時間，而且還說必須和同居女友溝通。

我看了之後很緊張，覺得發生了非比尋常的事。

然後就想到，花塚彌生可能想要和他復合。回想起綿貫去見了他前妻之後的態度，覺得這是唯一的可能。

我越想越不安，簡直坐立難安。綿貫陷入了猶豫，如果沒有猶豫，當然就會拒絕。他之所以這麼做，就代表他認為復合也是選項之一。然而，如果想要復合，就必須和我分手。看到他經常陷入沉思的表情，我覺得他好像隨時會提出分手，讓我膽戰心驚。

我考慮再三，決定去見花塚彌生。因為我認為當面問她，瞭解她的想法最清楚。

我在網路上查了一下，立刻找到了「彌生茶屋」。網站上寫著五點半打烊，於是我決定在那個時間前往。

我去咖啡店時，雖然門開著，但門把上已經掛了「CLOSED」的牌子，有一個身穿圍裙的女人正在店裡收拾。我對著店內喊了一聲：「打擾了。」

身穿圍裙的女人停下手，面帶笑容走過來，然後一臉歉意地說，今天已經打烊了。

她是個臉蛋圓潤的美女，皮膚也保養得很好，完全看不出五十歲左右的年紀。我忍不住慌了起來。因為在去見她之前，我很有自信地認為自己至少在外表上不會輸給她。我比她年輕超過十歲，不可能輸給前妻這種黃臉婆，沒想到出現在眼前的女人仍然保持著成熟穩重的風韻。這麼漂亮的女人提出復合，難怪綿貫會心動。

我表明了自己的身分，然後說上門是為了和她談一談。

彌生瞪大了眼睛，似乎很驚訝。雖然一度收起了臉上的笑容，但很快又恢復了原本柔和的表情，緩緩點了點頭。然後從容不迫地說很歡迎我，也很榮幸見到我。

她關了門，請我在桌子旁坐了下來，問我喜歡喝紅茶還是咖啡，我根本不想喝什麼飲料，但還是回答說紅茶，然後她又問我喝大吉嶺紅茶好嗎？因為我對紅茶的種類一無所知，所以就回答什麼都好。

她在泡紅茶時，我打量了店內。店面不大，有一種溫馨的感覺。她和綿貫離婚之後，一個人開了這家店讓我佩服不已。如果換成我，應該根本不會想到要開店。

既然她這麼有活力，以後也可以一個人繼續活下去，為什麼事到如今，還對前夫戀戀不捨。我內心忍不住湧起了嫉妒和焦慮。

我正在想這些的時候，彌生問我喜不喜歡吃戚風蛋糕。我婉言拒絕說不用了。因為我去她的店裡不是為了吃這種東西，而且因為緊張的關係，完全沒有食慾，但看到她右手拿的東西，忍不住嚇了一跳。因為她手上拿了一把很長的刀子，後來得知是切蛋糕用的刀子，忍不住鬆了一口氣。

彌生把茶杯放在托盤上端了過來。她不知道什麼時候已經解下了圍裙，然後開始介紹大吉嶺紅茶的相關知識，但我完全聽不進去，滿腦子只想著要怎麼開口。

彌生在我對面的椅子上坐了下來，問我要和她談什麼事。

我告訴她，綿貫自從和她見面之後，態度就有點奇怪，然後請她告訴我，到底為了什麼約綿貫見面，見面之後又談了什麼。

彌生確認綿貫什麼都沒有告訴我之後說，既然這樣，她也不能告訴我。因為也許他在找適當的時機和我談。

我聽到彌生叫綿貫「他」，覺得很不舒服。因為她那種語氣，好像在說自己的男朋友。

我一口氣對她說，妳現在已經不是他的太太了，你們只是前夫和前妻的關係而已。我們雖然沒有辦理結婚登記，但我認為自己才是他的妻子，但妳和他之間有秘密，而且不願意告訴我，這簡直太莫名其妙了，我無法接受。

彌生原本和善的臉突然露出嚴厲的表情，似乎對我說的某些話感到很不滿。

她對我說，不要小看前夫和前妻的關係，你們只不過共同生活了五年，就以為自己很懂得婚姻。她和綿貫之間是那種只有同甘共苦過的人才能瞭解的關係，怎麼可能輕易告訴別人。

然後她又說，和我聊天是浪費時間，叫我離開。說完，她站了起來，背對著我。

我當時腦袋一片空白，然後就不由自主採取了行動。當我回過神時，發現自己站在彌生的背後，手上握著什麼東西。我愣了一下，才發現是刀子。我完全不記得自己什麼時候拿了刀子，而且那把刀子深深插進了彌生的背後。

彌生還來不及發出慘叫聲，就撲通一聲向前倒了下去。

15

松宮和長谷部在星期天一大早就去了綿貫哲彥的公寓。為了避免多由子沒回家，也無法取得聯絡造成綿貫不必要的擔心，所以前一天就已經通知他中屋多由子遭到拘捕一事，但並沒有告訴他拘捕的原因。

所以當松宮和長谷部上門時，綿貫雙眼充血，臉上泛著油光。他應該苦惱了一整晚都沒睡。

當松宮要求他一起前往警局時，他二話不說就答應了，感覺即使不提出這樣的要求，他也會主動衝去警局。

「這是怎麼回事？到底發生了什麼狀況？我完全搞不清楚是什麼狀況，為什麼多由子會被警察——刑警先生，請你告訴我。」綿貫在前往警局的車子上懇求道。

松宮雖然於心不忍，但還是只回答說：「等到了警局之後會再向你詳細說明。」

他完全搞不清楚是什麼狀況嗎？

松宮也有同感。昨天下午，接到長谷部的電話，說中屋多由子坦承犯案後，立刻回到了特搜總部，但沒有人知道詳細情況，等到加賀偵訊中屋多由子完畢，得知了供詞的內容後，才終於瞭解了情況。

松宮得知情況後不禁愕然，因為真相完全出乎意料。

中屋多由子為什麼突然招供？加賀說，他並沒有特別追問，只是問了她案發當天的不在場證明。但加賀這麼問事出有因，在問了她之前松宮他們登門造訪後，和綿貫聊了什麼時，她回答說：「我告訴他，警察問我他的不在場證明。」加賀說，他聽了這句話，感到有點不太對勁。

「因為偵查員即使在問某個人的不在場證明時，也會避免直截了當發問，極力避免對方察覺，但中屋多由子用了『不在場證明』的字眼。難道是被問到這個問題的時候，並不瞭解問題的意圖，在聽綿貫說了事件的內容之後，發現了那個問題是在問不在場證明嗎？所以我就問她，刑警問她丈夫的不在場證明，應該讓她也感到不舒服。她回答說只是有點不知所措。也就是說，她在聽到問題時，就知道是在問不在場證明。我記得當時是長谷部負責問她，難道是長谷部問得很直接嗎？所以我假裝接到了電話，暫時離席，打電話給長谷部確認了這件事。長谷部說，雖然問了綿貫的行動，但當時特別注意，避免讓她發現是在確認特定日期和時間的不在場證明。」

加賀相信了長谷部的話，發現認為中屋多由子和事件無關言之過早。於是故意把有關花塚彌生的事和綿貫匯夷所思的行為告訴她，觀察她的反應。最後問到她當天的不在場證明時，她突然這麼回答：

「那天的那個時間，我在自由之丘的『彌生茶屋』。」

加賀說，當時一時聽不懂她在說什麼。這句話應該不假。當他目瞪口呆地說不出話時，中屋多由子又繼續說：

「我用刀子殺了花塚彌生。」

加賀看到她的眼睛越來越紅，眼淚流了出來，才終於發現眼前的女人是凶手，正在自白。

刑警人生這麼多年，第一次遇到這種事。加賀說。

長谷部說，不愧是老練的刑警。加賀一臉嚴肅地否認。

「我只是問她不在場證明，如果她想要隱瞞，完全有辦法做到，只要說一個人在家就好。之所以沒有這麼做，是因為不想逍遙法外。她應該早晚會自首，只是當她下決心時，我剛好在那裡。」

不管怎麼說，還是加賀促使她下了決心。當松宮這麼說時，加賀說，這就不清楚了，然後又補充說：

「這起事件還有隱情——無論誰這麼說，我都不會感到驚訝。」

松宮也有同感。中屋多由子的供詞很有說服力，也沒有太大的矛盾，然而目前所掌握的情況無法消除自己在偵查過程中，對這起事件所產生的幾個疑問。

來到警局後，把綿貫帶到了刑事課角落的一個小房間。因為擔心有很多刑警在場，綿貫可能會緊張，所以由松宮、加賀兩個人聽他說明。松宮隔著桌子，坐在綿貫的正對面。

「首先向你說明一下目前的情況，」松宮開了口，「中屋多由子昨天供稱殺害了花塚彌生女士，供詞內容的可信度相當高，所以昨晚決定逮捕她。雖然她逃亡的可能性應該很低，但可能會在衝動之下自殺，所以目前拘留在警局。」

綿貫瞪大了眼睛，嘴巴就像鯉魚想吃魚飼料時一樣不停地張開。他可能驚訝得一時說不出話。

「太荒唐了。」這是他說的第一句話，「多由子為什麼會做這種事？因為……她……根本沒見過彌生。」綿貫呼吸急促地說。

「但她親口承認，人是她殺的。」

「難以相信。」綿貫搖著頭，然後雙手撐在桌子上，微微站起身，看著松宮說：「動機是什麼？多由子是怎麼說的？」

「你認為她的動機是什麼？」

「正因為我不知道，所以才會問你。請你告訴我，多由子是怎麼說的？」

「綿貫先生，」加賀在一旁對他說，「請你先坐下來，松宮會按照先後順序告訴你。」

不知道是否因為加賀低沉的聲音具有鎮靜作用，綿貫微張著嘴，坐了下來。
「嫌犯中屋多由子和被害人之間並沒有直接的關係，」松宮緩緩開了口，「綿貫先生，只有你讓她們產生了交集。但你和前妻花塚彌生女士已經多年沒有見面，上次是闊別十年後第一次見面。上次問你見面時聊了什麼，你說只是相互聊聊近況。真的是這樣嗎？」
綿貫好像在挺胸般坐直了身體。
「真的就是這樣，我沒有說謊。彌生問我最近怎麼樣，我就老實告訴了她，她說她開了一家咖啡店，就這樣而已。」
「有人會為了聊這種事，約十年前離婚的前夫見面嗎？」
「你這麼問，我很傷腦筋。我也覺得很奇怪，但事實上就是這樣。我搞不懂你們為什麼會懷疑這件事。」
「中屋說，你和前妻見面之後的行為很奇怪。」
綿貫聽了松宮的話，臉頰抽搐了一下問：「多由子這麼說嗎？」
「她說你經常發呆，有時候和你說話說到一半，你就心不在焉，所以她開始感到不安，不知道花塚女士和你聊了什麼。」
綿貫的視線開始飄忽。看起來好像在猶豫，但也像是覺得莫名其妙。到底是哪一種情況？

「綿貫先生，可不可以請你說實話？」松宮問，「花塚女士約你見面到底是為了什麼事？」

綿貫舔了好幾次嘴唇，露出探詢的眼神看著松宮。

「呃……多由子該不會說，她以為彌生想和我重修舊好，所以殺了彌生？」

松宮的嘴角露出笑容說：「是我在發問。」

「是不是這樣？她覺得我會被搶走，所以就直接去找彌生談判，然後在衝動之下殺了人，是不是這樣？」

松宮把頭轉到一旁，和加賀互看了一眼之後，把臉轉向綿貫。「如果是這樣，你認為能夠理解嗎？」

「怎麼會這樣？」綿貫閉上眼睛，小聲嘀咕著，雙手抱著自己的腦袋。他維持了這個姿勢片刻不發一語，即使松宮叫他的名字，他也沒有回答。

過了一會兒，綿貫雙手用力放在自己腿上，睜大眼睛看著松宮。「可以讓我見多由子嗎？我想和她單獨談一談。」

「這可不行，」松宮馬上回答，「如果有什麼話要告訴她，或是想問她什麼問題，請你告訴我們，我們會處理。」

「是嗎？」綿貫痛苦地皺著眉頭，抓著前額。
「你打算對多由子說什麼？」加賀問。
「啊……那是、那個……她誤會了。」
「什麼意思？」松宮問。
「其實，彌生並不是想和我重修舊好，她只是向我提議共同經營。」
「共同經營？」
「她說想擴大『彌生茶屋』，問我可不可以幫她？她好像沒有其他可以幫她的人，所以找上了我。」
太出乎意料了。松宮不知所措地再度和加賀互看了一眼。
「你怎麼回答？」加賀問。
「我回答說要想一下。因為我覺得如果那家店生意很好，也許並不是一件壞事。」
「地點在哪裡？」加賀追問。
「地點？」
「就是開店的地點。如果要擴大經營，應該需要店面。」
「啊，她只說、在目前那家店附近……聽她的意思，好像已經有考慮的地方了，但並沒有告訴我具體地點。」

加賀看向松宮，微微偏著頭，臉上的表情顯示，雖然可疑，但難辨真偽。

松宮瞪著綿貫問：「你上次為什麼沒有說這件事？」

「對不起。」綿貫縮起了脖子說，「因為我沒有告訴多由子，如果你們告訴她，事情會很麻煩……唉，即使這樣，她為什麼會產生那樣的誤解呢？彌生怎麼可能要我和她重修舊好呢？多由子到底在想什麼嘛……」他皺著眉頭，露出痛苦的表情。

「綿貫先生，」加賀再度叫著他的名字，「不好意思，我知道你現在受到很大的打擊，但我想再請教一個問題。」

綿貫滿臉疲憊地看著加賀問：「什麼問題？」

「你昨天下午出門了，聽說你對多由子說，你要去釣具店。」

「怎麼了嗎？」松宮看到綿貫在問話時，臉上露出了警戒的表情。

「你去釣具店買了什麼？」

「不……並不是有什麼特別目標，只是去逛逛，昨天什麼都沒買。請問這件事有什麼問題嗎？和事件有什麼關係？」

「我們不知道有什麼關係，只是很在意你為什麼在這件事上說謊。」加賀不慌不忙地說，「你昨天並沒有去什麼釣具店，你去了飯田橋的一棟公寓。你到底去找誰？如果方便的話，希望你告訴我們。」

綿貫的眼神立刻飄忽起來，「你們……跟蹤我嗎？」

「會對你不利嗎？」

綿貫似乎不知道該怎麼回答，緊抿著嘴唇，眉頭深鎖。

這幾天都有人監視綿貫的行動。負責跟監的人回報，他在下班後並沒有直接回家，都會先去其他地方。大部分都是去餐廳，有時候也會去別人家裡，但不知道他在忙什麼。因為偵查員擔心風聲會傳入綿貫的耳中，所以並沒有去向和他見面的人瞭解情況。

「這是……」綿貫微微張開了嘴，「處理彌生死後事務的一部分，所以需要去見很多人……」

「見面後聊了什麼？」

「恕我無可奉告。雖然彌生死了，但不能侵犯她的隱私。」綿貫深深鞠著躬，小聲說道。沒有起伏的聲音飄在沉重的空氣中，隨即消失了。

16

打開紙拉門，鞠躬說了聲：「打擾了。」這個包廂雖然是和室，但裡面放著桌椅。最近很多客人說坐在榻榻米上吃飯太辛苦，所以這個包廂也因應了客人的這種需求放了桌椅。

「謝謝各位經常惠顧。」亞矢子巡視在場的各位。包廂內總共有十名客人，都是七十多歲的男性。他們以前都是某大學田徑隊的成員，聽說曾經在驛站馬拉松接力賽中獲得全國冠軍。從幾年前開始，他們每年都會來「辰芳」舉辦同學會。

「看到各位身體還是這麼健康，真是太高興了，請各位品嚐本旅館拿手的料理，好好放鬆一下。本旅館今天為各位準備了一點小心意，是本地特產的『手取川山廢純米酒』。」

亞矢子說完，把將近兩公升的玻璃大酒瓶放在桌子上。

「喔！」在場的老人都發出欣喜的聲音。

「太好了，太感謝了。」

「今晚要不醉不歸。」

「你少逞強了，你每次沒喝幾口就醉得呼呼大睡了。」

「你在說什麼啊，我看你是希望女主人送饅頭比較好吧？」

即使已經上了年紀，朋友聚在一起聊天時和年輕人一樣。亞矢子覺得很溫馨，說了聲「請慢用」後退出了包廂。

她去幾個包廂打完招呼後，沿著長廊回到了家中，脫下和服，換上了便服後走去二樓。今晚她有事情要處理。

等父親過世之後，早晚必須整理他留下的遺物，所以必須趁現在確認一下真次有多少私人物品。雖然是父女，仍然不想侵犯父親的隱私，但正因為這樣，所以無法交由他人處理這件事。

而且還有一項當務之急，就是必須為父親準備遺照。不知道是否能夠找到理想的大頭照。真次向來很低調，連拍集體照時也不願意入鏡。雖然年輕時的照片也無妨，但太年輕時代的照片未免不成體統。

二樓的走廊並不長，真次的房間位在走廊深處。亞矢子很少去他的房間。她打開門，摸到了牆上的開關後打開，日光燈發出冰冷的燈光照亮了室內。

走進房間之前，她打量了整個房間。四坪大的和室很乾淨，應該是真次在住院之前整理過了。

她看到放在窗邊的小佛壇。佛壇的門敞開著，排放著法磬和相框。亞矢子走過去拿起了相框，看到了母親正美年輕時的笑容。那是車禍發生之前拍的照片。亞矢子已經想不起最後一次看到母親的笑容是什麼時候。

不知道真次每天面對這個佛壇時在想什麼。他一度離開這個家，打算在其他地方建立第二個家庭，但在正美發生車禍後，他放棄了原本的打算重回家庭，也拋棄了即將出生的孩子。亞矢子無法想像是什麼原因讓父親回心轉意。

她再度巡視室內。這是她第一次這麼仔細打量這個房間。

亞矢子的視線停在不大的書架上。真次並不常看書，所以幾乎沒有小說類的書籍，書架上大部分都是有關料理和食材的專業書籍，但有一樣東西比這些專業書籍更引人注目。

那是一顆棒球，放在用三根迷你棒球棍組合起來的架子上，架子下方鋪著綠色的墊布。

亞矢子不太記得這個棒球從什麼時候開始出現在這裡，她記得自己小時候沒看過，所以應該是之後才放的。那並不是知名選手的簽名球，如果是什麼重要比賽的紀念品，應該會有相關的文字，但在這顆球上也找不到。

忘了是什麼時候，可能是亞矢子讀大學時，她曾經問過真次，這顆棒球從哪裡來。

「不是什麼了不起的棒球，只是別人送的。」真次當時這麼回答，因為他看起來不想多談，亞矢子也就沒有再追問。

也許這顆棒球對真次有什麼特殊的意義，否則應該不會特地放在那裡作為擺設。聽說真次以前曾經打過棒球，也許是當時的紀念品。

爸爸應該想把這顆棒球放在身邊。亞矢子想。目前真次沒有受到病痛折磨時的意識都很清楚，視力也沒有問題。把這顆球放在病房內，也許可以為他帶來安慰。

找日後可以作為遺照使用的相片之前，要先把這顆球裝在盒子裡。正當她準備伸手拿盒子時，聽到了響亮的鈴聲。亞矢子嚇了一大跳，看向鈴聲傳來的方向。放在矮櫃上的電話響了。

這個電話不是「辰芳」的電話，而是正美和真次結婚時裝的私人電話。現在應該很少人知道這個電話號碼，到底是誰打來的？

亞矢子訝異地拿起電話。在這個年代，竟然還有人使用這種不是無線的電話。也許是惡作劇電話，所以她沒有自報姓名，只是「喂？」了一聲。

「啊……請問是、芳原家嗎？」電話中傳來一個女人的聲音。

「是，請問是哪位？」

「我姓葉山，是池內弓江的妹妹。」

「池內……」

亞矢子搜尋著記憶，但並不認識姓這個姓氏的人。

「我們姊妹原本姓森本，不好意思，請問妳是亞矢子小姐嗎？」

「我是。」

「果然是妳……在芳原正美，也就是妳母親發生車禍時，我姊姊弓江也在車上。」

「啊！」亞矢子叫了一聲，倒吸了一口氣。

「我聽說他們兩位在車禍中身亡……」

「對。」電話中的女人說，「姊姊和開車的姊夫都去世了，雖然正美撿回了一命，但受了重傷。」

「對。」

「這件事真的很抱歉，因為我姊姊和姊夫的關係……」

「不，」亞矢子說，「沒有人希望發生這種車禍，但我很感謝妳的心意。」

不知道為什麼，對方陷入了沉默。亞矢子拿著電話，微微偏著頭，對著電話叫了一聲：「喂？」

「啊……不好意思。其實我打這通電話是有原因的，因為聽說『辰芳』的老闆生病了，所以想關心一下，不知道他的身體情況怎麼樣。」

對方似乎終於打算進入正題。亞矢子認為沒必要隱瞞，所以坦率地回答說：

「沒錯，他正在住院，身體狀況很不理想。他罹患了末期癌症，已經無法治療了，醫生說，隨時可能發生最壞的情況。」

電話中傳來一聲嘆息。

「原來是這樣，我是聽魚市場的人說了，那個人也這麼告訴我。」

業界相關的人都知道真次生病的事，亞矢子並不感到意外。

「疾病無法戰勝，就當作壽命將盡，努力讓他平靜地走完最後一段路。」

「是嗎？」對方的聲音聽起來很低沉。

「妳找我爸爸有什麼事嗎？」

亞矢子問，對方再度陷入了沉默。正當亞矢子準備叫她時，她開了口。

「亞矢子小姐，妳父親有沒有告訴妳關於那場車禍的事？」

「我爸爸嗎？」亞矢子有點困惑，因為這個問題太出乎預料，「請問妳說那場車禍的事是指什麼？我只聽說媽媽坐在朋友夫婦的車上發生了車禍。」

「果然是這樣啊……」

「那場車禍有什麼隱情嗎？……呃，不好意思，可以再請教一下尊姓大名嗎？」

「我姓葉山。」

「葉山太太，請妳告訴我實情，妳知道關於那場車禍的事吧？」

「也不能說知道……只是覺得有疑問，原本打算有機會請教芳原先生，也就是妳的父親，但遲遲下不了決定，一直拖到現在。」

「妳說的疑問是什麼？請妳告訴我。」亞矢子無法克制自己的語氣變得強烈，握著電話的手也忍不住用力。

亞矢子從來沒有對那場車禍產生過任何疑問，一直以為只是不幸發生的意外。難道不是這樣嗎？那到底是怎麼回事？

「葉山太太！」她忍不住大聲叫道。

電話中再度傳來嘆氣的聲音。

「我說了這些話，卻不告訴妳後續的內容，妳一定無法原諒我。原本覺得這件事也許不該讓妳知道，所以猶豫了很久，不知道該不該打這通電話。」

「沒錯，我想知道後續的內容。」

「我會告訴妳，但在此之前，想先請妳看一樣東西。妳有時間和我見面嗎？」

「當然有，」亞矢子又接著說，「我馬上可以和妳見面。」

17

用「宇都宮」和「伴手禮」這兩個詞搜尋，果然第一筆資料就是「餃子」。松宮想起離開分局時，前輩刑警坂上說：「你上次去新潟時什麼伴手禮都沒帶回來，這次可以買餃子當伴手禮。」查了網路之後，發現很多人推薦買宇都宮的冷凍餃子當伴手禮，但即使帶回特搜總部，要找誰來煎餃子？

他嘆了口氣，聳聳肩，把手機放回口袋。一看手錶，還有十分鐘就到宇都宮了。前幾天才搭了上越新幹線，今天又搭東北新幹線出差，但離東京都只有五十分鐘的車程，所以沒有出遠門的感覺。

他怔怔地看著車窗外，看到了一片宜人的田園風光。

這起事件真的可以這樣落幕嗎？內心的疙瘩揮之不去。

事件已經進入了最後的局面。目前正在進行驗證中屋多由子供詞的調查，漸漸證明了她的供詞並非說謊。比方說，她說搭電車前往「彌生茶屋」所在的自由之丘，車站和周圍的幾個監視器的確拍到了她，服裝和時間也和她的供詞相同。鑑識小組在命案現場採集到幾個腳印，其中有一個和她當天穿的包鞋一致。

最重要的是，中屋多由子提到她是用切戚風蛋糕的刀子殺了花塚彌生。所有報導都沒有提到凶器，除了凶手和偵辦人員以外，沒有人知道這件事。

凶手應該就是多由子，但松宮並不認為她所說的一切都是實話。

比方說，花塚彌生遇害前的態度讓人難以理解。簡單地說，不像是她的作風。根據多由子的供詞，她在最後說，和多由子說話是「浪費時間」，但這種咄咄逼人的說話方式，和之前從許多人口中瞭解到的花塚彌生這個人的為人處事無法吻合。

當然，任何人都有兩面性，也不能完全排除花塚彌生只有在當時露出了不曾在其他人面前表現的一面，只不過這起事件中不太對勁的感覺，讓人無法輕易接受這種解釋。

說到不對勁，綿貫的供詞中也有同樣的感覺。他說花塚彌生向他提出共同經營，這也不像是她的行事作風。「彌生茶屋」甚至沒有僱用任何員工，可能她覺得即使經營失敗，也不想影響到其他人，結果卻向失聯十年的前夫提出這樣的提議，讓人難以接受。

而且，如果花塚彌生真的想要擴大經營，家裡或手機上應該會有相關的資料，比方說出租店面的資訊之類的內容，但負責調查證物的偵查員完全沒有提到這方面的情況。

特搜總部派偵查員前往綿貫之前在下班後去的那些地方調查，相關工作大致已經結束，那些地方都是花塚彌生生前經常出入的店家，或是朋友的家裡。綿貫問那些店家，花塚彌生最近是否曾經造訪過，也問那些朋友，最近是否曾經和花塚彌生見過面，但都沒有向他們說明目的。
綿貫的確有所隱瞞，而且不可能和事件真相無關。
加賀也同意松宮的意見，所以向股長建言後，決定派松宮前往宇都宮。
但是，松宮還在意另外一個人。那就是汐見行伸。
今天上午，松宮去了汐見的公司所在的池袋營業所。汐見雖然露出無奈的表情，但並沒有感到意外。
「我猜到你最近可能又會來找我。」他們一起走進營業所旁的一家咖啡店後，汐見這麼說，「我也大致可以猜到你來找我的目的，但可不可以讓我先問一個問題？」
「好啊，只是不知道我能不能回答你。」
汐見收起下巴，注視著松宮。
「殺害花塚女士的凶手不是找到了嗎？聽說是個女人，她和花塚女士是什麼關係？動機又是什麼？」
松宮輕輕笑了笑說：
「不好意思，因為偵查不公開，這兩個問題我都無法回答。」
汐見撇著嘴，重重地嘆了一口氣後表示放棄。
「果然是這樣，我就知道你會這麼說。」

「很抱歉，讓你失望了。那可以換我發問了嗎？」

「請說。」汐見冷冷地回答。

「你剛才說，大致猜到了我的目的。」

「對，因為你不是去了我女兒學校嗎？」

「你女兒告訴你的嗎？很高興聽到你們父女有了對話。」

「你是在諷刺我嗎？我女兒難得和我說話，竟然對我說，刑警去學校找她，嚇了我一大跳。」

「我才嚇了一大跳，因為聽你女兒說，花塚女士去看網球社訓練。這到底是怎麼回事？我想不可能只是巧合而已。」

「並不是巧合，但也不值得驚訝。因為我曾經告訴花塚女士，女兒就讀的學校，和她參加了網球社的事。她當時就說，她經常去那附近，所以對那所學校很熟，下次會順道去看一下，但我不知道她真的去了。」

「聽萌奈說，她不止去了一次，曾經看過她好幾次。花塚女士的目的到底是什麼？」

「這我就不知道了。」汐見搖了搖頭，「可能只是剛好有事經常去那附近吧。我也不知道，她去看網球社訓練這件事，也是聽我女兒說了之後才知道。松宮先生，你為什麼一直追根究柢地調查我們父女的事？既然已經抓到了凶手，應該就和我們無關了。」他說話的語氣難掩煩躁。

「我剛才也說了，我們的偵查工作還沒有結束，並不知道凶手的供詞是不是事實。在真相大白之前，可能還會請求你的協助。」松宮說完之後，出示了中屋多由子的相片問他：「你有沒有看過這個人？」

汐見看了相片後並沒有太大的反應。他搖了搖頭說：「我完全不認識這個人。」他的動作看起來並沒有任何不自然。

目前並沒有發現中屋多由子和汐見之間有任何直接的關係。如果多由子是凶手，只能認為汐見和命案無關，但松宮始終認為汐見和綿貫一樣，隱瞞了什麼重要的事。

松宮想起加賀之前對他說的話。加賀當時說，如果沒有意識到刑警的直覺經常不準，對搞錯方向的偵查很執著，就不算是優秀的刑警。但是，如果案情的發展稍微出乎自己的意料，就立刻認定自己直覺不準，也沒辦法成為出色的刑警。

松宮這次決定稍微相信自己的直覺。

快到宇都宮時，手機響起了來電鈴聲。一看螢幕上的顯示，忍不住有點緊張。因為螢幕上顯示了前幾天剛輸入的芳原亞矢子這個名字。他站了起來，走向車廂之間的連結走道時按下了通話鍵。

「你好，我是松宮。」

「我是芳原，請問現在方便嗎？」

「我在新幹線上，但沒問題，我走到連結走道了。」

「不好意思，在你工作時打擾。今天打這通電話，是因為有一件重要的事想要告訴你。」

「如果是上次那件事，我還沒有機會和我媽好好聊一聊。」

「這樣啊，但也許這件事和令堂隱瞞的事也有關。」

站在連結走道上的松宮聽了芳原亞矢子的話，忍不住挺直了身體。「聽起來非同小可。」

「因為內容無法三言兩語說完，可以佔用一點你的時間嗎？我可以和上次一樣去東京和你見面。」

「那真是太好了，但目前偵辦的案子已經進入佳境，暫時無法和妳約定時間。等我手上的事情處理完，就馬上和妳聯絡，這樣可以嗎？」

「我瞭解了，沒問題，但是松宮先生，」芳原亞矢子意味深長地叫了一聲後繼續對他說：「我當然不急，但另一方面的時間可能不多了。」

松宮立刻領悟到她說的「另一方面」是指什麼。

「病情惡化了嗎？」

電話彼端傳來輕輕的苦笑聲。
「已經沒辦法繼續惡化了，只是即使馬上接到醫院的壞消息，我也不會驚訝。」
「我瞭解了，我會努力盡快處理完手上的工作。」
松宮掛上電話，把手機放回口袋時，發現列車大幅放慢了速度。

花塚久惠看到松宮遞給她的紙盒，稍微放鬆了滿是皺紋的嘴角。
「人形燒……很多年前，朋友曾經送給我。不好意思，那我就不客氣收下了。我們夫妻兩人都愛吃甜食。」
「那真是太好了。」松宮拿起放在矮桌上的茶杯，那是久惠剛才倒給他的茶。
花塚彌生的老家位在離日光街道數十公尺的住宅區內，這棟西式的長方形平房掛著「花塚針灸整骨院」的招牌。彌生的父親快八十歲了，目前仍然為病人看病。
花塚夫婦和汐見一樣，也得知了凶手遭到逮捕的消息，所以以為特地從東京來到宇都宮的刑警是來說明相關情況。但是當松宮說，目前還無法透露詳細情況時，原本坐在妻子旁的彌生父親說還有病人在等，匆匆起身離席。松宮在他離開之後，從紙袋中拿出了人形燒的紙盒。
「我想請教有關綿貫先生的事。」松宮對久惠說，「可不可以請妳詳細告訴我，為什麼會委託他處理彌生女士的死後事務？」

「這件事，之前不是已經在電話中說明過了？」

「不好意思，一次又一次問相同的問題。除此以外，還要請教妳幾件其他的事。」

「是嗎？要問的話當然沒問題。」久惠喝了一口茶之後開了口，「我記得是事件發生的一個星期後，綿貫突然打電話來家裡表達哀悼，之後問我們要處理很多雜務，會不會很辛苦。我就回答當然很麻煩，而且根本不知道該怎麼處理，完全亂了方寸，他就說，如果是這樣，可以全權交給他。我很驚訝，一度婉拒了他，說這樣太不好意思了。他叫我不必客氣，說他很習慣處理這種雜務。老實說，我很感謝他願意幫這個忙，而且我們也找不到其他人幫忙，他提出這樣的要求真的是及時雨。因為我們覺得綿貫這個人可以信任，而且應該也很瞭解彌生的事。於是就回答說，如果他願意幫忙，真的太好了，那就拜託他了。幾天之後，他就拿了委任狀上門了。」

「綿貫先生有沒有說，他願意主動幫忙處理這些雜務的理由？」

「理由？」久惠小聲重複之後，偏著頭說：「好像沒有什麼太大的理由。他說得知彌生被人殺害，就在思考自己有什麼可以幫忙的地方，然後就想到我們應該會為整理彌生的遺物很傷腦筋，所以就和我們聯絡了。」

如果這是綿貫發自內心的話，他就是一個親切熱心的人。雖然沒有證據顯示他並不是這樣的人，但還是覺得他應該另有目的。

「你們在委任狀上簽名蓋章後，他就立刻回東京了嗎？」

「沒有，他還坐了很久，問了很多關於彌生的事。」

「問了彌生女士的事？比方說什麼事？」

「這個嘛，」久惠偏著頭想了一下，突然露出驚訝的眼神看著松宮問：「我們委託綿貫處理雜務，是不是有什麼不妥當？不能請離婚的前夫處理這種事嗎？」

「不是不是，」松宮搖著手，「絕對不是這樣。只不過雖然凶手已經落網，但事件並沒有完全解決，所以我們希望相關人員的行動都有合理的解釋。不好意思，這只是例行公事。」

松宮不知道久惠是否能夠接受這種說法，但久惠只說了一句「原來是這樣」，並沒有繼續表示疑問。

「綿貫首先問我們最近和彌生聊了些什麼。我告訴他，彌生這一陣子都沒有回來，都只是打電話回家，每次都是先關心我們的身體。尤其我老公去年得了胃潰瘍。」

「有沒有問彌生女士的事？綿貫先生想知道的應該是她的事吧？」

「對，綿貫也問了這個問題，但彌生很少談自己的事，只說目前身體很好，店裡的生意也不錯。我也這麼告訴綿貫。」

「綿貫聽了之後有沒有感到滿意？」

「這我就不知道了，他還問我，彌生的周遭最近有沒有什麼變化，我回答說，並沒有聽彌生提過。」

「她周遭的變化嗎？」

「對，他問彌生最近有沒有什麼開心的事，或是見了意想不到的人。我只能回答說，我沒聽說。」

開心的事、意想不到的人——

到底怎麼回事？松宮忍不住思考。聽綿貫問話的方式，他顯然有具體的想法。

「啊，對了，」久惠在胸前握起雙手，「他還說想看相簿。」

「相簿？」

「我家的相簿，他說想看彌生年輕時的照片。」

「為什麼？」

「不知道，他只說想看。」

「妳給他看了嗎？」

「有啊，因為沒什麼不能給他看的。」

「我也可以看一下嗎？」

「喔，可以啊，你等我一下。」久惠說完後起身走出了房間。

松宮陷入了沉思。他完全猜不透綿貫有什麼目的，還是自己想太多了，綿貫並沒有特別的用意？

久惠走回了房間，雙手抱著一本很厚的相簿。

「就是這個。」她把相簿放在矮桌上。

「借我看一下。」

松宮把相簿拉到自己面前，皮革封面的相簿內有很多硬紙板的內頁，最近已經很少看到這種相簿。

松宮小心翼翼地翻開封面，第一頁上貼著應該是剛出生不久的嬰兒照片。雖然不是黑白相片，但彩色已經褪色，畫質也不清晰。松宮覺得可能是因為自己看慣了目前的高畫質相片，才會有這種感覺。照片旁用筆寫著「彌生　出生滿三週」幾個字。

之後有不少嬰兒照片。彌生是花塚夫婦的獨生女，所以他們一定很疼愛她，為她拍了很多照片。

接著是進入幼兒期的彌生。她穿幼兒園制服的樣子很可愛，然後是小學的入學典禮，合影的久惠當時也很年輕。

「彌生女士小時候看起來是一個活潑的女生。」松宮看著彌生在體能攀爬架上玩的照片說。那應該是她小學低年級的時候。

「她是個野丫頭，根本坐不住。」久惠說話時忍不住按著眼角。可能回想起彌生小時候的事，再度體會到她現在已經離開人世這件事。

繼續往後翻，彌生的外形漸漸擺脫了稚氣，散發出女人味，從某些角度拍攝，看起來很成熟。

松宮突然有一種奇妙的感覺，那種感覺有點像是既視感。他感到很奇怪，因為這是他第一次看這本相簿。

當他翻到某一頁時，忍不住大吃一驚。因為原本貼在那一頁上的照片全都被撕了下來，從內頁留下的痕跡一眼就可以看出原本貼了照片。

「原本貼在這裡的照片呢？」松宮問。

久惠看到空白的內頁，瞪大了眼睛。

「不知道，怎麼會這樣？我不記得曾經撕下照片。」

所以是綿貫幹的嗎？他為什麼唯獨撕下這一頁的照片。

松宮翻開下一頁，那一頁的照片沒有被撕掉。彌生已經長大，已經不是女童，而是邁入了青春期。

松宮看到其中一張，忍不住屏住了呼吸，同時終於知道剛才產生的既視感是怎麼一回事了。

怎麼會有這種事？巨大的衝擊讓他的思考陷入了混亂。

18

行伸不時抬頭看著靠天花板附近牆上的電視，默默吃著飯。今天晚上他點了味噌鯖魚定食，附湯是蜆仔味噌湯。

吃完晚餐，一看時間已經八點多了。萌奈應該已經吃完晚餐，回到自己房間不會再出來了。他找來店員結了帳。

自從上次姓松宮的刑警去了萌奈學校之後，她這一陣子有點奇怪。她說刑警給她看了花塚彌生的照片，她發現這個女人之前不時去看她們網球社的訓練。

「那個阿姨為什麼來我們學校？」萌奈問。

「我不知道。」行伸偏著頭回答，「可能她剛好去附近辦事情，所以就順便看你們訓練，我想她應該不是特別去看妳。」

十四歲的女兒顯然不滿意這樣的回答，她微微皺起的眉頭證明了這一點，但行伸在她問下一個問題之前，就逃回了自己房間。

今天早上短暫碰面時，萌奈似乎有話要說，行伸假裝沒有察覺，慌忙出門了。

他現在很害怕見到萌奈。萌奈已經不是小孩子，隨便敷衍幾句無法打發她。

結完帳，他走出了定食餐廳，邁著沉重的腳步踏上歸途時，聽到背後有人叫他「汐見先生」。他停下腳步回頭一看，忍不住皺起了眉頭。因為他看到松宮正向他走來。

「你吃完晚餐了嗎？」

松宮剛才似乎在附近監視。

「你還有事要找我嗎？」

汐見露出無奈的表情問，松宮仍然保持著幾乎可說是爽朗的笑容。

「我上次應該已經說了，在真相大白之前，還要麻煩你協助。」

「即使你圍著我打轉，也不可能對案情有任何幫助。」

「正因為不這麼認為，所以才會來找你。可以佔用你一點時間嗎？只要三十分鐘就好。」

行伸故意誇張地嘆了一口氣，「如果這是最後一次，即使一個小時、兩個小時都奉陪。」

「不，這可能沒辦法，所以今天三十分鐘就好。那我們走吧。」

「走？要去哪裡？」

「我已經找了一家店，是一個可以好好聊天的地方。」松宮說著，用右手指向前進的方向。

行伸無可奈何，只好邁開步伐。松宮走在他旁邊。

「我想你應該是優秀的刑警。」行伸邊走邊說。

「為什麼？」

「雖然自己這麼說有點那個，我算是濫好人，只要有人拜託，我很難拒絕別人。我覺得自己對你的態度已經很冷淡了，普通的人一定會覺得不高興，不想再見到我，但你還是一臉若無其事地來找我。我相信這是刑警必須具備的資質。」

「這是在稱讚我嗎？」

「當然。」

「謝謝，但是你並不瞭解。」

「瞭解什麼？」

「我完全不覺得你冷淡，正因為確信只要我拜託，你一定會提供協助，所以才會來找你。」

行伸搖了搖頭，喃喃地說：「真傷腦筋。」

松宮帶著行伸走進了KTV。他似乎事先預約了包廂，店員馬上就帶他們走進了包廂，但伴唱機的電源關著。松宮若無其事地解釋說：「因為會分心。」

店員問他們要喝什麼飲料。松宮點了烏龍茶，行伸點了啤酒。因為他需要稍微放鬆內心的緊張。

行伸打量著包廂，思考著自己已經有幾年沒有來KTV了。

「要不要唱一首歡樂一下？」松宮問，他的語氣讓人分不清是開玩笑還是認真。

行伸「哼」了一聲苦笑著，「我太太生前很愛唱歌，在孩子出生之前，我們經常來KTV，但我不會唱歌，所以每次都負責點飲料和當聽眾。你呢？經常來這裡嗎？」

「是啊，但幾乎都和今天晚上一樣，連伴唱機都不打開。」松宮很乾脆地說。

他似乎經常利用這種地方辦案。行伸聳了聳肩膀說：「原來是這樣。」

剛才點的飲料送了上來。行伸差一點立刻伸手拿啤酒杯，但幸好忍住了。因為他不希望松宮發現他緊張得口乾舌燥。

松宮喝了一口烏龍茶後說：「今天是想讓你看一樣東西。」

「什麼東西？」

松宮把手伸進上衣口袋，然後拿出幾張照片，排放在桌子上。

每張照片上都是十幾歲的女孩。行伸看了一眼，頓時臉色發白，同時全身都起了雞皮疙瘩。行伸拚命克制，努力讓自己面不改色，但他完全沒有把握自己是否成功瞞過了松宮。他瞥了松宮的臉一眼，看到他的雙眼露出彷彿逮到獵物般的銳利視線。

「怎麼樣？」這名年輕能幹的刑警問。

行伸輕咳了一下，看著照片，摸著下巴說：

「這是很久之前的照片，請問是誰的照片？」

「你沒有看出來嗎？是花塚彌生女士讀高一時的照片。」

「喔喔。」行伸故意做出很大的反應，「是嗎？聽你這麼一說，的確可以看到她的影子。」

「這是花塚女士留在老家的照片，我看到這張照片後相當吃驚。汐見先生，你呢？」

「我嗎？你問我有沒有……有什麼值得吃驚的地方嗎？」

松宮拿起一張照片出示在行伸面前問：「你有沒有覺得很像誰？很像你很熟悉的人。」

行伸微微偏著頭回答說：「這……我不知道像誰。」

「是嗎？太奇怪了，我覺得她和萌奈簡直就像是一個模子刻出來的。不，按照出生的先後順序，應該說萌奈像她。」

行伸收起下巴，抬眼看著刑警問：「你到底想表達什麼？」

「我不是想表達什麼，而是想向你確認。汐見先生，那我就單刀直入問你，萌奈和花塚彌生之間是不是有血緣關係？」

松宮的問話的確單刀直入，這把刀筆直插進了行伸的胸口。

「你說的話太莫名其妙了。」行伸無法克制自己的聲音變得很尖，「萌奈和花塚女士之間有血緣關係？你從哪裡冒出來這種想法？她們完全沒有任何關係，也沒有任何交集。如果你認為我在說謊，可以去徹底調查戶籍，警方查這種事應該易如反掌吧。」

「我說的不是戶籍上的問題，而是生物學的問題。」松宮指著這兩張照片，「我無論如何都無法認為她們之間毫無關係。」

「那是你的感覺，我不認為她們長得像。即使真的很像，也只是剛好長得很像而已，這種事並不稀奇。」

「的確有沒有血緣關係的人長得很像這種事，經常有人說，這個世界上有三個長得和自己很像的人，但是，」松宮繼續說了下去，「如果曾經出入同一家醫療機構，就不可能只是剛好長得像而已。」

行伸大吃一驚，「你在說什麼？」他的聲音開始發抖。

「你死去的太太——怜子女士曾經接受不孕治療吧？我向怜子女士的母親確認之後，得知萌奈是接受體外授精後成功懷孕。那家醫療機構名叫『愛光仕女診所』，就在你們十幾年前住的公寓附近。」

「所以呢？」

「相同的時期，花塚彌生女士也為不孕的問題苦惱不已，試了各種方法。她前往的醫療機構也是『愛光仕女診所』。汐見先生，你認為這只是巧合嗎？」

行伸用力深呼吸，看著松宮。「如果不是巧合，那又是什麼？」

松宮喝了一口烏龍茶，緩緩放下杯子，交握著雙手。他的動作鎮定自若得讓人有點火大，簡直就像在得意地思考要如何料理捕到的魚。

「我請教了從事不孕治療的專家，假設有兩個女人在相同的時期，在同一家醫療機構接受體外授精，其中一個女人生下了和另一個女人長得一模一樣的孩子時，可能會是怎樣的情況。那位專家有點不知所措，但還是回答了這個問題。他說發生這種情況的可能性相當低，但如果真的發生，可能是體外授精時，使用了另一個女人的卵子，或是雖然成功授精，但受精卵沒有放到原本的女人體內，而是放到另一個女人身上。他說就只有這種可能。」

「你等一下。」行伸伸出右手，「松宮先生，你知道你在說什麼嗎？」

「我知道這些話涉及重大的隱私，但我不認為自己在胡言亂語。」

「不，就是在胡言亂語，我無法接受這種胡說。松宮先生，你瞭解嗎？你在說萌奈不是我們的女兒。」

「我並沒有斷定，只是在說有這種可能性。」

行伸不知道該對松宮的這些話表現出怎樣的態度。

是該一笑置之，說這些話太無聊嗎？還是該憤怒地表示，說這種話太失禮了？或是該表現出好奇的樣子，說這種想法很有趣？

行伸這時才伸手拿起杯子。他喝了一口啤酒，試圖讓心情平靜，但激動的心情完全無法平復。

「那我想請教一下，」行伸放下杯子後看著松宮，「你認為為什麼會發生這種狀況？」

「我不清楚原因，」松宮當場回答，「聽說偶爾有女人因為某種原因，導致無法製造正常的卵子，會請其他女人提供卵子。但花塚彌生女士很想要孩子，不可能把寶貴的卵子提供給別人。我請教的那位專家認為，最有可能的情況就是拿錯了，也就是醫療機構的疏失。在授精時應該不可能出錯，所以應該是受精卵的階段出了問題。因為受精卵需要保存一定期間，這段期間可能發生了什麼意外。那位專家也說，每家醫療機構應該都會嚴格管理，照理說不應該發生這種疏失。」

沒錯，照理說不應該發生這種疏失——行伸內心表示同意，努力克制著想要點頭的衝動。

「有可能發生這種事嗎？真不願意去想像，不過，松宮先生，你剛才說的話中有一個問題。」

「什麼問題？」

「假設真的發生了這種疏失，在發現疏失的時間點，不是會採取相應的措施嗎？不會讓孩子就這樣生下來。」

「你說的完全正確，所以有兩種可能。一種可能，就是發現時，孩子已經生出來了。另一種可能，就是雖然發現了疏失，但還是決定生下來。不管是哪一種情況——」松宮冷峻的雙眼看著行伸，「你知道發生了這個疏失，只是不確定你是什麼時候得知的。」

「你為什麼這麼認為？」行伸在問話時，感覺到自己的臉頰僵硬。

「汐見先生，因為你去了『彌生茶屋』。」松宮說，「如果你不知道，就不會知道有花塚女士這個人，當然也不會想到要去找她。」

「我之前沒有告訴你嗎？我會去『彌生茶屋』是因為——」

「你去附近工作，工作結束後剛好走進那家店嗎？那可以請你詳細說明一下是在哪裡工作、做什麼工作嗎？」

行伸的視線看著斜上方說：「……是哪裡呢？因為是好幾個月前的事，我忘記了。」

「那可以請你查一下嗎？公司不是有紀錄嗎？」

行伸無言以對，他板著臉掩飾內心的慌亂，拿起啤酒喝了起來。

「汐見先生，」松宮問，「你是不是把萌奈的事告訴了花塚女士？」

「你在說什麼？」

「這麼一想，就覺得所有的事都可以有合理的解釋，也可以解釋花塚女士為什麼會去看網球社的練習。因為得知這個世界上有自己的孩子，當然會想去見一見。」

行伸用力注視著松宮。

「你要怎麼想像是你的自由，但請你不要到處亂說，否則我會告你。」

「我當然不會未經你的許可告訴別人，但希望你瞭解，如果無法查明這件事的真相，就無法解決這起事件。」

「為什麼？凶手不是已經抓到了嗎？」

「的確已經抓到了凶手，但她很可能沒有說實話。即使這樣送上法庭，也無法做出正確的審判。因此必須查明為什麼要殺害花塚女士的真正動機。」

「很抱歉，這和我無關。」

「是這樣嗎？雖然我不想說這種話，但我認為如果你沒有把萌奈的事告訴花塚女士，她就不會遭到殺害。」

「夠了，我不想聽你再說這些，恕我告辭了。」行伸猛然站了起來。

「汐見先生，」松宮叫住了他，「我不知道你為什麼把萌奈的事告訴了花塚女士，但我非常瞭解你此刻的心情，為了萌奈，你希望一切都成為秘密。還有其他人也基於相同的理由想要隱瞞真相，那就是花塚女士的前夫，也就是萌奈在生物學上的父親，也許行凶的女人也想隱瞞這件事。」

行伸轉過頭，瞪大了眼睛。

「如果你不說，他們也不會說，不，是無法說。真相永遠無法大白，這樣也沒關係嗎？」松宮繼續說了下去，「一切都取決於你。」

行伸搖了搖頭，說了聲「失陪了」，打開了包廂的門。

19

目送汐見行伸離開後，松宮重新坐了下來，喝著剩下的烏龍茶。不知道哪間包廂開著門，隱約傳來了歌聲。他這才發現沒有打開伴唱機的KTV包廂感覺這麼淒涼。

汐見的反應在松宮的意料之中，所以並不感到意外，他的態度反而讓松宮確信，自己的推理正確。

看到花塚彌生年輕時的照片，如果沒有想到和汐見萌奈之間的關係反而很奇怪。因為她們實在太像了。仔細想一下就會發現，如果說上了年紀之後的彌生是萌奈的母親，每個人應該都會相信。

她們之間到底有什麼關係？如果有某種血緣關係，一定可以找到。但是無論怎麼調查，都無法在戶籍上找到她們之間的關係。

果然只是兩個毫無關係的人長得很像而已嗎？還是說，萌奈很像汐見死去的妻子，汐見看到和亡妻相同類型的女人，忍不住被她吸引嗎？

松宮再度前往長岡見了竹村恆子，要求看怜子年輕時的照片。恆子雖然感到納悶，但還是拿出了舊相簿。

松宮看了照片，忍不住感到納悶。因為萌奈和怜子年輕時完全不像。他提起這件事，竹村恆子也用力點了點頭。

「對啊，出生時就一點都不像，但當然是怜子的女兒。因為現在不會發生抱錯小孩這種事，所以我老公還說，是不是因為是人工做出來的，所以才會不像。當時大家還笑他說，怎麼可能有這種事？」

松宮問她，人工做出來是什麼意思？恆子告訴他，是指體外授精，而且恆子還記得怜子當時去的那家醫療機構的名字。

「我記得是一家叫愛光的醫院，愛情的愛，光明的光。當時聽怜子說了之後，覺得這家醫院的名字聽起來很吉利，所以就記住了。」

松宮的腦海中浮現「愛光」這個名字的瞬間，突然想到一件事。他記得在哪裡看過這個名字。

在回東京的新幹線上，他找到了答案。花塚彌生的手機通訊錄中有這家醫院的電話。許多人都證實，花塚彌生為不孕的事很煩惱，那個時期剛好和汐見怜子求診的時期重疊。

松宮並不認為只是巧合而已，於是請教了不孕治療的專家，得知了驚人的事實——醫療機構可能發生了誤植受精卵的疏失。

汐見行伸是否因為某種原因，得知了花塚彌生是萌奈生物學上的母親這件事？所以他去找了彌生，不僅如此，他還把萌奈的事告訴了彌生。

彌生得知後大吃一驚，於是去看了萌奈。之所以去了好幾次，一定是因為覺得很開心。有好幾名常客都說她最近看起來很開心。

這麼一想，就可以隱約察覺到彌生為什麼會聯絡十年沒有往來的綿貫哲彥。她可能認為必須把這件事告訴萌奈在生物學上的父親。

今天白天時，松宮去了綿貫的公司，問他為什麼擅自把花塚彌生的照片從相簿中拿走。綿貫裝糊塗說，他完全不知道這件事。

「我勸你說實話，花塚家可以告你偷竊照片。」

綿貫聽了松宮的話，臉上的肌肉抽搐起來，生氣地把頭轉到一旁。

「你是不是想找和這張照片上的少女很像的女生？」松宮說著，把照片遞到綿貫面前。那是花塚彌生高一時的照片。「彌生女士是不是告訴你，這個世界上有你們的孩子？但是除此以外，並沒有告訴你詳細情況，所以你想靠自己找到這個孩子。你之所以主動要求處理彌生女士的死後事務，就是因為想瞭解她的個人資料，對不對？」

綿貫沒有承認，堅稱不知道松宮在說什麼，而且還說：

「如果有這個女孩，那你帶來給我啊，我倒想見識一下。」

這句話應該是綿貫的真心話。他想見孩子，但認為不能由自己說出這個秘密。因為他認為只有那個孩子的父母有權利這麼做。

也許——

也許中屋多由子也一樣。雖然她的殺人動機和綿貫哲彥與花塚彌生的孩子有關，但她可能認為不能由她說出這件事。

松宮認為也許是這樣，因為除了父母以外，其他人無權揭開可能會改變一個少女命運的秘密。

同樣地——

無論是我還是警察，可能都沒有這種權利。

松宮甚至沒有把這些推理告訴加賀。

20

走出KTV，接觸到戶外的空氣，行伸忍不住冷得哆嗦。他發現自己渾身冒著冷汗，濕濕的襯衫黏在皮膚上很不舒服。

心臟仍然跳得很快，絲毫沒有平靜的跡象。雖然不顧一切地逃離了，只不過非但沒有消除松宮的疑問，恐怕反而加深了他的懷疑。

當松宮出示花塚彌生年輕時的照片時，行伸嚇得臉色發白，但現在臉頰變得很燙。陷入混亂的腦袋浮現了一個念頭——該來的究竟躲不過。雖然內心深處做好了心理準備，只是做夢也沒有想到，竟然會以這種方式出現。

他停下腳步，仰頭望著夜空。今晚天空晴朗，怜子的老家長岡或許可以看到群星璀璨，但這裡只能看到一顆星星。行伸注視著那顆星星，小聲嘀咕著：怜子，到底該怎麼辦？

行伸從來沒有忘記過十五年前那一天的事。那是他們好不容易抓到了一線光明的喜悅被徹底粉碎的日子，是希望變成了絕望的日子。

星期六早上，怜子對行伸說，希望陪她一起去診所。行伸當時吃完早餐的吐司和荷包蛋，正在喝咖啡。

「院長說，有重要的事要和我們談，希望我們今天一起去。」怜子滿臉不安的表情。

行伸看向妻子的下腹問：「是不是有什麼問題？」

怜子一臉不悅的表情偏著頭說：「上次產檢時，醫生說胎兒長得很好。」

「那會是什麼事呢？」

「不知道……」

怜子懷孕已經進入第九週。雖然有孕吐，但她認為那也是幸福的感受。希望孩子順利出生是他們夫妻共同的心願。

難道發現胎兒有異常？醫院方面一開始就曾經告訴他們，高齡懷孕生下有障礙的孩子機率會增加。

「會不會有唐氏症？」行伸問了腦海中浮現的問題。

「現在應該還沒辦法判斷。」

「所以有其他障礙嗎？」

「也許吧。」怜子嘀咕了這句話後，露出嚴肅的眼神看著行伸問：「你會和我一起去醫院吧？」

「當然，」行伸點了點頭，「我們一起聽到底是怎麼回事。」

「嗯，我有言在先，我不會放棄。」
「放棄什麼？」
「這個孩子啊。」怜子說著，摸著自己的肚子，「無論孩子有什麼障礙，我都會生下來。生下來之後，養育孩子長大。」
行伸用力吸了一口氣，然後慢慢吐出來，直視著妻子的眼睛說：「那當然，這還用說嗎？」
「太好了。」怜子終於放鬆了臉上的表情。
兩個人下午一起去了「愛光仕女診所」。一到醫院，立刻被帶去了院長室。有兩個人等在那裡，其中一人是院長澤岡，在第一次聽他說明不孕治療的情況之後，曾經見過幾次。另一個人是個子矮小，五十歲左右的男人，行伸以前沒見過他。他是負責體外授精的醫生，自我介紹說他姓神原。
「汐見太太，上次產檢時告訴妳懷孕的狀況一切順利，但之後神原向我報告了一件事……」澤岡說到這裡，有點結巴，看向身旁的神原。
「是不是發現了什麼問題？上次說一切順利是搞錯了嗎？」行伸問。
「不，懷孕還是很順利……」神原舔了舔嘴唇。他臉色發白，神情緊張。「簡單地說，就是太順利了，所以我覺得有點奇怪。」

「啊？」

行伸和怜子互看了一眼之後，將視線移回神原身上。

「這是怎麼回事？太順利有什麼問題嗎？」

「不，這……」神原的喉結動了一下，似乎在吞口水，「妳之前的受精卵，即使狀態最理想時，也遲遲無法成熟。這次的狀況也一樣，稱不上是狀態理想的受精卵，所以我覺得這次應該也沒辦法成功，但還是試著植入體內……我記得之前曾經向妳說明過這一點。」

「你的確說過，」怜子回答，「所以我們也討論過了，如果這次再不行，就決定放棄了。」

「但之後順利懷孕，而且發育也很順利——不是這樣嗎？」行伸問。他不知道眼前兩名醫生想要說什麼，聲音忍不住變尖了。

「不瞞兩位，」神原尷尬地皺著眉頭，「可能搞錯了。」

「搞錯了？搞錯了什麼？」行伸比剛才更大聲地問。

「就是……受精卵。」

「啊？」行伸的心臟在胸口用力跳動，「你說什麼？」

「可能把……其他病人的……當作你們的受精卵……然後……植入了……你太太體

內。」神原的聲音發著抖說道。

行伸身旁的怜子雙手捂著臉，把頭垂了下來。

神原突然離開沙發，跪在地上，雙手放在地上說：「真的對不起。我發自內心感到抱歉，對不起。」他的額頭碰到了地上。

澤岡一臉痛苦的表情站了起來，默默地深深鞠躬。

行伸的腦袋一片空白，看著不停向自己鞠躬的兩個男人，然後注視著在一旁低著頭的妻子，最後看了一眼手錶。我等一下還有其他事嗎？感覺像是毫無關係的念頭閃過腦海。但是，行伸立刻知道並不是毫無關係。自己必須抗議，必須請對方說明是怎麼回事。即使必須花上好幾個小時也沒關係。

「這是怎麼回事？」行伸用沒有起伏的語氣問道。並不是他很平靜，而是無法顧及感情，「請你們說明，請你們老實告訴我們，到底發生了什麼狀況？」

「神原，」澤岡開了口，「你趕快向汐見夫婦說明。」

「是。」神原應了一聲之後抬起頭，「受精卵會在加了培養液的培養皿中成長，培養皿都有蓋子，上面貼了寫有病人姓名的貼紙。汐見太太的蓋子可能不小心蓋到其他病人的培養皿上，然後就誤把那個培養皿中的受精卵植入了汐見太太的體內……」他的語尾幾乎聽不到了。

「為什麼？」行伸低吟著問，「為什麼會發生這種事？當時不是在為我太太的受精卵作業嗎？為什麼會有別人的受精卵？」

「因為、另一位病人的受精卵有兩個，在確認成長情況之後，挑選出一個狀態更理想的受精卵放入保管庫內。留在作業台上的是另一個，原本打算要處理掉。」

「既然這樣，為什麼沒有處理掉？正因為還留在那裡，所以才會發生錯誤。」

「你說的完全正確。」院長澤岡說，「理論上作業台上不可以有兩個以上的受精卵，本院也這麼規定。」

「所以他違反了規定嗎？」行伸指著神原問。

「對，我問了當時的情況，當時另一名職員忙著進行其他檢查，所以必須由他一個人同時進行好幾項作業。」

「這可以當作藉口嗎？」

「當然不行，這完全是神原的疏失。」

「很抱歉。」神原不停地道歉。

行伸抓著頭。內心的混亂無法平靜，雖然很想破口大罵，但總覺得還有更重要的事。首先必須讓自己平靜下來才能思考。他連續深呼吸了好幾次，兩名醫生都沉默不已。

「你剛才說，有這種可能，對不對？」行伸低頭看著神原，「你剛才說，有可能搞錯了……你是這麼說的吧？為什麼沒有斷定的確搞錯了？」

「因為、那個、斷定……」神原低著頭結結巴巴。

「因為無法斷定，只是可能拿錯了，但也可能沒有拿錯，是不是這樣？」

他發現身旁的怜子身體抖了一下。

「雖然是這樣，但從目前的狀況來看，我拿錯的可能性應該相當高……我回想了當時的情況，認為應該是這樣。」

行伸聽了他吞吞吐吐的說明，忍不住心浮氣躁。

「什麼狀況？請你說明清楚，而且為什麼現在會發現拿錯了？如果當時沒有發現，照理說現在也不會發現。」

「不，剛才也說了，按照常理判斷，汐見太太……那個狀態的受精卵，懷孕狀況不可能像現在這麼順利，所以我調查了當天的紀錄，回想了自己做的事，發現可能犯下了剛才向你們說明的錯誤，於是就去找院長商量。」

「我聽了神原說明的情況後嚇了一大跳，認為必須趕快通知你們，所以才和你們聯絡。我們真的不知道該怎麼向你們道歉，只能向你們表示，我們會用最有誠意的方式解決這個問題。」澤岡痛苦地接著說道。

行伸看著身旁的怜子。怜子把原本捂著臉的一隻手放在自己的腹部，好像在問肚子裡的孩子。

「所以，可能性……並不是零吧？」行伸問神原，「目前我太太懷的孩子是我們的孩子的可能性並不是零吧？你剛才說，你自己拿錯的可能性很高，但並不是百分之百確定，對不對？既然這樣，也可能沒有拿錯，我說得對嗎？」

「這……沒錯。」

「既然這樣，要不要確認一下到底是不是我們的孩子？我相信有辦法可以確認，在確認之後，我們再來討論這個問題。」

「這……」神原只說了這個字就咬著嘴唇，陷入了沉默。

「請你們做檢查，」行伸說，「趕快做檢查，如果確認是我們的孩子，當然就沒有任何問題。如果不是……到時候再請你們負起應有的責任。」

神原抬起頭，他的雙眼通紅。

「如果要確認親子關係，必須做羊膜穿刺檢查，但必須在懷孕滿十五週之後才能做這個檢查，到時候如果要做人工流產，會對汐見太太的身體造成太大的負擔。」

神原用顫抖的聲音說明的內容讓行伸的焦躁達到了頂點，他用力拍著眼前的桌子，大聲咆哮說：「什麼意思！難道沒有其他方法了嗎？」

神原的下巴顫抖著說：「除此以外，還可以做絨毛檢查……」

「龍毛檢查？」

「絨布的絨，毛髮的毛。胎盤是由絨毛形成的，只要採集絨毛，可以調查親子關係。」

「可以在現階段做嗎？」

「理論上可以進行，但技術上很困難，而且很危險，所以日本幾乎沒有在做這項檢查，再加上導致流產的可能性很高。如果你們做好可能會流產的心理準備，我可以為你們安排這項檢查。」

行伸拚命克制著想要一把抓住對方領子的衝動。什麼叫做好可能會流產的心理準備？他知道這次懷孕對自己和怜子有多麼重大的意義嗎？

怜子仍然沉默不語，她的眼淚滴在地上。

「讓我們考慮一下。」行伸看了看澤岡，又看了看神原說道。

回家路上，行伸和怜子都不發一語。回到家後，怜子立刻倒在臥室的床上。行伸猜想她一定會掩面哭泣，但並沒有聽到嗚咽的聲音，也沒有看到她的後背微微顫抖。

「怜子，」行伸叫著她，「妳有什麼打算？」

但是怜子沒有回答。行伸以為她也沒有答案。

他獨自走去客廳，開始喝威士忌純酒。如果不喝點酒，他無法冷靜思考。

先做檢查再說。他已經做出了這樣的結論。即使有造成流產的危險，也必須做檢查。問題在於會出現怎樣的結果。

如果是自己和怜子的孩子，當然皆大歡喜。到時候只要繼續呵護怜子的身體，祈禱孩子順利出生就好。

如果真的拿錯了，不是自己和怜子的孩子——

果真如此的話，當然無法生下來。只能死心斷念，立刻做人工流產手術。

行伸握緊了酒杯。

做了人工流產手術之後呢？還要繼續接受不孕治療嗎？但之前不是已經決定，這是最後一次了嗎？

行伸聽到了動靜，抬起了頭，看到怜子走進來。她垂著雙眼走向餐桌，然後在行伸對面坐了下來。

「妳還好嗎？」行伸問。

「嗯。」她簡短地應了一聲，然後看著行伸的手。她似乎在看行伸手上的酒杯。

「妳要不要喝一點？」

怜子舔了舔嘴唇，猶豫了一下，然後搖著頭說：「我不能喝酒。」

「喔，也對。」行伸點了點頭，「目前還不知道檢查會出現什麼結果。」

怜子目前懷的孩子是他們的孩子的可能性並不是零。

怜子用力深呼吸後，注視著行伸的眼睛，用堅定的語氣說：「我不做檢查。」

「啊？」行伸發出困惑的聲音。

「你還記得我早上說的話嗎？」

「哪一句話？」

「我說無論孩子有什麼障礙，我都會生下來。生下來之後，養育孩子長大。」

「這句話我記得。」

「所以，」怜子雙手摸著自己的腹部，「我不做檢查。」

行伸眨著眼睛，他終於理解了妻子的意思。

「等一下，這個孩子可能不是我們的，這和孩子有障礙不一樣。」

「一樣，」怜子露出有力的眼神，「可能沒有遺傳我們基因的障礙，而且也還沒有確定，只是存在這種可能性而已，必須做檢查才知道。既然這樣，不知道反而更好。」怜子一口氣說完後問行伸：「難道你不這麼認為嗎？」

行伸不知所措地抓著頭。眼前的發展完全超過了他的想像。

「這是最後一次，」怜子看著自己的腹部，「這是我們最後的孩子，是上天給我們最後的機會。我很清楚，一旦放棄，就沒有第二次了，所以我要生下來。」

行伸無法反駁怜子用平靜的語氣說的這些話。因為他也知道這是最後的機會。

隔天星期日，他們再度造訪醫院，然後把決定告訴了澤岡和神原。兩名醫生都大驚失色。

「你們真的決定這麼做嗎？」澤岡向他們確認。

「這是我們共同的決定。」行伸瞥了一眼身旁的怜子後說，她的眼角沒有淚痕。在她決定要生下來之後，就沒有再流過淚。

「如果你們認為這樣沒問題，我們當然尊重你們的決定。」澤岡說，「只是這樣的話，會有幾個問題……」

「我知道，你是指孩子出生之後，萬一發現不是我們的孩子時要怎麼處理。」

「沒錯。」

「關於這個問題，我們也討論過了。首先有一個前提，就是我們不會在孩子出生之後，去檢查是不是我們的孩子。幸好我的血型是A型，我太太是B型，無論孩子是什麼血型，都不會有矛盾。既然這樣，那就不如相信，相信就是我們的孩子。」

行伸繼續說了下去。

「所以也要請你們保證，這件事絕對不能曝光，不僅如此，請你們忘記一切。根本沒有發生拿錯受精卵的意外，也從來沒有向我們說明過這件事。汐見怜子生的孩子就是用她的受精卵培育出來的——今後無論發生任何事，都希望你們堅稱這一點。」

澤岡聽行伸說話時的表情很凝重，他內心一定很複雜。這起意外一旦公諸於世，醫院的信用將會掃地。如果行伸和怜子告上法庭，可能會請求龐大的賠償費用。目前有機會讓整件事和平解決。雖然身為醫生的良心會受到苛責，但內心應該鬆了一口氣。造成這次意外的神原當然比澤岡更鬆了一口氣。

「你們可以向我保證吧？」行伸問。

「我保證。」兩名醫生都鞠躬同意。

之後，行伸和怜子不曾踏進「愛光仕女診所」一步，怜子去了其他醫院做產檢。

行伸和怜子之間也有一個約定，那就是從此不再提這件事。即將出生的就是兩個人的孩子，他們發誓，絕對不會懷疑這件事。

他們都遵守了這個約定，兩個人都從來沒有提過這件事。行伸和之前一樣關心太太的身體狀況，什麼都不去想，默默期待孩子出生的那一天。久而久之，有時候幾乎快忘了澤岡他們所說的事。行伸告訴自己，忘記也沒關係，可以當作是一場惡夢，只可惜那些記憶終究無法徹底離開腦海。

日子一天一天過去，怜子順利生下了女兒。

這次一定要好好照顧她。一定要讓這個孩子幸福。

行伸看著還是嬰兒的女兒睡得安穩的樣子，暗自發誓，要用自己的生命讓女兒得到幸福。

但是——

那個可怕的念頭，女兒也許不是自己的孩子這個念頭始終揮之不去。不僅揮之不去，而且不時刺激行伸內心深處最敏感的部分。

前來祝賀的親朋好友都異口同聲地問，到底像誰呢？女兒通常比較像爸爸，但好像不太像爸爸，所以比較像媽媽？

也有人滿不在乎地說，既不像爸爸，也不像媽媽。行伸當然知道他們並沒有惡意。即使遇到這種情況，怜子仍然面帶笑容，好像根本不在意。行伸很想知道，她是不是真的不在意，但他無法開口問，因為不能問。

汐見家終於重新出航，在外人眼中是幸福的一家三口。知道他們曾經經歷悲傷過去的人，都很佩服他們能夠重新站起來。

那段歲月真的很幸福。雖然內心深處仍然有一絲不安和疑問，但只要和萌奈在一起，就可以暫時忘記。行伸不認為自己對萌奈的感情和以前對繪麻、尚人的感情有什麼不同，他認為基因根本不重要，萌奈就是自己的孩子，無論誰說什麼，她就是自己和怜子的孩子。

但如果要問，是不是努力讓自己這麼想，行伸就答不上來了。因為如果確信萌奈和自己是真正的父女，根本不會去想這種事。

絕對不能在平時的態度中表現出內心的這種掙扎，尤其絕對不能讓怜子察覺。

他認為自己是一個好爸爸，他覺得對待萌奈的態度，和之前對繪麻、尚人的態度沒什麼兩樣。

但是，終究還是瞞不了怜子的眼睛。她發現了。

行伸在病房內得知了這件事。怜子的白血病惡化，已經瘦得不成人形，但雙眼仍然炯炯有神。她握著行伸的手說：「我有話要對你說，是關於萌奈的事。」

「什麼事？」行伸忍不住吞著口水。

「爸爸，你是不是很痛苦？」

「……為什麼？」

「為了萌奈的事，你是不是不知道該怎麼和她相處？」

行伸無法對怜子說，我們不是約定不能談這件事嗎？因為怜子必定下了很大的決心，才會開口談這件事。

「我並沒有這種想法……原來妳覺得是這樣。」

「呵呵，」怜子笑了起來，「起初我以為你只是不知所措，覺得這也情有可原。因為男人通常需要花一點時間適應自己是爸爸這件事，之前繪麻和尚人的時候，你也是這樣。只不過我發現你對萌奈的態度真的有點不太一樣。過了一陣子之後，我終於瞭解了你內心的想法。你是不是有做了虧心事的感覺？」

行伸聽了妻子的話，忍不住愣了一下。並不是因為她說中了自己內心的想法，而是對她的話感到很意外，但他並不認為妻子說錯了，所以他沒有吭氣，默默注視她的臉，等待她的下文。

「你是不是還在猶豫，是否可以把她當作自己的孩子養育長大？我說的並不是最近的事，而是從萌奈出生之後，就一直是這樣。不，也許從她出生之前就開始了。你開始懷疑我們的行為是否違反了身為一個人的原則，因為我們可能搶走了別人家的孩子。不知道萌奈的親生父母現在怎麼樣了，如果他們知道孩子在自己不知道的地方出生，不知道會有怎樣的感想。你是不是在煩惱這些事？你對萌奈也一樣，你對她有罪惡感，你很猶豫，也很煩惱，不知道是不是該告訴她，她的親生父母另有其人。」怜子的嘴唇露出淡淡的笑容，抬頭看著行伸問：「怎麼樣？我說錯了嗎？」

「怜子，妳覺得萌奈不是我們的女兒嗎？」

「萌奈是我的女兒，這是無可置疑的事，因為她是我生下來的。」怜子語氣強烈地斷言，「女人臉皮很厚，也很自私。不管原本是誰的受精卵，既然是自己生下來的，當然就覺得是自己的孩子，和基因根本沒有關係。基因算什麼東西！不好意思，我完全沒有罪惡感，也覺得這樣完全沒問題，但這是以能夠繼續之前的生活為前提，狀況不同時，該選擇的路當然也會不一樣。」

「狀況不同？」

「如果我能夠一輩子當萌奈的母親，當然就沒有任何問題，但現在好像不太可能了，所以我才會和你討論這件事。」

「怜子，妳談這種事還——」

怜子仍然面帶笑容，躺在枕頭上的頭左右搖了搖。

「我在和你談務實的問題，所以你也配合一下。等我離開之後，你一定會更加煩惱。不知道以後該怎麼和可能不是親生女兒的萌奈和睦相處，而且也會為是否可以一直瞞著萌奈感到煩惱。你知道嗎？現在鑑定DNA很簡單，沒有人能夠保證，你和萌奈以後絕對不會做親子鑑定。想到那一天，我想你的心情可能無法平靜。」

行伸低著頭。怜子說對了。即使沒有血緣關係，怜子生下了萌奈，自己是怜子的丈夫。這種想法是他的精神支柱。一旦失去了這層關係，光是想像自己和萌奈之後不知道會變成什麼樣，就會感到不安。

「爸爸，」怜子叫著他，「等我死了之後，你想怎麼做都可以。」

「什麼意思？」

「我的意思是，只要你認為是為了萌奈著想，即使告訴她真相也沒問題。即使不知道是不是為了萌奈著想，如果你覺得繼續隱瞞太痛苦，也可以告訴她真相。全都交由你決定，但我還活著的時候不行，因為我到死那一刻，還是萌奈的母親。」

「怜子……」

「對不起，我這個女人很自私。」怜子說完，瞇起了眼睛。

行伸只是握著她的手，什麼話都說不出來。

怜子應該在很早之前，也許生下萌奈之後，就發現她不是自己的孩子，但她完美地扮演了母親的角色，連行伸都絲毫沒有察覺到她的這種想法。雖然她說自己臉皮很厚，也很自私，完全沒有罪惡感，但並不知道她的真實想法如何。也許她也承受了痛苦。

不久之後，怜子就撒手人寰了。

終於要面對和萌奈兩個人的生活，行伸的心情更加複雜，更加不安。失去了怜子之後，女兒才是自己心靈支柱的想法更加強烈，但又不知道是否該繼續這樣下去。如果遲早要告訴她真相，是否越早越好？怜子說得沒錯，行伸受到良心的苛責。自己所做的事真的是為了萌奈著想嗎？是否只是為了滿足自己的欲望？他對萌奈親生父母的罪惡感也始終無法消失。

日子一天一天過去，他仍然沒有找到答案。然而，青春期的女兒心思特別敏銳，不可能感受不到父親扭曲的煩惱和掙扎。手機事件的那一天，她再也無法承受父親沉重的想法，終於把壓抑在內心的鬱憤一吐為快。

那天之後，行伸仍然煩惱不已。不久之後，他認為是不是該把真相告訴萌奈。

今年年初，他決定去找澤岡。萌奈即將升上中學二年級，父女兩人不一起吃晚餐已經好幾個月。行伸打電話給澤岡，說有事要談，希望可以見面，澤岡並沒有拒絕。

「愛光仕女診所」建了新的大樓，澤岡和神原都比之前老了。聽說神原不再直接治療，而是擔任技術指導工作。行伸很想問神原，他到底指導什麼，但最後還是忍住了。事到如今，他並不想重提舊恨。

行伸向他們簡單說明了自己的近況，他們聽到怜子去世的消息都很震驚，露出了沉痛的表情，看起來不像是裝出來的。

問題在於女兒——他們取名為萌奈的女兒。行伸說。

「我直截了當說重點，當初應該真的拿錯了受精卵。雖然我們沒有去做過檢查，但生活在一起之後能夠瞭解。女兒不僅不像我，也不像我太太，所以應該和我們沒有血緣關係。」

行伸察覺兩名醫生的表情緊張起來。神原皺著眉頭，雙手抱著頭。

「請你們不會誤會，」行伸說，「我們並不認為自己當時的判斷錯了，我們相信自己做了正確的選擇。萌奈拯救了我和怜子，我們找回了開朗的家庭。雖然很遺憾，怜子的人生太短暫，但我相信她度過了平靜而幸福的時光。只是在她去世之後，在考慮未來的事時，我不認為一直隱瞞真相是正確的決定。」

「你打算向你女兒說明真相嗎？」澤岡小心謹慎地問。

「如果我能夠確信這對她有好處的話。」

澤岡偏著頭問：「你的意思是？」

「當我女兒知道真相，一定會很受打擊。我認為到時候我必須充分支持她，安撫她。但是，即使她能夠重新站起來，應該也會想知道自己的親生父母是誰，目前在哪裡、在做什麼。既然要告訴她真相，我希望能夠在某種程度上瞭解這些事，所以我首先必須瞭解狀況。反過來說，如果我不知道她的父母是怎樣的話，當然不可能告訴萌奈。」

澤岡用緊張的眼神看著他問：「你是要我們告訴你，誤植的受精卵的主人嗎？」

行伸直視著他回答：「我應該有權利知道。」

「但是你當時不是說，要我們忘了這件事所有的一切，當作什麼事都沒發生過嗎？」

「對外是這樣，以後我也不打算公開，我也會叮嚀我女兒不要說出去，我可以保證，請你告訴我。」

「如果我拒絕呢？」

「請你不要拒絕，我也不想把事情鬧大。拜託了。」

行伸低頭拜託。

「你說把事情鬧大，是指採取法律手段的意思嗎？」

「我還沒有想到這種程度，但如果你不願意告訴我，我也會考慮這種方法。」行伸看著地毯說。

室內陷入了凝重的沉默，只聽到隱約的呼吸聲，不知道是澤岡還是神原發出的。

「我能夠理解你的心情，」澤岡說，「但無論基於任何理由，都不能侵犯病人的隱私。即使你採取法律手段，或是向媒體公布，我都不打算改變這種態度，請你諒解。」

行伸抬起頭，看到了澤岡的頭頂。他雙手放在桌上，對著行伸鞠躬。澤岡身旁的神原也一起鞠躬致歉。

行伸認為也許他們覺得自己不可能這麼做。事實上，行伸的確不打算公諸於世。因為這麼做有百害而無一利，只會傷害萌奈，搞不好輿論會抨擊自己的行為。因為當初明知道可能植入了錯誤的受精卵，仍然決定要把孩子生下來，現在才訴諸輿論未免太卑鄙了。

行伸嘆了一口氣說：「那也無可奈何。」

「你能接受嗎？」

「我並沒有接受，只是知道拜託你們也無濟於事。」

「很抱歉。」澤岡再度鞠躬。

行伸帶著徒勞感和無力感踏上了歸途。想到萌奈的事，心情就更加沉重。他完全不知道以後要怎麼和女兒相處，也不知道自己該怎麼辦。

在他去醫院的三天後，接到了神原的聯絡。神原在電話中說，有重要的事情要談，於是他們約在行伸公司附近的咖啡店見面。

「澤岡並不知道我今天和你見面的事。」神原一臉嚴肅的表情開了口，「我是自己決定和你聯絡，所以可以請你之後也不要告訴澤岡這件事嗎？」

行伸調整呼吸後開了口。

「你願意告訴我嗎？你願意告訴我那個……受精卵主人的情況嗎？從接到你的電話開始，我就抱著這樣的期待。」

神原緩緩眨了眨眼睛之後點了一次頭，把手伸進了上衣內側，拿出一個牛皮紙信封放在行伸面前說：「上面有她的姓名、住址和電話。」

「我現在可以看嗎？」

「請便。」神原簡短地回答。

行伸拿起信封，裡面有一張折起的紙。打開一看，發現上面寫著綿貫彌生的名字，還有地址和電話。

行伸重重地吐了一口氣，注視著神原的臉說：「你為什麼決定告訴我？你那天的態度不是很堅決嗎？」

神原撇著嘴角，皺著眉頭。

「澤岡和我的立場不一樣，如果院長透露病人的個資，一旦公諸於世，會影響到整家醫院的信用，但這是我個人行為，只要我受到制裁，可以在某種程度上保護醫院的信用。」

「所以說，你已經有這種心理準備了嗎？」

神原輕輕點了點頭。

「這十幾年來，我一直為這件事苦惱。越是回想那天的事，越確信自己犯下了疏失。我讓一個毫無關係的女人生下了其他夫妻的孩子，到底該怎麼辦才好？我一直在思考這個問題，雖然很希望這件事平安落幕，但也覺得不可能有這種事，所以預料到自己早晚會以某種方式為這件事負起責任。從澤岡口中得知接到了你的電話時，我覺得這一天還是來了。」

行伸低頭看著手上的紙問：「你認為給我這個，就算是負了責任嗎？」

「不是。」神原用力搖著頭，「我不認為這樣就結束了，相反地，才剛開始而已。」

「才剛開始的意思是？」

「要如何使用這個個資是你的自由，完全由你決定。如果因此發生了什麼事，我已經做好了負起責任的心理準備。」神原用不像是醫生的低姿態說話，措詞也很客氣，可以感受到他的真誠。

「我瞭解了你的決心，我也知道你把這份資料交給外人是多麼嚴重的事，所以我不會濫用。如果我決定採取什麼行動時會通知你，只不過可能會事後才告訴你。」

「如果你願意這麼做，真是太感謝了。老實說，我很在意，但我不會干涉，一切交由你決定。」

「好。」行伸說完後，放鬆了臉上的表情說：「謝謝你。」

神原皺著眉頭說：「不必道謝……」然後就說不下去了。

行伸知道了萌奈在生物學上的母親，但並沒有立刻決定要怎麼做。因為他不知道對方是怎樣的人，當然不可能輕易和對方聯絡。

左思右想之後，他決定調查一下。調查對方住在哪裡，過著怎樣的生活，是否有家人等等。

行伸在公司休假的日子前往神原告訴他的地址。他並不打算和對方見面，只是想確認對方住在什麼地方。如此一來，就可以在某種程度上瞭解對方的生活水準。行伸猜想對方的收入應該不低。因為「愛光仕女診所」的治療費不便宜，而且經濟不寬裕的人不可能接受不孕治療。

他的想像完全正確。地址上的地點是一片安靜的高級住宅區。

只不過地址上的那棟房子掛的並不是「綿貫」的門牌。他在附近轉了一圈，沒有找到姓「綿貫」的人家。

他困惑地在附近打轉，看到一名像是家庭主婦的中年婦女從一棟透天厝中走了出來。她看起來沒有在趕時間，行伸向前說，自己在找綿貫家。

「喔，你在找綿貫家嗎？」那個女人點了點頭，「他們搬走了。已經很多年了，應該超過十年了。」

「請問……妳知道他們搬去哪裡了嗎？」

「我沒聽說，因為我和他們不怎麼熟，而且他們搬家也有隱情。」

「隱情？」

「他們離了婚，先生先搬走了，太太一個人繼續住了一陣子，最後才把房子賣掉。」

「孩子呢？」

那名主婦聽了行伸的問題，搖了搖頭說：

「他們沒有孩子，所以離婚才那麼順利。我也不是很清楚，不好意思，我還有事。」

「啊，不好意思。」

行伸原本想打聽綿貫夫婦的為人，但沒有藉口挽留那名主婦。

剛才的主婦說他們沒有孩子，這句話讓行伸很在意，也覺得很諷刺。

聽神原說，當初有兩個受精卵，他把成長理想的那一個放入保管庫，準備處理掉剩下的另一個。沒想到誤植入怜子的身體後，怜子懷了孕，生下萌奈，而綿貫彌生雖然植入了成長較理想的受精卵，最終並沒有懷孕。

如果沒有誤植受精卵，萌奈就不會來到這個世界。如果要問這樣是不是更好，行伸不知道答案，也不可能有答案。

他打電話給神原，報告了情況。神原當然不知道綿貫彌生已經離婚、搬家的事。

「手機號碼可能沒變，但我不可能貿然打電話過去，所以不知道該怎麼辦。」行伸說。

「但是由我來打也很奇怪。現在打的話，她會很納悶到底有什麼事。因為最後一次和她接觸至今已經快十五年了。」

行伸覺得有道理，所以陷入了沉默，這時，神原突然叫了一聲。

「啊，對了，有一個方法。嗯，也許這個方法可行。」

「什麼方法？」

「幾年前，醫院曾經重建，當時把保管期限截止的個資都處理掉了，但我可以隱瞞這一點，說想把相關資料寄還給她，請她告訴我目前的住址。只要我用醫院的電話打給她，她應該不會起疑心。」

行伸聽神原這麼說，也覺得是好主意，於是問神原願不願意幫忙，神原說，只要是他力所能及的事，他都會幫忙。

這個方法很成功，幾天之後，神原寄來的電子郵件中寫了世田谷區的地址。綿貫彌生在離婚後改回了娘家的姓氏，目前叫花塚彌生。

下一個假日，行伸立刻決定去找地址上的地方。那是名叫上野毛的地方，似乎是公寓房子。行伸發現那是一棟漂亮的公寓，生活困頓的人應該不可能住在那裡。

問題在於之後該怎麼辦。即使一直守在公寓旁也不會有任何結果。因為行伸甚至不知道花塚彌生長什麼樣子。

他想到可以委託徵信社調查。他學生時代的朋友開了幾家餐廳，之前曾經聽那個朋友說，每次僱用新人時，都會先請徵信社調查一下。於是他決定請朋友介紹那家徵信社。

「你要調查誰？該不會是女兒交了男朋友？」行伸不難想像朋友在電話彼端嬉皮笑臉的樣子。

「怎麼可能？我女兒還是中學生。不是你想的那樣，是我親戚想要調查這個人，詳細情況我也不是很清楚。」

朋友得知調查的對象是五十多歲的女人，立刻用失去了興趣的語氣說，雖然那家徵信社費用有點貴，但做事很認真，值得相信，然後把電話告訴了他。

行伸立刻撥打了電話，報上了朋友的名字之後，提出了自己想要委託的事，雙方很快談妥相關事宜，當天就決定進一步詳談。行伸出示了花塚彌生公寓的地址和電話，請對方詳細調查她的職業、興趣、人際關係等有關她所有的一切。

一個星期後，行伸收到了調查報告。報告中鉅細靡遺地說明了花塚彌生的日常生活。報告中提到，她經營一家名叫「彌生茶屋」的咖啡店，目前仍然單身，並沒有交往的男友。

行伸猶豫了很久，決定造訪「彌生茶屋」。那一天是他第一次來到自由之丘這個地方。行伸一看到花塚彌生，立刻受到很大的衝擊。他毫不懷疑萌奈長大之後，而且上了年紀之後，會和眼前這個女人一模一樣。因為花塚彌生全身散發出的感覺和萌奈完全相同。也許是因為和萌奈朝夕相處，才會產生這種感覺。

那天之後，行伸只要一有空就會去那家咖啡店。在和彌生開始聊一些私人話題後，他發現自己覺得和彌生相處的時間很愉快。

不久之後，他開始幻想她可以成為萌奈的母親。因為她們是有血緣關係的真正母女，本來就應該生活在一起。

自己和她結婚，是否就可以解決問題？想到這裡，就覺得是一件高難度的事。彌生雖然沒有交往中的男友，但未必會接受行伸的求婚。她也許是基於自己的人生觀保持單身，而且他也必須顧及萌奈的感受。

他在苦思惡想之後，做出了一個決定。

他在「彌生茶屋」即將打烊時走進店內，對彌生說，要和她談一件重要的事。也許是因為臉上的表情太緊張，彌生露出了害怕的眼神。

行伸提到了「愛光仕女診所」的名字，然後問她十五年前，是否曾經在那裡接受不孕治療？

彌生驚訝地眨了眨眼睛，問他怎麼會知道。

「因為醫院的人告訴我這件事。我因為某種因素在找妳，我來這家店並非偶然，而是為了見妳，為了瞭解妳是怎樣的人。我之前對妳說了謊。」

「為什麼要找我？」

「這是因為——」行伸說到這裡，用力深呼吸，然後看著她的眼睛繼續說了下去，「因為妳可能是我女兒的母親。」

彌生微微瞪大了眼睛，微張的嘴巴輕輕叫了一聲。她可能聽不懂行伸在說什麼。這也很正常。

「十五年前，我太太也去那家醫院接受治療，然後藉由體外授精懷孕了。但是不久之後，從院長和主治醫生那裡聽到了令人震驚的事，我太太可能懷了別人的孩子。」

行伸把醫生說，有可能拿錯了受精卵的事，但最後尊重妻子的意見，決定把孩子生下來的事全都告訴了彌生。彌生在聽行伸說話時，似乎漸漸發現了自己和這件事的關係。起初困惑的眼神也漸漸變得認真起來。

「兩年前，我太太在辭世之前對我說，如果認為對萌奈比較好，可以告訴她真相。之後，我一直為這件事感到煩惱，在越來越不知道如何和她相處之後，我覺得也許該告訴她真相。所以，我決定先調查那個受精卵的主人，因為一旦我告訴她真相，她一定想知道她的親生父母是怎樣的人。」

行伸說到這裡，等待彌生的反應。他完全無法預料彌生會有什麼反應。她會難過嗎？還是會勃然大怒？或者——

彌生的嘴角露出笑容，然後問他：「那你覺得怎麼樣呢？汐見先生，你覺得誤植的受精卵主人，你女兒生物學上的母親是怎樣的人呢？」她說話的語氣溫柔而平靜。

「是很出色的女人。」行伸注視著她的眼睛回答，「我去世的太太也是出色的母親，但我相信如果由妳生下我女兒，她應該也很幸福。」

彌生雖然面帶微笑，但露出了悲傷的眼神。「醫院方面完全沒有向我提過這件事。」

「也許是因為那個受精卵原本就是要處理掉，所以認為沒必要告訴妳。但我認為既然妳的孩子可能被別人生了下來，他們應該有義務要向妳說明。主治醫生姓神原，如果妳想瞭解當時的情況，我可以為你們引見。」

彌生點了點頭，用低沉的聲音說：「我考慮一下。」但她直到最後都沒有說想見神原。也許認為即使現在聽神原辯解也沒有意義。

但她想要見一個人。那個人當然就是萌奈。她問行伸，她可以見萌奈嗎？

「如果妳想見她，我沒有權利拒絕，但考慮到她的心情，我希望能夠謹慎處理這件事。」

「對，我也有同感。我相信得知真相後，她受到的衝擊最大，我相信和我的衝擊無法相提並論。所以我並不奢望馬上就可以見到她，見面的時機由你安排，但我認為這件事不能急躁。」

「我打算在我女兒不知情的情況下帶她來這裡，當她和妳混熟，開始喜歡妳之後再說。」

彌生苦笑起來，偏著頭問：「你認為有可能嗎？」

「這樣不行嗎？」

「你可別小看十幾歲孩子的直覺，更何況你不是因為女兒不聽話感到煩惱嗎？」

彌生很尖銳地指出問題，行伸只能沉默以對。

「我認為不能耍這種小花招。既然早晚要告訴她，就應該在和我見面之前說清楚。如果不告訴她實情，就讓她和我見面，那以後也都不要告訴她。我認為應該這麼做。」

「妳認為也可以永遠不告訴我女兒嗎？」

「這件事由你決定。」

「但這意味著我女兒永遠都不知道妳是她的母親，這樣也沒關係嗎？」

「那也無可奈何，因為是你們夫妻把她養育成人，我沒有選擇的權利。」

行伸看到彌生落寞地垂下眉毛的樣子，感到於心不忍。

「我會告訴女兒，她或許會很震驚，但我相信她瞭解真相之後，也會有很多收穫。如果她知道自己還有一個母親，而且是這麼出色的女人，一定會為她帶來勇氣。」

「我瞭解了。」彌生說完，低下了頭，然後維持這個姿勢很久。不一會兒，她抬起頭時笑了笑，雙手捂著自己的臉頰問：「我可以告訴你目前的心情嗎？」

行伸不知所措地說：「請說。」他很想瞭解她的心情。

「簡直就像在做夢。」彌生說話時雙眼發亮，「我早就已經放棄孩子的事了。在『愛光仕女診所』的第三次體外授精是最後一次，當時和我老公說，如果還是不成功，我們就離婚。最後真的沒成功，我們就離婚了。之後就不再抱有任何奢望了。因為我覺得沒有孩子的人生也不錯，所以我簡直無法相信這個世界上有我的孩子，那不是某種比喻，而是真正有一個繼承了我基因的孩子，而且目前活得好好的。我只能說，簡直就像在做夢，如果真的是夢，我希望永遠不要醒。」說完，她眨了眨眼睛，繼續說了下去，「但我還是很希望可以自己生孩子，把孩子生下來，然後餵奶，養育她長大。體會育兒的辛苦，感受她成長的喜悅。」

雖然彌生說話的語氣很平靜，但行伸覺得那是她內心的吶喊。她的內心一定快被懊惱和遺憾撕裂了。行伸想不到該說什麼，只能微微點頭。

彌生問他有沒有照片，行伸拿出手機。手機裡有幾張萌奈的照片，但都不是最近的照片。因為最近都沒有機會為她拍照，手機裡最新的那張照片是她上中學前買制服時拍的。

彌生閉上眼睛，深呼吸後看了照片。她倒吸了一口氣，然後臉上發白，眼眶漸漸泛紅，很快就流下了眼淚。她用紙巾擦拭著眼淚後，向行伸道歉說：「對不起。她太可愛了，既可愛，看起來又很聰明。雖然我這麼稱讚有點奇怪，但我相信是因為你們把她照顧得很好。」

「謝謝。」行伸很自然地回答，「我會努力安排妳們趕快見面。」

沒想到彌生搖了搖頭說：「不必勉強，但我想看看萌奈，哪怕只是遠遠地看她就好。

比方說在她上下學的時候，有沒有這種機會？」

「比起上下學的時候，還有更理想的場合。」

萌奈上中學後參加了網球社，站在馬路上就可以看到那所學校的網球場。

他們那天就聊到這裡。行伸有一種完成了一件大事的成就感，同時也感受到虛脫感。他覺得自己踏上了一條不歸路，也許以後必須和萌奈分開，但他認為自己的選擇並沒有錯。

我沒做錯吧？回家的路上，他問了好幾次。他當然在問伶子，然後覺得伶子在天上溫柔地點頭。

花塚彌生的態度讓他太驚訝了。男人可能會遇到在毫不知情的情況下，有人生下自己的孩子，在某個地方活得好好的之類的事，但女人通常不會遇到這種事。行伸原本無法預測彌生得知後會有多慌亂，雖然並非行伸和伶子故意所為，但他做好了彌生會怒不可遏地罵他搶走了自己孩子的心理準備。

但是，彌生自始至終都很冷靜，而且還顧慮到行伸和萌奈的心情。

行伸再次覺得必須告訴萌奈真相，因為他確信，讓萌奈瞭解她和品格那麼高尚的人有血緣關係，一定對她有幫助。

但這件事似乎還是對彌生造成了不小的衝擊，「彌生茶屋」在隔天之後休息了三天。

行伸之後聽常客說，是因為彌生生了病。

彌生親口告訴他，只有前兩天是生病，最後一天她出了門。她去了萌奈的學校看網球社訓練。

我太感動了——「彌生茶屋」打烊之後，店裡只剩下他們兩個人時，她按著自己的胸口說。

「沒想到當年已經放棄的孩子在網球場上像小鹿一樣跑來跑去，簡直太耀眼了，我根本沒辦法直視她，但視線又捨不得離開她的身影。」

彌生說，因為擔心遭到懷疑，所以沒有拍下萌奈的照片。

「但我已經牢牢記住了，如果在路上遇到，我有自信可以認出她。」彌生得意地說。

也許是因為即使只是在遠處看，也可以感受到萌奈和她有血緣關係。

「我要減肥。」彌生說，「你太太生前應該很漂亮吧？如果她知道真正的母親是皮膚鬆弛的胖大嬸，一定會很失望。」

彌生並不胖，行伸說她根本不必擔心這種問題，但她並不同意。

「至少給我三個月的時間，我會在這段期間內瘦十公斤。」說完，她露出認真的眼神開始為自己的臉按摩。

「我還要拜託你一件事。」

彌生提出，她想做DNA鑑定。雖然她並不懷疑，但仍然希望有醫學上的證明。

「這不是因為十五年前的醫學疏失造成的嗎？所以我想確定這次沒有搞錯。」

她的話很有道理，行伸也認為早晚要做這個鑑定，但在答應的同時，心情也很複雜。

到底該不該做DNA鑑定——萌奈年紀還小，怜子還活著時，行伸就有過這個念頭，只是遲遲無法下決心。雖然明知道萌奈應該沒有繼承自己和怜子的基因，仍然對確定這件事有所排斥，因為他還沒有做好接受這個事實的心理準備。

鑑定的結果在意料之中，萌奈是彌生的女兒的機率超過百分之九十八，是行伸的女兒的機率是百分之零。

行伸覺得很諷刺。他拿了萌奈的臍帶去做鑑定。那是連結萌奈和怜子的生命通道，卻也成為證明她們並非母女關係的證據。

當務之急就是思考該在什麼時候，用什麼方式告訴萌奈真相。行伸為此煩惱不已。父女關係仍然不和，平時幾乎都不說話。如果在這種狀況下告訴萌奈，她並非自己的親生女兒，萌奈一定會胡思亂想，認為難怪行伸不愛她。行伸希望能夠等父女關係改善之後再說，卻找不到改善的方法，只能在那裡乾著急。

沒想到不久之後，就發生了令人驚愕的事件。彌生被人殺害了。

行伸的腦袋一片空白，原本描繪的理想模式徹底崩潰了。

他不知道該不該把真相告訴萌奈。萌奈得知真正的母親遭到殺害，對她的人生有幫助嗎？

彌生發生了什麼事？誰殺了她？行伸完全沒有頭緒，但其實他知道彌生為什麼開始上健身房，為什麼加入了護膚中心的會員。因為彌生努力讓自己在和萌奈見面時看起來更年輕、更漂亮。行伸為此感動不已。

如果你不說，真相永遠無法大白，一切都取決於你——松宮的話在他耳邊響起。

21

綿貫下班後，去咖啡店吃完簡單的晚餐，晚上九點多才回到位在豐洲的公寓。他好幾天沒回家了。多由子遭到逮捕的兩天後，警方來家中搜索，之後他就一直住在商務飯店。警察雖然說他住在家裡也無妨，但他不想住在家裡。

回到家中，發現並沒有任何異常變化。雖然警方曾經搜索，但並沒有帶走太多東西，只帶走多由子的幾件衣服和鞋子，只是沒有向他說明為什麼帶走那些。

他坐在沙發上，巡視著散發出寂寥氣氛的室內。多由子應該不會再回來這裡。

他回想起松宮白天去公司時和他之間的對話。凶手已經落網，那個刑警為什麼還在繼續偵查？他調查這些和命案沒有直接關係的事，到底想幹什麼？到底有完沒完？

綿貫把公事包拉了過來，從內側口袋裡拿出六張照片。都是彌生讀中學時的照片，從各種不同的角度拍攝，臉上的表情也都不一樣。

松宮識破了一切。他知道綿貫為什麼擅自把這幾張照片拿走。

——你是不是想找和這張照片上的少女很像的女生？

松宮一語道破時，綿貫覺得自己呼吸快停止了。雖然他堅稱不知道松宮在說什麼，但並不認為成功地掩飾過去了。

他完全無法預料接下來的發展，當初和彌生見面時，做夢都沒有想到會變成這樣的結局。

前一陣子接到彌生的電話，彌生說有重要的事情要談，問他能不能見面時，他以為是關於錢的事。離婚時，雙方經過充分溝通，在財產分配的問題上很公平。彌生當初也沒有任何異議，但離婚之後，發現綿貫還有其他財產，金額大約一千萬出頭，並不算是小數目，所以他以為彌生意外得知這件事，所以要來向他抗議。

他們約在銀座的咖啡店見面。久違的彌生和十年前幾乎沒什麼改變，身體更緊實，皮膚似乎也更好了。綿貫表達了自己的感想，她開心地放鬆了臉上的表情道謝。

他們先聊了彼此的近況。綿貫得知她在開咖啡店後很驚訝。雖然之前就知道她很有行動力，但沒想到這麼厲害。

綿貫也談論了自己的情況，當他提到有同居女友時，彌生有了反應。

「結婚呢？你們不結婚嗎？」

綿貫偏著頭說：「她還是沒辦法懷孕。」

「她今年幾歲？」

「三十八歲。」

「是喔，那可能越來越難了。」

「所以我覺得差不多該做出結論了。」

「又要分手嗎？就像我當年一樣？」

「我只是覺得也必須考慮這件事。她還年輕，還有其他機會。也許和其他男人在一起，她還有機會生孩子。」

綿貫當初和彌生離婚的重要原因之一，就是因為無法懷孕。綿貫原本就是因為想要小孩子而結婚，雖然他知道有很多夫妻即使沒有孩子，也過著幸福快樂的生活，但他知道自己不是這種類型的人。彌生也知道這一點，所以最後一次體外授精失敗，綿貫提出彼此的關係到此為止時，彌生沒有任何異議。

他也是基於相同的理由沒有和多由子辦理結婚登記。一旦有了孩子，他打算立刻辦理結婚登記，只是多由子至今仍然沒有懷孕。

「哲彥，」彌生用嚴肅的語氣開了口。因為她已經很久沒有叫他這個名字，所以忍不住愣了一下。彌生又繼續問：「你認為我們沒有孩子，是因為你的關係嗎？」

綿貫聳了聳肩，「雖然我不清楚，但猜想應該是這樣。妳為什麼問這個問題？」

彌生沒有回答他的問題，又繼續問：「你女朋友有沒有接受不孕治療？」

「沒有。」綿貫搖了搖頭。

「為什麼不接受治療？」
「因為我想接受治療也沒用。」
彌生挺直了身體，露出猶豫的眼神看著他。綿貫忍不住問：「怎麼了？」
「有一件很重要的事，我相信你一定會很驚訝，而且不敢相信，但這是事實，所以你不要認為我在開玩笑或是胡說八道。」
「到底是什麼事？妳突然找我，到底想說什麼？」
「就是孩子的事，是關於你和我的孩子。你是不是覺得我和你之間根本沒有孩子？這很正常，因為我之前也這麼想，但其實我們之間有一個孩子，今年十四歲了。」
綿貫一臉莫名其妙，注視著彌生，完全聽不懂她在說什麼。說他們之間有孩子是什麼比喻嗎？但綿貫也猜不出在比喻什麼。
「受精卵。」彌生說，「拿錯了受精卵，我們的受精卵誤植到另一個女人的肚子裡。」
「啊？」綿貫驚叫起來，「這是什麼時候的事？」
「十五年前，我們最後一次做體外授精的時候，是主治醫生的疏失。」
「疏失？到底是怎樣的疏失？我完全不知道這件事，到底是怎麼回事？」
「你不要激動，所以我現在要告訴你啊。」
聽彌生說，幾個月前開始去她店裡的一名男客，最近向她坦承了一件很震撼的事。那名客人的太太十幾年前藉由體外授精懷孕，生下了一個女兒，但在將受精卵植入子宮後，醫院告訴他們，可能拿錯了受精卵，客人的太太仍然決定把孩子生下來。在女兒逐漸長大之後，覺得當初顯然真的拿錯了。

綿貫聽完之後，一時說不出話。沒想到自己和彌生的孩子在自己完全不知道的地方生了下來，而且慢慢長大。他無法立刻相信這件事。

「千真萬確嗎？會不會搞錯了？」

彌生喃喃地說，已經做過DNA鑑定確認了。

綿貫陷入了混亂。他做夢也沒有想過竟然會有這種事。他對這個世界上有自己的孩子這件事完全沒有真實感，但更為竟然發生這麼荒唐的事感到憤怒。

「這也未免太荒唐了！」他忍不住大聲說道，「醫院方面完全沒有向我們說明，為什麼會有這種事？醫院有沒有對妳說什麼？」

「你說話不要這麼大聲。」彌生皺起眉頭，「我沒有和醫院聯絡。」

「為什麼？不是要向他們抗議嗎？」

「即使這麼做，也沒有意義。」

「為什麼？我們的孩子變成了別人的孩子。」

「雖然是這樣，但如果沒有拿錯的話，這個孩子就不會出生。我剛才不是說了嗎？那個受精卵原本準備處理掉，這麼一想，就覺得這個孩子的出生是一大奇蹟。」

彌生用冷靜的語氣說道，綿貫無法反駁，但仍然無法釋懷。

「那妳有什麼打算？要收養那個孩子嗎？」

彌生聽了綿貫的話，很受不了地苦笑起來。

「這種事怎麼可能由我來決定呢？更何況當事人完全不知情，目前無法預料她得知真相之後會有什麼反應。我和那位客人溝通之後，決定了一件事，那就是要把當事人的感受擺在第一位，絕對不勉強她。如果她不想和我見面，那也無可奈何，只能耐心等到她願意和我見面的那一天。但如果她想和我見面，我也想見她。無論如何都想見她，但是——」

彌生說到這裡，停頓了一下，胸口起伏著，似乎在調整呼吸，「我想到在此之前，必須和一個人討論這件事。」

綿貫皺著眉頭，撇著嘴角說：「所以妳完全忘記了前夫的存在嗎？」

「我覺得不是忘記了，而是覺得最好避免去想。因為你已經邁向了新的人生，也許已經建立了新的家庭。如果我不告訴你，你可能一輩子都不會知道真相，但如果不告訴你，還是讓我於心不安。因為那個孩子也是你的女兒。如果我有權利見她，你也有權利，我認為不應該因為我的獨斷，剝奪了她和親生父親見面的機會。」

綿貫聽了彌生的話，突然茅塞頓開。之前腦袋處於籠罩在迷霧中的狀態，無法順利思考，但一切好像突然變得清晰，終於看到了自己身處的位置。
他發現了一件極其簡單的事，原來自己是別人的父親。
「可以見到她嗎？」綿貫問。
「我不是說了嗎？現在還不知道。」彌生回答，「一切都由她決定，我們只能等待。」
「既然這樣，至少告訴我她是誰。她叫什麼名字？住在哪裡？」
「對不起，我不能告訴你。」
「為什麼？」
「如果我告訴你，你不是會去找她嗎？我不能讓你做這種事。」
「我不會去找她，我只想知道而已。」
「既然不會去找她，不知道也沒關係。而且一旦知道了，不是會想去找她嗎？要克制這種心情很辛苦，你不覺得嗎？」
雖然很懊惱，但他無法反駁彌生的話。因為他猜想自己會想去見女兒。
「妳真的還沒和她見面嗎？」
「還沒有，只有遠遠地看她而已。」
「妳看到她了嗎？她像誰？」
「我不太清楚，應該是像我，和我中學時長得一模一樣。」

即使聽到彌生這麼說，綿貫也無法想像。
「妳有她的照片吧？給我看一下。」
彌生搖了搖頭說：「我沒有。」
「妳少騙我。」
她打開了自己的手機，放在綿貫面前說：「如果你不相信，可以徹底調查到滿意為止。」
綿貫嘆了一口氣，把手機推回到彌生面前。「如果妳可以見到她，到時候記得通知我。」
「我正是有這樣的打算，所以才會聯絡你。別擔心，我不會一個人去見她。我和她見面時，一定會通知你。」
「好吧。」綿貫嘀咕道，然後再度打量著十年前曾經是自己妻子的女人，「這種感覺很奇怪，我們之間竟然有一個女兒。」
「我也覺得好像在做夢。」
「做夢嗎？也許是。」
綿貫怔怔地想像著從未見過的女兒，還想像了一家三口手牽著手的樣子。雖然聽說女兒十四歲，但在綿貫的想像中還是年幼的少女，而且臉部也好像打了馬賽克。

自從和彌生見面之後，這件事一直佔據了他的腦海。無論做任何事，都會想到女兒生活在這個世界的某個角落。只要在街上看到十幾歲的少女，就忍不住想像自己的女兒不知道是怎樣的女生。

他在家時也常常魂不守舍。不時忘記多由子拜託他的事，或是明知道有宅配送上門，卻偏偏出了門，連續犯了好幾次類似的錯。

「你怎麼了？這一陣子有點不對勁。」多由子皺著眉頭問他。

他掩飾說，在想工作上的事。

他想見女兒的心情與日俱增，整天期待接到彌生的電話，而且好幾次想打電話給彌生，最後決定相信彌生的話，相信她不會一個人去見女兒。彌生的心情應該也無法平靜。

他用手機查了收養的手續，雖然知道這並非自己一廂情願能夠解決的事，但還是無法不做夢。

沒想到事態朝向意想不到的方向發展。警視廳一個姓松宮的刑警找上門，說彌生被人殺害了。

綿貫難以置信。他回想起一個星期前和彌生久別重逢時的情況。彌生告訴他的事雖然很震撼，但並不覺得她捲入了什麼麻煩。

松宮問綿貫最近有沒有和彌生聯絡。他認為隱瞞並非上策，於是告訴松宮，之前在銀座相隔多年見了面，但並沒有說出見面的真正目的。既然沒有接到彌生的聯絡，就代表那個客人還沒有把真相告訴女兒。雖然是為了偵查需要，但他不希望對方受到警方的騷擾。

於是他說，只是聊了相互的近況。松宮雖然不相信，但他仍然如此堅稱。

雖然綿貫很想瞭解事件的真相，但他更想知道女兒的事。現在到底是怎樣的狀況？當事人已經瞭解真相了嗎？彌生死了之後，綿貫完全無法瞭解對方的狀況。

他苦思惡想之後，聯絡了彌生的父親。他知道彌生年邁的父母住在宇都宮。

因為當初並不是因為外遇之類的原因和彌生離婚，所以他覺得應該不至於受到冷漠對待。前岳母的反應完全符合他的預期，相信了綿貫在電話中說，是因為擔心他們忙不過來，所以才打電話，還對綿貫表達了感謝。

「我可以幫忙處理包括租屋處和店裡的事等所有彌生死後該辦理的事務。」

綿貫提出這樣的要求，前岳母似乎鬆了一口氣，頻頻向他道謝。

他立刻前往宇都宮見了彌生的父母，他們比綿貫最後一次看到他們時更老、更瘦了，彌生的死讓他們完全失去了活力。在和他們談了之後，辦理了處理財產和結束營業手續等必要的委任手續。

綿貫希望掌握「彌生茶屋」的客人資料。因為把自己的女兒養育長大的人應該就在其中。

但是，警方很謹慎，綿貫提出至少把彌生手機中的資料交給自己，但警方以偵查尚未結束而拒絕。綿貫無奈之下，只能憑著自己的記憶去彌生以前常去的餐廳，或是她的朋友家瞭解情況，但畢竟已經過了十年的歲月，沒有遇到任何瞭解彌生近況的人。

綿貫想知道彌生最近經常出入的地方，因為自己的女兒很可能就在那裡。只要查到彌生在哪裡出入，他就有自信可以認出女兒。到時候從彌生家偷的照片就能夠發揮作用。

沒想到竟然發生了簡直就像惡夢般的事。多由子被逮捕了。

一定是搞錯了。雖然曾經向多由子提過「彌生茶屋」的事，但並沒有說其他的事，多由子為什麼會殺彌生？他猜想警方很快就會查明抓錯了人，會釋放多由子。

但是，事態繼續朝向意想不到的方向發展。刑警告訴他，多由子在警局接受偵訊後，坦承自己殺人。

為什麼會這樣？綿貫絞盡腦汁思考。唯一的可能，就是孩子的事。也許多由子和彌生之間因為這件事發生了爭執。

綿貫在和刑警談話後發現，多由子似乎只對警方說，她擔心彌生橫刀奪愛，所以行凶殺人。因為刑警隻字未提誤植受精卵的事。

多由子不知道孩子的事，殺人動機和孩子無關嗎？還是她雖然知道，卻絕口不提？綿貫不知道究竟是哪一種情況，也不知道該不該對警方吐實。

不可以告訴警方。他立刻做出了判斷。萬一事情鬧大，而且被媒體報導，可能會毀了少女的人生，毀了自己還不曾見過的女兒的人生──

22

一打開玄關的門，行伸就感到不太對勁。有什麼地方和平時不一樣。他邊脫鞋子邊思考，但仍然不知道哪裡不一樣。萌奈上學穿的鞋子整齊地放在門口，他把自己的鞋子放在萌奈的鞋子旁。

他像往常一樣，立刻打開了玄關旁房間的門，準備走進自己的房間，不過又臨時改變心意，沿著走廊往裡走。客廳的燈亮著。

他探頭向客廳內張望，萌奈不在那裡。她似乎已經吃完晚餐，餐桌擦得很乾淨，廚房也沒有傳來水聲，她應該已經洗好碗盤了。

行伸走去萌奈的房間，豎起了耳朵，完全沒有聽到任何聲音。

「萌奈。」他叫了一聲，沒有人回應。

他抓著門把，猶豫了一下，把門打開。房間內沒有傳來「不要隨便進我房間」的叫聲。

房間內亮著燈，但萌奈不在。筆記本攤在書桌上。

行伸轉身走向玄關，中途確認了廁所和盥洗室，但燈都關著。

他打開了玄關的鞋櫃，萌奈的好幾雙鞋子放在那裡。行伸想不起她最近都穿什麼鞋子，不過鞋櫃裡有一雙鞋子的空位。

行伸從口袋裡拿出手機，撥打了萌奈的手機號碼。不一會兒，就聽到了電話鈴聲，可是電話沒有接通。

一看時間，已經晚上九點多了。這麼晚了，她去了哪裡？

行伸再度回到客廳，想要確認萌奈是否留了便條紙，告知自己去了哪裡，但沒有看到紙條。

他走向玄關時再次撥打了電話，還是沒有接通。

行伸坐立難安，穿上鞋子衝出家門，然而來到公寓外時停下了腳步。因為他不知道該去哪裡找萌奈。

萌奈這麼晚可能去的地方——他用力思考。她功課寫到一半出門，是因為需要什麼東西，所以出門去買嗎？是文具？還是書籍？也可能是電池。

行伸快步走了起來。因為他想到萌奈可能去了便利商店。這附近有幾家便利商店。

他找到第一家後走了進去，在店裡找了一下，沒有看到萌奈的身影，他立刻離開了。男店員露出訝異的表情，但他無暇理會。

他又走向第二家，越走越感到不安。因為他想到用這種方式找人，反而可能和萌奈擦身而過。與其在外面亂找，在家裡等是否更理想？萬一她被捲入了車禍或是意外，應該會有人打電話到家裡。

行伸猶豫之後，決定沿著來路折返。越想越覺得自己出來找人太輕率了，走到一半時，忍不住跑了起來。

來到公寓門口時，他停下了腳步。因為他看到萌奈身穿粉紅色連帽衫，從相反方向慢吞吞走過來。

「萌奈！」他叫著跑了過來。萌奈愣了一下，停下了腳步，把手上的東西藏到背後。

「這麼晚了，妳跑去哪裡？」

萌奈沒有回答行伸的問題，板著臉，把頭轉到一旁。

「回答我！妳去了哪裡？去幹什麼？為什麼不接電話？」

萌奈抬眼瞪著他說：「和你沒有關係！」

「妳在說什麼？這樣我不是會擔心嗎？」行伸走向女兒一步，「妳把什麼藏在後面？」

萌奈後退著，「沒什麼。」

「既然沒什麼，就給我看。到底是什麼？」

「不要。」

「給我看！」

行伸抓住萌奈的肩膀，試圖讓她轉過身。她手上拿了一個白色塑膠袋，行伸想要搶過來。

「不要，你住手。」

「給我看！」

行伸硬是想要搶過來時，塑膠袋離開了萌奈的手，落在地上，裡面的東西掉了出來。

行伸一時不知道那是什麼，當萌奈慌忙撿起來時，他才發現那是什麼，忍不住倒吸了一口氣。

原來是衛生棉。

行伸說不出話，愣在原地。萌奈立刻衝向公寓，行伸茫然地目送她的背影消失。

他完全不知道萌奈已經出現了初潮。照理說應該想到，但他完全沒有想到。女兒在不知不覺中已經發育，成為能夠生兒育女的身體。

行伸邁開沉重的步伐，各種思緒浮現在腦海中。大部分都是後悔，是藉口和逃避。如果現在怜子還在這裡——這種想法最強烈。

玄關的門沒有鎖，萌奈的球鞋脫在脫鞋處。

行伸沿著走廊走進客廳，客廳旁的房間關著門。

他走到房門前，敲了敲門。「萌奈，我可以進去一下嗎？」

「你不要開門！」房間內傳來萌奈略微沙啞的聲音。

行伸調整呼吸後，大聲地說：「對不起，我完全不知道這件事……真的很對不起，我向妳道歉。」

房間內沒有聲音，萌奈的怒氣應該還沒有消除。

正當他打算轉身離開時，聽到房間傳來了說話聲。

「沒關係，反正我知道。」

「妳知道什麼？」

行伸問，但萌奈沒有回答。

「妳說妳知道什麼？」

過了一會兒，才聽到萌奈說：

「我知道你討厭我。」

「我討厭妳？」行伸皺著眉頭說，「妳在說什麼傻話，我怎麼可能討厭妳？我為什麼要討厭妳？」

「因為，我……不是你的小孩吧？」

行伸瞪大了眼睛。因為太震驚，他說不出話。

萌奈怎麼會知道？

「果然是這樣。我以前就覺得奇怪，因為大家都說我長得一點都不像你，眼睛、鼻子和嘴巴都不像你，我也覺得不像。」萌奈哭著大聲說道。

「不……這是因為……」

現在該說什麼？要怎麼向她解釋？冷汗從太陽穴流了下來。

「是不是媽媽的錯？」

萌奈的話令行伸感到莫名其妙。他不瞭解這句話的意思，陷入了沉默，女兒又說了意想不到的話。

「我是不是媽媽和別人外遇生下的孩子？所以你討厭我，超恨我。」

行伸感到愕然。這是天大的誤會。如果不是眼前這種狀況，也許可以當成笑話。

「妳……妳在說什麼啊！不要胡說八道！」行伸轉動門把，但門鎖住了，他打不開門。

「萌奈！」他叫著，「妳把門打開！」

「不要！算了！你走開啦！」

行伸全身的血液都往上衝。在混亂的思考中，有一部分很冷靜地分析起來。

原來是這樣。萌奈不可能不在意自己完全不像父母這件事，通常不會想到母親不是自己親生母親，如果不是父母的親生孩子，應該只會覺得不是父親的親生女兒。怜子以前活著的時候，可能對她這種莫名其妙的想像一笑置之，但現在成為她最大依靠的母親離開了，父親的態度變得很冷淡，她的想像應該變成了確信。行伸咒罵自己太大意，竟然沒有想到這種危險性。

「萌奈，」行伸靜靜地叫著她的名字，「爸爸希望妳聽我說。」

「我不想聽。」

「不，這是早晚必須告訴妳的事，現在可能是時候了。」

萌奈沒有回答，但可以察覺到她豎起了耳朵。

「妳是不是生理期？」

還是沒有回答。行伸不難想像她皺起眉頭的樣子。

「妳在學校是不是學了女性的身體和懷孕這些知識？有沒有聽過受精卵？」

行伸閉上眼睛，用力深呼吸了好幾次。他舔了舔嘴唇，再度開了口。

「醫生搞錯了受精卵。」

行伸為自己說的話感到緊張，心跳加速。終於說出來了，現在已經沒有退路了。

不一會兒，門內傳來輕微的動靜。嘎答一聲，門鎖打開，門慢慢打開了。

萌奈站在那裡，通紅的雙眼直視著行伸。行伸吞著口水，也正視著女兒的雙眼。

自己多久沒有逃避女兒的眼神了？

23

事件發生以來，不知道已經召開了多少次的偵查會議，今天以到目前為止最短的時間結束了。特搜總部很快就會解散，目前只剩下後續的收尾工作，大部分偵查員都忙於寫各自的報告。即使是和逮捕凶手沒有直接關係的活動，基本上都必須留下紀錄。

松宮坐在桌前準備投入這種令人提不起勁的作業時，有人拍了拍他的肩膀。回頭一看，加賀站在身後。

「你來一下。」加賀說完，不等他回答，就邁開步伐。

松宮急忙追了上去。加賀走路很快，來到禮堂出口時，才終於追上他。

「那裡的情況怎麼樣？之後對方有沒有什麼消息？」加賀看著前方邊走邊問。

「對方是指？」

「金澤那裡啊，沒有和你聯絡嗎？」

「喔喔，」松宮點了點頭，原來和事件無關，「之前芳原小姐打電話給我，說有重要的事要和我談，希望可以盡快見面。」

「重要的事？」

「可能和我媽隱瞞的事有關。」
「喔，那還真讓人好奇。你怎麼回答她？」
「我說等事件告一段落後，我會和她聯絡。」
「喔，是喔。」
走出警局後，他們走進環狀七號線旁的咖啡店。這裡的午餐餐點很豐富，松宮也來過幾次。
隔著窗戶可以看到馬路的座位空著，他們坐下來之後，都點了咖啡。
「所以，你什麼時候要和她見面？」
「見面？和誰？」
「芳原小姐啊，你還沒和她聯絡嗎？」
「沒有，還沒有聯絡。」
加賀露出探詢的眼神問：「為什麼沒有？」
「因為……因為還有很多事要處理。」松宮含糊其辭。
「有什麼事要處理？凶手已經落網，不是等於已經告一段落了嗎？」
「嗯，是沒錯啦。」
這時，咖啡送了上來。松宮看向窗外。

「我聽長谷部說，你把一些形式化的查證工作全都交給他負責，這一陣子都單獨行動，你在追查什麼？」

松宮轉頭看著加賀，嘴角露出笑容說：

「沒有查什麼，只是為了寫報告，要追加調查一些細節問題，這不是常有的事嗎？」

「比方說是什麼？你說來聽聽。」

松宮緩緩喝了咖啡後，重重地吐了一口氣。

「恭哥，你為什麼關心這件事？如果你認為事件已經解決了，我無論在哪裡做什麼，都根本不重要。」

加賀凹陷眼窩深處的雙眼瞪著他，「哼，我就知道。」

「知道什麼？」

「你在隱瞞什麼事。我覺得你這陣子不太對勁，差不多從去花塚彌生在宇都宮的老家之後開始，就一直躲著我。」

「沒這回事。」

「你少給我裝糊塗，你以為可以瞞過我的眼睛嗎？你一直很在意汐見行伸的事，照理說，他和事件沒有關係，你到底發現了什麼？」

松宮又喝了一口咖啡，然後用手背擦了擦嘴問：「恭哥，你的看法呢？」

「什麼的看法？」

「對這起事件的看法，你認為完全解決了嗎？」

「是我在問你。」

「我無法相信你認為整起事件已經徹底解決了。」

加賀無奈地撇著嘴，嘆了一口氣。

「你說得沒錯，我完全無法接受。中屋多由子是凶手這一點應該沒錯，但我覺得她隱瞞了某些事。在當時的狀況下，一定有什麼理由讓她很乾脆地招供了。當我這麼想的時候，發現有一名刑警有奇怪的舉動。」他指著松宮的臉，「所以當然會覺得這傢伙很奇怪，搞不好有什麼隱情。」

「如果真的有什麼狀況，那名刑警應該會馬上報告……難道你沒有這麼想嗎？」

加賀看著松宮，伸手拿起了咖啡杯，喝了一口。

「的確，」加賀小聲說完後放下了咖啡杯，「我有這個疑問，有些刑警為了怕被別人搶功勞，所以會獨佔自己查到的線索，但你不是這種人。」

「我才不會做這種小鼻子小眼睛的事。」

「我知道，所以刑警松宮的腦袋到底在打什麼算盤？」加賀把手肘放在桌子上，稍微探出身體，「而且為什麼沒有向我報告？」

松宮微微閉上眼睛後深呼吸，然後放鬆了肩膀，睜開了眼睛問：「我可以回到剛才的話題嗎？」

「回到剛才的話題？哪一個話題？」

「關於我的事，關於我在金澤的爸爸的事。」

加賀詫異地皺了皺眉頭，打量著松宮的臉，似乎想要瞭解他改變話題的目的。「你說來聽聽。」

「自己的親生父母另有其人，對當事人來說，到底是不是幸福？瞭解真相的人，該不該告訴當事人？」

加賀沉默片刻後開了口。

「你認為呢？你得知了你爸爸的事，有什麼想法？」

「老實說，我也不太清楚。既覺得其實不知道，心情會比較輕鬆，但現在既然已經知道了，想要徹底瞭解真相的想法也很強烈。真的很複雜，唯一確定的是，這絕對不是一件小事，對某些人來說，甚至可能會影響整個人生。」

「那當然。所以呢？你到底想說什麼？」

「所以我在想，揭開別人的秘密永遠都是正義嗎？尤其是關於親子關係的問題。即使是為了查明事件的真相，警察有這種權利這麼做嗎？」

加賀面無表情，但眼神比剛才更加銳利。
「聽起來不只是在談你自己的事。」
松宮挺直了身體問：「我為這種事煩惱，對一個刑警來說，是不是不稱職？」
加賀沒有立刻回答，把咖啡杯舉到嘴邊，悠然地連續喝了幾口咖啡後放下了杯子。
「如果是這種情況，就另當別論了。你忘了剛才的事。」
「剛才的事？」
「無論你隱瞞了什麼，今後我都不會主動問你。」加賀說完，拿起帳單站了起來。
松宮也站了起來，「等一下，這句話是什麼意思？」
「我的意思是，一切由你判斷。」
「由我……」
「松宮，」加賀看著他說，「你已經是一個出色的刑警了。」
加賀的話完全出乎松宮的意料，他忍不住問：「這是諷刺嗎？」
「不是，」加賀一臉正色回答，「我之前有沒有告訴你？刑警並不是只要讓真相大白就好，有些真相不是在偵訊室揭發出來，而是必須從當事人身上抽絲剝繭。能夠瞭解這一點，而且為此煩惱的刑警，才是出色的刑警。」
松宮記得以前曾經聽加賀說過類似的話，他一時不知道該怎麼回答，但很高興加賀肯定了自己的煩惱。

「重要的是有沒有充分的決心為自己的判斷負責，有時候也可以讓真相永遠不見天日。」

「決心。」松宮喃喃說道。

「那就一會兒見。」加賀拿著帳單，轉身走向收銀台。

松宮坐了下來，咀嚼著既是表哥，也是前輩的話。這句話雖然深奧、沉重，但也是溫暖的激勵。

沒錯。他告訴自己。決心很重要。自己有這樣的決心嗎？

他注視著半空中的某一點，點了點頭，喝完杯子裡的咖啡，確認周圍沒有其他客人後，拿出了手機，撥打了最近輸入的芳原亞矢子的電話號碼，然後放在耳邊。

鈴聲響了三次之後接通了。「你好，我是芳原。」電話中的聲音聽起來很有力，可能知道是松宮打的電話。

「我是松宮，請問妳現在方便嗎？」

「沒問題。」

「關於前幾天的事，我想瞭解妳所說的重要的事。」

「好，請問你什麼時候方便？」

「隨時都可以，我配合妳的時間。」

「明天可以嗎？明天晚上十點，就在上次那家店。」

「瞭解了，我會準時到。」
「順利結束了嗎？」
「啊？」
「你的工作。你上次說，等偵查工作告一段落之後會打電話給我。」
「對，已經結束了，沒有需要偵查的事了。」
「那真是太好了，恭喜你。」
「謝謝，那就明天晚上見。」說完，松宮掛上了電話。
他收起手機站了起來，走出咖啡店後，舉起雙手，用力伸了懶腰。沒有需要偵查的事了——說這句話時，內心充滿了好像獲得解脫的爽快感。雖然很想知道芳原亞矢子到底要告訴自己什麼事，但此刻想要好好體會這種感覺。
沒想到——
松宮邁開步伐，準備走回分局時，手機響了。看到熟悉的號碼，他忍不住倒吸了一口氣。
「你好，我是松宮。」
「啊……那個、我是汐見。」
「你好，之前恕我失禮了。」
「不，我才該說對不起，說走就走了……」

聽到汐見的道歉，松宮有一種預感，立刻問他：「有什麼事嗎？」
「我有重要的事想和你談，請問你時間方便嗎？」
「是關於你女兒的事嗎？」
汐見沉默了幾秒鐘後，用低沉的聲音回答：「對，是關於萌奈的事，是關於她出生的事。」
松宮重重地吐了一口氣，「等一下見面也可以。」
「是嗎？那——」
汐見提議一個小時後見面，地點就在上次那家KTV。
「知道了。」松宮說完，掛上了電話。
他再度邁開步伐。汐見找自己只有一件事，他應該下定決心要說出真相，也許已經告訴了萌奈。不知道她有什麼反應？不知道她得知真相之後，他們父女之間又說了什麼。松宮很想知道。
松宮忍不住獨自苦笑起來。沒想到原本已經決心要把這個秘密帶進墳墓，結果卻變成這樣，簡直太糗了。真希望可以多體會一下孤獨英雄的滋味。如果告訴加賀，他一定會笑自己。
但他又覺得這種結局很符合自己的風格。

24

「有一封給妳的信。」負責訊問多由子的檢察官遞給她一個信封。這名四十歲左右的圓臉檢察官說話方式很溫和，接受這名檢察官的複訊並不會太痛苦。

「現在看嗎？」多由子問。

「對。」檢察官點了點頭。

她接過信封，從裡面拿出信紙。在攤開信紙的瞬間愣了一下。因為她認出那是綿貫哲彥寫的字。

這封信以「致多由子」這幾個字開頭。

『致多由子：

我提筆寫這封信，是因為想要告訴妳一件重要的事。

妳還記得姓松宮的刑警嗎？他介紹了一個人給我，姑且稱他為S先生。

S先生是彌生經營的那家咖啡店的客人。

他養育了和彌生有密切關係的一個女孩長大，在戶籍上，是那個女孩的父親。

和S先生見面之後，他告訴了我很多事，所以我把之前隱瞞的一切都告訴了松宮先生。

我把彌生約我見面的原因，以及當時的談話全都說了出來。

聽松宮先生說，妳很可能並沒有說實話，他猜想也許妳和我一樣，認為必須隱瞞這件事。

如果是這樣，即使進入法庭審理，真相也無法大白。松宮先生問我，這樣也沒關係嗎？我回答說，這樣不行。

所以松宮先生希望我寫信給妳，告訴妳，如果妳為了S先生和他的女兒隱瞞了某些事，現在已經不需要隱瞞了。

多由子，是這樣嗎？妳為了他們隱瞞了某些事嗎？

如果是這樣，現在真的沒必要隱瞞了，希望妳可以實話實說。我瞭解妳，妳一定有妳的苦衷，我相信妳坦承一切，在審判時，應該稍微能夠得到大家的諒解。

拘留室會不會冷？妳的身體沒問題吧？如果需要什麼，隨時告訴我，我會送過去。

哲彥』

多由子反覆看了好幾次，忍不住低下了頭。她淚流不止，眼淚滴在地上。

「怎麼樣？」檢察官問，「妳看了這封信之後，如果想要修改之前的供詞，請妳告訴我。」

多由子抬起頭，忍著嗚咽回答：「對，我要修改供詞。」

「哪一個部分？」

「我……我……殺了……花塚……的原因，還有、呃、還有……」她調整呼吸後，繼續說了下去，「在此之前，要稍微……說一下以前的事……如果不提以前的事，可能沒辦法理解我的行為。」

25

多由子在名古屋出生，有一個哥哥，一家四口生活在一起。

小時候，她一直以為家裡很有錢。因為他們住的房子又大又漂亮，爸爸經常換高級車，媽媽喜歡買衣服、買皮包，家裡的衣櫃裡也堆滿了這些東西。多由子和哥哥無論想要什麼，爸爸、媽媽都會買給他們，每個星期都有好幾天會去餐廳吃飯，暑假的時候還去過夏威夷。當時，整個日本都處於泡沫經濟時代，但中屋家過的是揮金如土的奢侈生活，同學經常說：「多由子，妳家好有錢，好羨慕妳。」

在多由子讀小學三年級時，家境發生了巨大的變化。經常有各式各樣的人來家裡，有些是熟面孔，也有些是完全沒見過的陌生人，每個人都板著臉，完全沒有笑容，父母也都愁眉苦臉地低著頭，媽媽有時候忍不住落淚。

不久之後就搬了家。因為事出突然，多由子很驚訝。因為必須轉學，但父母只告訴她，因為爸爸工作的關係必須搬家。搬家之後，她更加大吃一驚。因為房子又小又舊，而且除了廚房以外，全家人都擠在一個房間。

有一天晚上，比她大兩歲的哥哥告訴她，爸爸辭職了，正確地說，不是辭職，而是被開除了。

爸爸原本在本地的一家產業機器廠商工作，爸爸在那裡負責管錢的工作。哥哥提到了「會計」、「盜領公款」之類的字眼，但多由子當時根本聽不懂是什麼意思，甚至連字怎麼寫都不知道。

聽哥哥說，爸爸把公司的錢放進了自己的口袋，用這些錢買賣股票、高爾夫球場的會員證和不動產，然後用賺來的錢買房買車，讓家人過著奢華的生活。

多由子聽到爸爸盜用的金額，嚇得臉色發白。因為竟然超過兩億圓，光是想像有多少個零，就開始頭昏腦脹了。

「所以我們家沒錢了，現在變窮人了。」

不久之後，哥哥的話就變成了現實。餐桌上的菜餚越來越寒酸，父母也不再幫他們買新衣服。

爸爸和媽媽經常吵架，十之八九都是為了錢的事。

多由子即將讀中學時，父母離了婚，多由子和哥哥被送去奶奶獨居的豐橋老家。

「雖然我很想帶你們走，但現在沒辦法養活你們。等媽媽生活安定之後，就會來接你們。」

媽媽臨別時的這番話應該不是說謊，因為媽媽也很痛苦。

只不過最後媽媽並沒有遵守約定。媽媽在朋友開的居酒屋打工，不久之後就和店長情投意合，然後開始同居，和多由子兄妹見面的次數也越來越少。偶爾見面時，媽媽臉上的妝越來越濃。哥哥說媽媽很噁心。

多由子兄妹的新生活並不快樂。奶奶雖然心地不壞，但也不親切溫柔。奶奶和媽媽原本就不和，關係很疏遠，突然被迫照顧兩個孫子，顯然覺得很困擾。即使多由子兄妹學會照顧自己，幫忙做家事，也無法得到奶奶的稱讚。相反地，只要稍微做錯事，奶奶就會罵他們和媽媽一樣笨。

爸爸平時住在其他地方，偶爾才會去看他們。他們完全不知道爸爸平時在哪裡，在做什麼，只知道奶奶每次見到爸爸就說錢不夠用。

上次不是才給妳錢嗎？那點錢很快就用完了。妳是不是亂花錢？我怎麼可能亂花錢？多由子放學回家時，遠遠就聽到他們母子用三河方言吵架的聲音。

幾年過去了，幾乎見不到媽媽，即使見到爸爸時，也都無話可說。

哥哥高中畢業後，就進了一家有員工宿舍的公司。

「我應該不會再回來這裡了。」哥哥離家之前對多由子說，「我們只能自己照顧自己，沒辦法靠別人，妳最好也為自己打算一下。」

多由子覺得即使不需要哥哥提醒，她也知道這些道理。

在這樣的生活中，還是有開心的事。進高中後不久，以前同一所中學的學長就向她告白，他們開始交往。學長個子又高又帥，穿皮夾克很好看，多由子以前就很喜歡他，所以很高興。他們幾乎每天見面，學長的爸爸是牙醫，他在家裡有自己的房間。多由子在學長的房間內失去了處子之身。學長好像也是第一次，他們很快就沉迷於性愛。

雖然他們有避孕，只是並不徹底。結果月經果然沒來，雖然藥局有賣驗孕劑，但她沒有勇氣去買。

有一天早晨，她在吃早餐時突然想吐。她衝進廁所，卻什麼都沒吐出來。走出廁所時，看到奶奶站在門口，露出嚴厲的眼神說：

「多由子，妳得去醫院。」

多由子愣在那裡，不知道該說什麼，奶奶突然露出溫和的表情說：

「妳要去醫院，奶奶陪妳一起去。」

「奶奶……」

「是不是牙醫的兒子？妳真傻，雖然喜歡上了，也是沒辦法的事，但總不能生下來吧？」

多由子驚訝地得知，原來奶奶發現了自己身體的變化，從某種意義上來說，比她自己更清楚身體的變化。

她跟著奶奶去了醫院，檢查之後，果然懷孕了。她當場決定墮胎。醫院的醫生並沒有感到驚訝，一副「現在許多年輕女生腦筋都不清楚」的態度。

她謊稱感冒，向學校請了三天假。在三天內搞定了這件事。幸好奶奶很關心她，也為她支付了墮胎的費用。

奶奶沒有把這件事告訴爸爸。因為奶奶說，即使說了也沒有意義。

「我不會告訴妳爸爸，但妳以後不要再和牙醫的兒子見面了，他只把女人的身體當玩具，簡直太不像話了。」

多由子雖然答應了，但並沒有下定決心。因為她仍然喜歡學長，所以當學長打電話找她時，她背著奶奶和他見面。

多由子並沒有把墮胎的事告訴學長，一無所知的學長仍然試圖在她身上發洩旺盛的性慾。當她婉拒時，他就像小孩子一樣發脾氣。多由子在無奈之下告訴他實情，他頓時臉色發白，不再要求做愛。

但之後也就不再聯絡多由子，即使偶然在街上巧遇時，他一看到多由子，就匆匆逃走。

多由子之後沒有再和其他男生交往，也沒有結交可以稱為閨中密友的朋友，生活無聊又枯燥。

她不時想起拿掉的孩子，每次想像如果生下來，不知道會怎麼樣，就讓她陷入混亂。雖然知道當時只能那麼做，但不知道為什麼，她無法覺得自己做出了正確的選擇。每次在路上看到女人帶著嬰兒，就忍不住感到難過，有時候覺得自己沒有資格活在世上，一整天都很沮喪。

她很快升上了三年級，必須思考畢業後的出路。對她來說，讀大學是遙不可及的夢，所以只能去找工作。

她應徵了好幾家公司，最後進了東京調布市的一家食品廠商。那家公司有員工宿舍，只是有點舊。因為這家廠商生產多由子熟悉的即食食品，所以她決定進這家公司。

第一次領薪水時，她為虛冷症的奶奶買了一條蓋膝毯，在回豐橋時交給了奶奶。奶奶滿是皺紋的臉皺成一團，高興得紅了眼眶。這是多由子第一次看到奶奶流淚，之前墮胎時就覺得，其實奶奶很善良。

有一天，多由子打電話給奶奶時，發現原本就有心臟病的奶奶不太對勁。一問之下才知道奶奶感冒發高燒。

隔天，她又打了一次電話，但遲遲沒有人接。多由子很擔心，向公司請假後回家一看，發現奶奶躺在狹小和室的被褥上，全身已經冰冷。

爸爸終於回家之後，只說「幸好她沒有臥床不起需要人照顧」。多由子很想殺了他，如果當時身邊有刀子，可能會一刀捅向爸爸。

多由子打電話通知了哥哥，但哥哥沒有回家。

爸爸賣了豐橋的房子。多由子問他賣了多少錢，他說那房子根本不值錢，顯然不打算把錢分給兩個兒女。

多由子知道，自己從此無家可歸。

接下來幾年，她除了從公司宿舍搬到狹小的公寓以外，生活並沒有太大的變化。雖然曾經交過幾個男朋友，但關係都沒有維持太久。每當多由子提到將來時，那些男友都顧左右而言他。多由子很想結婚，她對家庭充滿嚮往。只要能夠成家，即使不是自己喜歡的對象也無妨。

有一次，總公司派來一名男研究員來蒐集生產線的相關數據，上司指示多由子協助。男研究員露出親切的笑容對她說：「請多指教。」他的魚尾紋和潔白的牙齒令人印象深刻，是多由子喜歡的類型。

蒐集數據是一項繁瑣的作業，經常無法準時下班。有一次，那名研究員說，經常耽誤她下班，所以要請她吃飯。他們去了一家日本餐館，他預約了包廂座位。

他聊天的話題很豐富，也很擅長傾聽，耐心地聽多由子抱怨。

用餐時光很快樂，但有一件令人難過的事。那就是他已經結婚了，還有一個正在讀幼兒園的兒子。只不過多由子覺得即使他單身，這個總公司的菁英也不可能選擇自己。

沒想到吃完飯，起身準備回家時，他突然走了過來。多由子察覺他打算接吻，但並沒有抵抗，反而伸手抱住了他的後背。

「下次再約妳吃飯。」他說。「好。」多由子點了點頭。

他們很快就有了更深入的關係。一個星期後，他們在多由子家上了床。

研究員在工廠蒐集數據的工作告一段落後，他不再出入多由子的職場，但他們之間的關係並沒有結束，他反而比之前更常寫電子郵件給多由子。內容都很簡短，也沒有什麼特別的事，但這反而令多由子感到高興。

「妳是我最重要的人。」他在床上說，「我隨時可以和我老婆離婚，我打算等孩子大一點之後就向她攤牌，希望妳等我。」

事後回想起來，這些話根本沒有真實感，但多由子信以為真，甚至相信了他說「我希望妳幫我生孩子」這種話，所以當家裡的保險套用完，忘了補貨時，雖然想到可能是危險期，但仍然認為沒問題。

當她告訴對方驗孕出現陽性反應時，他臉色大變。原本抱著一線希望，以為他可能會高興的期待也落空了。

「沒關係，」多由子說，「那天是我跟你說沒關係，所以我會自己解決，不會要你負責。」

他看起來稍微鬆了一口氣，提出會支付手術費用，但多由子搖了搖頭。

「我不會去做人工流產，我要生下這個孩子。」多由子語氣堅定地告訴他。

這是她發現自己月經沒來時就決定的事。她回想起高中時代的痛苦回憶，她始終無法擺脫「如果生下來，不知道現在怎麼樣」的想法，而且也一直為自己沒有珍惜生命感到自責，她不想再重蹈覆轍。

她做好了會吃苦的準備，有很多女人都獨力把兒女撫養長大。

但是，他當然不同意。他對多由子的決心感到驚訝不已，然後開始說服她改變主意。不要一時感情衝動。工作怎麼辦？妳有收入嗎？妳一個人不可能把孩子養大，只會造成妳和孩子都不幸——他用各種理由勸說，但最後一句話動搖了她的決心。

「妳再給我一點時間，只要一年就好。我會離婚，然後和妳結婚，然後我們再生孩子，把孩子一起養育長大。」

結婚——這是他第一次對多由子說這兩個字眼。雖然想到可能只是為了讓自己改變主意，但還是忍不住動搖了。

「你只是說說而已吧？」多由子問話的聲音很無力。

「我沒騙妳，我已經做好了心理準備，這是我的真心話。」他加強了語氣說道。

想要相信他的想法在多由子的內心萌芽，他似乎察覺到多由子的猶豫，開始談論未來的計畫。婚禮不邀請別人，只有我們兩個人就好。結婚時先租房子忍耐一陣子，等存夠了錢，再去買房子，不用太大也沒關係，即使遠離市中心，也要買有庭院的房子，可以讓小孩子在庭院裡玩耍。

這個玫瑰色的夢有一條但書，那就是必須放棄這次懷孕。

多由子說，她要考慮一下，但他不讓她有考慮的餘地。

「妳要考慮什麼？孩子出生後，當然要父母一起陪著長大才幸福。如果妳現在生孩子，萬一被人知道是我的孩子，到時候反而會節外生枝，離不了婚。」

他說得沒錯，有父母陪伴長大的孩子當然比較幸福，而且如果他太太得知他在外面生了孩子，很可能死也不肯離婚。

但是，他的承諾有一個很大的陷阱，那就是根本無法保證一年後他真的會離婚，然後和多由子結婚。

多由子雖然想到了這一點，但還是決定聽從他的意見。因為她想要相信他，不願意懷疑他，最重要的是，她不希望他痛苦。

他緊緊摟著多由子說：「謝謝，我一定會讓妳幸福。」

三天後，多由子動了手術。她向公司請了一天假，那天她什麼都沒吃，在床上一直哭。

之後，他們的關係仍然維持了一段時間，但他的態度明顯和以前不一樣了。聯絡的次數越來越少，然後完全失去了聯絡。有一天，連電話也打不通了。

多由子不知道他家裡的電話，所以打電話去公司。他剛好外出，多由子留下了姓名，請他聯絡自己。

那天晚上，接到了他的電話。他劈頭就指責多由子打電話去公司的舉動太不明事理。

「因為你的手機打不通啊……」

他聽了多由子的話後沉默片刻說，因為他覺得暫時不要見面比較好。

「我想了很多，然後終於清醒了。我們之前都太衝動了，我覺得不如當成一次不錯的經驗，我們各走各的路比較好。」

多由子聽到他這番冠冕堂皇的話，感到天旋地轉。不如當成一次不錯的經驗？難道要我把墮胎當成不錯的經驗？

「你等一下，你當初不是這麼說的，你不是說要和你太太離婚嗎？」

「我不是說了嗎？我清醒了，我錯了，所以我們分手吧。」

「分手……這也太過分了，我以後該怎麼辦？」多由子忍不住哭著說道。

「好吧。」他說，「那我們見面談。」

週末假日時，他們約在多由子租屋處附近的購物中心見面。他默默地走著，多由子也不發一語地跟在他的身後。原本以為他會走進哪一家店，但最後來到停車場。他說他車子停在那裡，要在車上談話。他似乎不想被別人看到。

多由子第一次看到他的車子。是一輛小型運動休旅車。

多由子在副駕駛座上坐下後，他從懷裡拿出一個信封。「對不起，這是我最大的誠意。」

多由子接過來一看，發現裡面是幾十張一萬圓的紙鈔。

「這是什麼意思？」

「妳還年輕，還可以重新開始，我想這可以對妳有點幫助。」

多由子腦袋一片空白，聽不懂他說的意思。重新開始是什麼意思？

她注視著他的側臉時，看到了後車座。兒童座椅放在駕駛座後方，她似乎看到他太太坐在副駕駛座上，伸手照顧孩子的身影。

「我問你，」多由子將視線移回他身上，「你騙我嗎？你不是說要和我結婚嗎？那是說謊嗎？」

「當時是真心的，我真的這麼想，但後來還是覺得沒辦法。對不起。」

「對不起……這是道歉能解決的事嗎？既然這樣，為什麼不讓我把孩子生下來？我原本打算一個人把孩子撫養成人。」

「這怎麼行？當時真的沒辦法。」

「什麼沒辦法？」多由子抓住了他的肩膀，「還給我，把我的孩子還給我。我不要錢，你把孩子還給我。」

他皺著眉頭，推開了多由子的手說：「妳別這樣。」

「對了，我們可以重新生一個，我們可以再做一次。現在就去旅館。就這麼辦，你至少可以為我做這件事吧？」

他似乎忍無可忍地下了車，經過車子前方繞了過來，打開副駕駛座旁的門，抓住多由子的手說：「到此為止。」

「什麼到此為止？我們去生孩子，你不是喜歡做愛嗎？」

「妳鬧夠了沒有！」

他用力拉多由子的手臂。他力氣很大。當多由子回過神時，發現自己趴在地上。她抬起頭時，他已經上了車。她茫然地看著車子發動引擎，揚長而去。

之後的記憶很模糊。當她醒過來時，發現自己躺在醫院的病床上，手腳都裹著繃帶，還有什麼東西罩在頭上。

據說她從購物中心的屋頂一躍而下，但她完全沒有記憶。聽到別人這麼告訴她，她並不納悶為什麼自己會做出這種行為，反而覺得能夠理解。原來是這樣啊，原來我想一死了之，很有可能。然後對自己竟然沒有死感到遺憾，更對自己無論做什麼都失敗感到生氣。

住院生活帶來的唯一好處，就是她和同病房的老太太混熟了。老太太平時住在安養院，經常和她提起安養院的生活，但幾乎都在罵照護員。老太太說話直言不諱，讓她想起了自己的奶奶。

出院之後，她向公司辭職，開始找照護員的工作，最後決定去足立區的一家安養院工作。工作比她想像中更耗體力，光是為看起來很虛弱的老人洗澡，就需要耗費很大的力氣。協助餵食也不輕鬆，只要稍不留神，老人就會被食物哽住。有時候一整天都在協助老人排泄，打掃廁所。

但是，聽到老人的感謝，就覺得渾身是勁。她可以感受到自己對他人有幫助。然後她發現，其實是自己無法原諒自己，希望藉由協助他人活得更久一點，彌補自己滅了兩盞原本應該降臨在人世的生命燈火。

她的日子過得很拮据，無奈之下，只能開始在晚上打工。朋友介紹她去上野的一家酒店上班。

她去酒店上班之後，發現當小姐坐檯比照護老人輕鬆多了。喝醉酒客人的毛手毛腳也不過如此而已，更何況在安養院時，也會遇到襲胸的老人。

原本並不打算在那裡工作太久，但一眨眼，三年就過去了。綿貫哲彥差不多就是在那時出現。第一次是陪公司的董事一起來，之後經常帶客戶來店裡。他可能喜歡多由子，每次都點多由子的檯。

雖然他有點色，但他的豪放不羈、活力充沛吸引了多由子，和他在一起時很開心。

不久之後，他約多由子下班後一起去喝酒。兩個人去了另一家酒吧喝到很晚。那是他們第一次詳細談論自己的事，多由子也是在那天晚上才得知他曾經離過婚。

「我很希望有孩子。」他有點口齒不清地說，「現在也很想要，所以下次會等女方懷孕時，才考慮結婚，我的夢想是先有後婚。」

他並不知道多由子痛苦的過去，只是坦誠地說出內心的想法，但他那天晚上說的話，深深烙在多由子的內心。

「希望你遇到可以為你生孩子的女人。」多由子說。

「嗯，是啊，完全沒錯，我還沒有放棄。」綿貫紅著臉說，他看起來心情特別好。

之後他們也不時在多由子下班後去喝酒，有一天晚上，綿貫搭計程車送她回家時，她問：「要不要進來喝杯茶？」

他猶豫了一下後，小聲回答：「那就打擾一下。」

多由子已經不是小孩子了，當然預料到接下來會發生什麼事。相反地，可以說是她採取了主動。她做好了心理準備，而且也知道綿貫不是輕浮的人。

他們在狹小的床上纏綿。綿貫雖然談不上駕輕就熟，但可以感受到他的體貼。

「妳還記得我之前說的話嗎？」在做愛時，他表情有點嚴肅地問：「我想要有孩子。」

「嗯，」多由子點了點頭，「我也想生孩子。」

「妳願意為我生孩子嗎？」

「當然。」

「太好了。」綿貫露出了笑容。

多由子抱著他的背，祈禱自己能夠懷孕。

不久之後，綿貫搬到了比較大的房子，他們決定同居。多由子辭去了酒店的工作，兩個人喝著香檳，為隨時都可以生孩子乾杯。

多由子終於得到了和別人一樣的安定生活。她和爸爸、哥哥已經好幾年沒有聯絡了，即使和綿貫登記結婚，她也不打算通知他們。

和綿貫的同居生活平靜而幸福。她從來不知道，原來不需要為錢擔憂，有人一起生活是這麼美好的事。休假的日子，他們一起去看電影，然後去附近的家庭餐廳吃午餐，討論對電影的感想，是幸福無比的時光。

唯一的隱憂，就是遲遲沒有懷孕。他們的性生活沒有問題，以綿貫的年齡來說，性行為的頻率算很高，卻完全沒有懷孕的跡象。每逢生理期就很洩氣。綿貫什麼都沒問，但一定對始終沒有聽到好消息感到失望。

雖然她曾經考慮去醫院，只是下不了決心。多由子知道自己無法懷孕的原因。她墮過兩次胎。之前就曾經聽說，經常墮胎容易導致不孕，她不想聽醫生對自己宣布這件事，而且也不想被綿貫知道，更擔心他對自己下達最後通牒。

日子一天一天過去，多由子三十八歲了。已經是以前認為「高齡產婦」的年紀了。

綿貫似乎漸漸不抱希望了，這件事讓她感到不安。如果一直無法懷孕，他打算怎麼做？

下次會等女方懷孕時，才考慮結婚，我的夢想是先有後婚——她想起了綿貫以前對她說的話。當時覺得這句話很美妙，如今卻像一塊重石般壓在她心上。

妳遲遲無法懷孕，我們還是分手吧——她每天都擔心綿貫會對她說這句話。

最近更出現了一件令她擔憂的事。綿貫的前妻和他聯絡，他們要見面。他說不知道前妻找他有什麼事。

之後的事和一開始向警方供稱的內容並沒有太大的差別。綿貫隔天和前妻見面回家後，說只是聊了彼此的近況，以及前妻在自由之丘開了一家名叫「彌生茶屋」的咖啡店，但綿貫和前妻見面之後，態度和行為明顯變得奇怪可疑。
唯一的不同之處，就是綿貫背著多由子偷偷用手機拚命搜尋資料，於是多由子趁綿貫睡覺時偷看了他的手機，也看了他搜尋什麼資料。當她看到內容時，不由得大吃一驚。
因為她看到了「如何辦理收養？」這幾個字。
綿貫打算收養誰嗎？多由子在工作時也滿腦子想著這件事，結果經常犯錯，周圍人都用異樣的眼光看她。
她覺得這樣無法解決問題，於是決定去見綿貫的前妻。她覺得當面問清楚最簡單。
多由子去了自由之丘，在「彌生茶屋」第一次見到了花塚彌生，看到彌生迷人的外貌完全不像五十歲左右的女人。她聽了多由子自我介紹感到驚訝，但仍然表示歡迎，請多由子喝了大吉嶺紅茶。她問多由子要不要吃戚風蛋糕，多由子拒絕了，但看到了那把用來切蛋糕的長刀子。這些情況都和之前向警方交代的內容相同。
只是接下來的內容有微妙的差異。
彌生在她對面的椅子上坐下來後問：「那就來聽聽妳今天的目的。」
「妳之前和哲彥見了面，我想請問你們聊了什麼……」
「他沒有告訴妳嗎？」
「他沒有說。」

「這樣啊。」彌生垂下眼睛後，再度抬頭看著多由子說：「既然這樣，那我也不能說。」

「拜託妳了，請妳告訴我，我想知道。他這一陣子一直很奇怪……」

「奇怪？怎麼奇怪？」

「他看起來好像心事重重，好像有什麼煩惱。」

「煩惱？」彌生重複之後搖了搖頭說，「應該不是煩惱，而是他在想很多事，因為他面臨一個重要的問題。」

「重要的問題？請問是什麼？」

「這……」彌生猶豫了一下，還是搖了搖頭，「我還是不能說。」

「這是……為什麼？恕我直言，妳現在已經不是他的太太了，你們只是前夫和前妻的關係而已。我們雖然沒有辦理結婚登記，但我認為自己才是他的妻子，但妳和他之間有秘密，而且不願意告訴我，這簡直太莫名其妙了。」

原本一臉溫和的彌生皺起了眉頭。

「只是前夫和前妻的關係，」彌生喃喃重複後，看著多由子問：「如果不是這樣呢？」

「啊？」多由子忍不住驚叫了一聲，「這是什麼意思？」

彌生喝了一口茶，長長地吐了一口氣。

「也對，妳特地來這裡，不可能空手而回，更何況這件事早晚也必須告訴妳。」

「妳願意告訴我嗎？」

「雖然我還是覺得應該由哲彥告訴妳。」

「沒關係，請妳告訴我。妳剛才說，你們不只是前夫和前妻的關係，這句話是什麼意思？」

彌生目不轉睛地看著多由子的眼睛說：

「夫妻一旦離了婚，就毫無瓜葛了，就像妳說的，只是前夫和前妻的關係而已，更何況也沒有血緣關係，但如果有血緣關係，即使離了婚，這種關係也不會斷。」

「啊……不好意思，我聽不懂妳的話，妳應該不是說，妳和哲彥有血緣關係的意思吧？」

「我們怎麼可能有血緣關係，我就不故弄玄虛，直截了當地告訴妳。我和他之間有一個孩子，是有血緣關係的親生孩子。」

多由子內心受到很大的衝擊。她太驚訝了，一時無法呼吸。

「……怎麼可能、有孩子？他從來、沒有……他騙我嗎？」

彌生搖了搖頭。

「他並不知道有這個孩子，不要說他，就連我也不知道。那個孩子在我們不知情的情況下出生、長大了。」

「怎麼可能──」

「妳是不是想說，怎麼會有這種荒唐的事？但的確發生了，的確發生了這麼荒唐的事。」

彌生接下來說的內容讓多由子驚愕不已。拿錯受精卵──怎麼會發生這種事？但既然是人工作業，沒有人能夠保證絕對不會發生錯誤。

「我聽到這件事時也難以相信，但我親眼看到那個孩子，確信她是我的女兒，是我和他的女兒。如果允許的話，我很想衝過去緊緊抱著她──抱著她，然後告訴她，我是妳的媽媽。」

「如果允許的話？」

「因為她還不知道真相，但照顧她長大的父親說，打算找機會告訴她，到時候會安排我們見面。接下來這件事很重要，因為我想到必須把這件事告訴哲彥。」

「他一定很驚訝吧？」

「當然啊，他一直不敢相信。這也不能怪他，但我這個人不可能亂說話，所以他最後相信了。」

「所以呢？他有什麼打算？」

「之後就沒有再談下去，現在只有和他約定，如果我要去見女兒時，也會找他一起去，至於今後怎麼辦，我們會在討論後做出結論。所以我剛才說，他不是在煩惱，而是在想很多事。」

我們會在討論後做出結論——這句話讓多由子感到緊張，他們到底會做出什麼決定？

「他……哲彥在調查怎麼辦理收養。」

「啊？是這樣嗎？」

「我看到他用手機在查這件事。」

「是喔？」彌生笑了起來，「很像是他的作風，他還是那麼性急。」她說話的語氣聽起來很高興。

多由子感到不寒而慄。

他們要收養這個孩子嗎？然後兩個人一起繼續把孩子養育長大嗎？

下次會等女方懷孕時，才考慮結婚——多由子似乎聽到了綿貫的聲音。

「那……那我該怎麼辦？」

彌生聽了多由子的問題，露出了驚訝的表情。「什麼怎麼辦？」

「他成為那個孩子的父親，那我算什麼？」

彌生笑著搖了搖頭說：「妳問這個問題太奇怪了，這件事和妳沒關係啊。」

「沒關係……」

「因為這是我和哲彥的事。」

「但是我……」

她很想說「我是他太太」，但並不是，她並不是正式妻子。自己沒有生孩子，無法成為他的妻子。

「妳可以繼續努力啊，一定還會有緣分。」

「緣分？」

「妳還年輕，一定會有美好的緣分。」彌生用開朗的語氣說完後，站了起來，轉過身。

多由子也立刻站了起來。當她回過神時，發現自己站在彌生背後，手上握著一把刀子。那把刀子插進了彌生的後背。

彌生還來不及發出慘叫聲，就撲通一聲向前倒了下去。

我不可能再有什麼美好的緣分——多由子這麼想。

26

「她似乎誤解了緣分的意思。」松宮說，「她以為彌生對她說，妳以後也會遇到新的對象，這次就對哲彥死心吧。所以她一時衝動，情不自禁拿起了旁邊的刀子刺向彌生。心愛的人可能離自己而去的恐懼、好不容易得到的家庭遭到破壞的憤怒，以及對花塚女士以意想不到的方式，有了自己的孩子所產生的嫉妒，她說連她自己也分不清到底哪一種感情更加強烈，應該是各種感情都迅速膨脹，一下子爆發了。」

多由子和加賀談話時，才發現自己會錯了意。當她得知花塚彌生很珍惜和他人之間相遇的緣分，同時認為對嬰兒來說，見到媽媽，是人生最初的緣分，才領悟到彌生對她說「一定會有緣分」，是指她一定會和綿貫生孩子的意思。她立刻對彌生產生了極大的愧疚，同時無法忍受自己的愚蠢，決定向警方自首。

綿貫垂著頭聽完松宮的說明，緩緩搖著頭說：「根本不可能……」

「什麼不可能？」

綿貫抬起頭說：

「我和彌生不可能復合。我的確很想見孩子，也想過要收養那個孩子，但完全沒想到要和多由子分手，連一絲念頭也沒有。我相信彌生也一樣，對她來說，我只是孩子的父親，對她根本沒有其他的意義，她應該很希望多由子可以為我生孩子，這樣她就可以獨佔萌奈了。」

「她當時可能無法這麼冷靜思考。」

「說到底，是因為對我的信任度太低。」

「不是不相信你，而是不相信自己。她應該對自己更有自信。」

綿貫重重吐了一口氣，雙手抱著頭。

「如果是這樣，還是我的過錯，我沒能讓她對自己更有自信。」

松宮無言以對。

他們正在分局的休息室內。松宮把綿貫找來這裡，是為了讓他和多由子見面。目前還沒有起訴多由子，所以她還關在警局的拘留室。

多由子提出希望和綿貫見面。她說關於事件真相幾乎都說了，但還有一個秘密，如果可以見到綿貫，她希望可以當面告訴他這個秘密。

「話說回來，」綿貫偏著頭，「多由子到底想說什麼？剛才那些內容，已經夠讓人驚訝了，還有其他秘密嗎？」

「她說是很重要的事，所以說不想透過律師或我們，而是要當面告訴你。」

綿貫完全猜不透，露出了苦惱的表情。

「松宮哥，」門口響起一個聲音，長谷部走了進來，「已經準備好了。」

松宮從鐵管椅上站了起來，對綿貫說：「那我們走吧。」

他們來到接見室，裡面有兩張椅子。綿貫坐了下來，松宮站在他的斜後方，等待多由子進來。用壓克力板隔開的另一側目前空無一人。

不一會兒，門打開了，多由子走了進來。拘留室的員警跟在她後方。員警看到松宮後，默默行了一禮。應該已經有人通知拘留室的員警，搜查一課的刑警也會一起接見。

多由子坐下來後，對綿貫露出溫柔的笑容，難以想像目前是嫌犯身分的人能夠露出這種笑容。「好久不見，最近還好嗎？」

綿貫停頓了一下後回答：「怎麼可能好？妳怎麼樣？我之前寫了信給妳，妳身體狀況沒問題吧？」

「嗯，沒問題。」多由子點了點頭之後，瞥了松宮一眼，再度將視線移回綿貫身上，「你已經聽說詳細情況了嗎？」

「大致都聽說了，我太驚訝了。」

「對不起。」

「妳以為我會背叛妳嗎？」

「不是說背叛……我以為你會選擇女兒。因為你一直很想要小孩。」
「雖然是這樣沒錯，但為什麼會想到我要和妳分手呢？這不是很奇怪嗎？」
多由子垂下雙眼，睫毛抖動著。「很奇怪嗎？」
「本來就很奇怪啊，妳為什麼會有這種想法？」
「不知道，那時候沒想那麼多。當我回過神時，才發現自己做了那種事。」多由子注視著綿貫，又說了一次「對不起」。
綿貫無力地垂下腦袋，似乎在說，即使現在向我道歉也無濟於事。
「你已經見到了嗎？」多由子問。
「啊？見到誰？」
「就是……你女兒。你有見到你女兒了嗎？」
「原來是這件事。」綿貫小聲嘀咕，「不，還沒有。雖然已經把真相告訴了當事人，但她似乎還在猶豫，要不要見親生父親……應該說是生物學上的父親。這也不能怪她，因為她才十四歲，我也不急著見她，一切都交給她決定，我認為自己沒有權利說三道四。」
「是喔。」多由子聽了他的說明，無力地說。她的眼神渙散。
「我聽松宮先生說，妳有事要告訴我？」
「嗯。」多由子點了點頭之後，注視著綿貫。松宮看了她的眼睛，忍不住倒吸了一口氣。因為她的眼神和前一刻判若兩人，有一種視死如歸的堅定。

「不瞞你說……我有了。」

「啊？」

「孩子……我有寶寶了。」

綿貫微微站了起來，「不會吧！」

松宮也大吃一驚。因為太出乎意料了。拘留室的員警也抬起頭，瞪大了眼睛。

綿貫站了起來，雙手放在壓克力板上。「真的嗎？」

「我之前在書上看到，即使遭到逮捕，也可以生小孩。以前在生孩子時也要戴著手銬，但現在好像進分娩室時，就可以拿下手銬。」多由子用平靜的語氣說道。

「多由子……」綿貫低吟著。

「只是好像不能在監獄養育孩子。我該怎麼辦呢？」

「這種事……別擔心，交給我就好。」

「我可以生下來嗎？你願意照顧他長大嗎？」

「當然啊，妳要生下來，我一定會好好照顧，面會的時候會帶來和妳見面。我們會等妳出來，等到那一天，我們一家三口一起生活。」

多由子露出滿意的笑容，把手伸向壓克力板，和綿貫的手掌重疊。「我好高興，謝謝你。」

太諷刺了。松宮看著他們，不由得感到難過。如果早一點得知懷孕的事，應該就不會發生這起事件。

多由子接下來說的這句話，讓松宮懷疑自己聽錯了。

「我騙你的。」多由子說。

「啊？妳說什麼？」綿貫發出困惑的聲音。

「我說懷孕是騙你的，我沒有懷孕，對不起。」多由子說完，轉頭看著松宮說：「松宮先生，對不起，雖然特地請你把阿哲帶來，但我騙了你。我沒有隱瞞任何事。」

「妳找他來，就是為了說這個謊嗎？」

「對。」多由子回答後，對綿貫露出了微笑，「但是太好了，我太高興了，這是有生以來第一次有人為我懷孕感到高興，第一次有人叫我把孩子生下來。這樣就足夠了，這可以成為我的精神支柱，讓我繼續活下去。」

「多由子……」

「阿哲，謝謝你。」多由子說完，把手從壓克力板上抽離，帶著笑容的臉漸漸扭曲，眼眶越來越紅。當淚水順著臉頰滑下來時，她捂著嘴，把身體轉向後方。

27

松宮右手握著方向盤，左手把罐裝咖啡舉到嘴邊。從剛才開始就呵欠連連，他忍不住想，自動駕駛系統在開這種路段時很方便。

車子穿越兩側都是樹林的道路，沿著筆直的路前進。馬路旁不時有一些大型的店家。他看了招牌，想知道有哪些商店，發現除了居家修繕生活用品連鎖店，還看到了園藝溫室設計施工、各種種苗、庭園材料展示銷售等文字。原來這一帶是農業城鎮。

他離開東京大約兩個小時，距離大約一百公里左右。原本打算搭電車，但發現轉車不太方便。考慮再三，最後租了車。他已經很久沒有這樣長時間開車了。

衛星導航系統顯示即將抵達目的地。松宮把車子停在路肩，巡視著周圍。

那裡嗎？

他在路口前方看到了便利商店的招牌。

他把車子開到便利商店，寬敞的停車場內只停了一輛廂型車。松宮把車子停在離那輛廂型車不遠的地方，一看時間，下午三點多了。

他走下車，拿出手機。撥打了電話，聽著鈴聲看著周圍，發現一個女人從便利商店走了出來。她穿著牛仔褲和皮夾克，戴了一頂卡其色寬簷帽，帽子壓得很低，而且脖子上綁著毛巾。

女人微微拉起帽簷。松宮見狀，立刻掛上了電話。那個人是克子。

「沒想到你這麼快，我還以為你會更晚才到。」

「原本以為在東京市區內會塞車，沒想到今天很順，妳等很久了嗎？」

「哼，」克子用鼻子哼了一聲，「對農民來說，這根本不算是等。等待春天，等待下雨，等待幼苗長大，等待是農民的工作，但時間就是金錢，我們走吧，你跟我走。」她走向廂型車。原來那是她開的車子。

松宮跟在克子駕駛的廂型車後方，開了不到十分鐘左右，在一條兩邊都是一大片農田的馬路旁停了下來。松宮看到克子下了車，也跟著走下車。

「這一帶是我們的農園，我們每天都會來這裡。那裡不是有三個溫室嗎？就到那裡為止。」

「你們種什麼？」

「茄子、馬鈴薯、番茄、小黃瓜，還有其他的，什麼都種。」說完，她又坐上了車子。

克子帶松宮來到他們住的地方。那是一棟老舊的木造日式房子，但和室內放著廉價的沙發。

克子為他介紹了三名同好，三個人的年紀和感覺完全不一樣，以前從事的工作也各不相同，全都是搬來這裡之後才開始務農。得知松宮是警察後，其中一個看起來最老實的女人鞠躬說：「以前曾經受過你們的照顧。」讓松宮大吃一驚。

「今天很暖和，我們去外面聊天。」克子帶他來到庭院，庭院裡有木桌和木椅，而且還有一把大遮陽傘。

「你等一下。」克子說完，走回屋內，然後用托盤端著啤酒和杯子走了回來。托盤上還有醃漬的小黃瓜和茄子。

「不行，我等一下還要開車回去。」

「喝一點有什麼關係？」

「不行，真的不行。」松宮用手掌蓋住了杯子。

克子無趣地嘆著氣說：「你這孩子，還是這麼無聊。」

「這不是重點吧。」

「那我就不客氣了。」克子在自己的杯子裡倒了啤酒，說了聲：「開動了。」一口氣喝了半杯。「啊，真好喝。」她把杯子放在桌上後問松宮：「所以，你打算怎麼做？」

「妳問我接不接受認領嗎？」

「當然啊，你來這裡不就是為了這件事嗎？」

松宮把帶來的肩背包放在腿上。

「之前，我和芳原亞矢子小姐見了面，因為她說有重要的事要告訴我。我聽了之後，真的很驚訝。因為太出乎意料了。芳原真次——就是可能是我爸爸的那個人被迫過著相當複雜的夫妻生活。妳當然知道這件事吧？」

克子移開了視線，然後起身走回屋內。

「妳要去哪裡？我的話還沒說完。」

「感覺說來話長，所以我去泡茶。你不是不能喝啤酒嗎？」說完，她繼續走進屋內。

松宮打開肩背包，從裡面拿出一本筆記本。封面上用麥克筆寫著「燈火」兩個字。那是五十多年前，兩個女高中生的交換日記。其中一人是芳原正美，也就是亞矢子的母親，另一個人名叫森本弓江，大家都認為她是正美的閨中密友。

松宮回想起亞矢子把這本交換日記交給他時的情景。

亞矢子說，這本筆記原本在森本弓江的妹妹手上，她最近聯絡了亞矢子，給她看了這本交換日記。

亞矢子看了內容之後驚愕不已。因為交換日記中寫滿了互訴衷腸的文字。

「我媽媽和弓江阿姨從中學時代就彼此相愛，長大之後，這種感情仍然沒有改變。但當時和現在不同，她們不可能公開，只有弓江阿姨的妹妹知道她們的關係。」

因為必須傳宗接代，芳原正美在父母的建議下結了婚。結婚對象就是真次。森本弓江也在相親後結了婚。

「雖然她們都嫁了人，但兩個人的心意仍然沒有改變，聽說結婚之後也常約會。即使學生時代的閨中密友經常見面，別人也不會覺得有問題。」

但森本弓江的丈夫發現了她們的關係。

「他發現了弓江阿姨和我媽媽的情書，他氣瘋了。弓江阿姨把這件事告訴了她妹妹。然後——」

幾天之後，森本夫婦和正美坐的車子發生了車禍，他們夫妻車禍身亡，正美身受重傷，留下了嚴重的後遺症。

「弓江阿姨的妹妹認為並不是巧合，所以一直耿耿於懷。她認為我爸爸是唯一可能知道真相的人，卻無法下決心向我爸爸確認，直到聽說爸爸病危，才終於和我聯絡。」

亞矢子也不知道該怎麼處理這件事。她認為事到如今，真次不可能告訴她真相，更何況以他目前的身體狀況，根本不可能談這些事。

「所以我才聯絡你。」芳原亞矢子對松宮說，「我想令堂可能知道內情。」

松宮太意外了，但他能夠理解亞矢子的意思。如果除了芳原真次以外，還有其他人知道真相，那個人就是克子。

克子看了交換日記，聽說了兩個女學生之間的戀愛，臉上的表情也沒有太大的變化，繼續喝著啤酒，吃著醃漬小黃瓜，好像在說：「這有什麼問題嗎？」當杯子裡的啤酒喝完後，她倒著啤酒問：「亞矢子的情況怎麼樣？」

「什麼怎麼樣？」

「有沒有很受打擊？」

「妳是指她得知她媽媽是同性戀這件事嗎？不，看起來並沒有。」

「是喔，但我相信她不可能完全沒感覺。我不是說她媽媽是同性戀這件事，而是對於自己的出生這件事。正美為了傳宗接代結婚，然後生下了亞矢子。我一直不想談這件事，但既然對方的妹妹已經說了，那就瞞不住了。」

「到底是怎麼回事？妳趕快告訴我。妳為什麼會和芳原真次分手？你們怎麼會認識？」

「你別急嘛，我要從頭開始說起。首先，我是在二十二歲那一年春天結了婚，結婚對象是姓松宮的公司職員。」

「要從這裡開始說起嗎？」松宮嘟著嘴。

「如果不從這裡開始說起，不是就沒辦法解釋我為什麼姓松宮，為什麼會在高崎生下你嗎？你閉嘴聽我說就好。」

克子說完，開始訴說自己的身世。

當初是因為丈夫調職，所以就搬去高崎生活。不久之前，家裡發生了一件開心的事。哥哥隆正家生了一個兒子，取名叫恭一郎。

原本覺得接下來就輪到自己了，但那時候根本無暇顧及生孩子的事。因為克子的丈夫被發現罹患了惡性腫瘤，在和疾病奮鬥了一年多之後離開了人世。他們之間只有短短五年的婚姻生活。

克子繼續在高崎生活，幸好在附近的日本餐廳找到了工作。雖然薪水不高，但至少可以養活自己。

三年後，一個名叫小倉真次的廚師來餐廳工作。他來自石川縣，之前在金澤一家歷史悠久的高級日本餐廳工作，但除此以外，他很少談論自己，感覺很神秘。

每天在店裡一起工作，克子漸漸被真次吸引，也可以感受到真次對她的好感。有一天，只有他們兩個人的時候，真次向她提出交往，但也同時告訴她一件震撼的事。

真次在金澤有妻女。他的妻子是之前工作的那家高級日本餐廳的獨生女，他是入贅丈夫。

他離家的原因是「因為發現太太有一個比我更重要的人」。他們夫妻在溝通之後，決定在女兒完成義務教育之後就離婚，但對外說明是真次去東京學廚藝。

真次在向克子說明以上的情況之後，問她是否願意和自己交往。克子接受了他，她原本就沒有很想再婚。

不久之後，他們就開始在克子家同居。也許表面上看起來像夫妻，克子也經常使用「小倉」這個姓氏。

克子並沒有把和真次展開新生活的事告訴其他親戚，只告訴了隆正。克子的丈夫死後，隆正很擔心變成寡婦的妹妹，不時和她聯絡。

隆正對真次有妻女一事沒有表達任何意見，只是對克子說，只要妳接受就沒有問題，如果有什麼問題，可以隨時和他討論。哥哥的這番話為克子壯了膽，很希望有機會安排真次和隆正見面。

很可惜，終究沒有等到那一天。

他們開始同居的一年後，真次突然提出要回金澤。因為他太太發生了車禍。

克子送真次回金澤時，內心感到很不安。她有一種預感，覺得真次可能會一去不回了。因為他正前往他原本該回去的家。

真次原本說兩三天就可以處理完畢，但情況似乎有點複雜，所以遲遲沒有回到高崎。

克子很擔心不祥的預感成真，內心的不安即將膨脹到極限時，接到了真次的聯絡，說他要回來了。但真次在電話中的聲音很低沉。

真次終於回到了克子身邊，痛苦地對她說：「我必須回金澤。」

他告訴克子，他去了醫院之後，發現妻子的狀況比他想像中更嚴重，即使看到真次也完全沒有反應。雖然沒有失去語言能力，但說話語無倫次，根本無法交談，無論吃飯和排泄都需要他人協助。

真次說，都是他的錯，然後說了完全出乎克子意料的事。

他之前說「太太有一個比我更重要的人」並不是男人，而是一個女人。雖然她們表面上是閨中密友，但其實從學生時代開始，就是情人。據說是他太太在生下女兒後，親口向他坦承了這件事。

雖然他很受打擊，但也覺得無可奈何，正如之前曾經告訴克子那樣，他們原本決定等孩子長大後離婚。

但其實不久之前，真次接到了太太的聯絡，她說要和對方的夫妻談判。她情人的丈夫似乎發現了自己的太太是同性戀，因此勃然大怒。真次的太太希望他可以陪她一起去談判。

真次拒絕了，說和自己無關，然後掛上了電話。

隔天，他就接到了發生車禍的消息。

真次認為那並不是車禍。一定是對方的丈夫要和她們同歸於盡。這是唯一的可能。真次很懊惱。如果自己同行，情況可能會不一樣，也許就不會發生這麼悲慘的事，至少毫無關係的真次坐在車上時，對方的丈夫不至於這麼衝動魯莽。

還有另一件事讓真次產生了動搖。那就是剛滿六歲的女兒。她看到久違的父親，哭著緊緊抱住他說，不可以再離開她。真次抱著她瘦小的身體，也忍不住流下了眼淚。

他和妻子的父母討論了今後的事。他們並不知道真次和女兒分居的原因，但隱約察覺到是自己女兒的問題，所以並沒有責怪真次。

他們懇求真次可以回家接手旅館的生意。

自己不能撒手不管——真次這麼告訴自己。他在苦思之後，決定回金澤。

克子聽了之後，認為很像他的作風。他看到他人有難，就無法袖手旁觀，更何況這次不是他人有難，而是他的家人。

真次希望克子和他一起去金澤。

「雖然我們無法生活在一起，但只要妳住在附近，我們隨時可以見面，我也可以在經濟上援助妳。我太太已經是那種狀態，即使我們之間的關係曝光，也不會有人責備我們。」

克子聽了之後很高興，也很感謝他，但並沒有點頭答應，只說要想一想。她考慮了一整晚之後的答覆是「我們分手吧」。

「既然你決定回家，我希望你全心全意，我也不希望受到這種半吊子的對待。你女兒早晚會長大，即使你太太有嚴重的障礙，但如果她知道父親一直和其他女人有密切關係，她一定會很受傷。雖然我很難過，但還是覺得分手是最好的結果。」

真次露出沉痛的表情，但似乎並不感到意外。他沒有試圖說服克子，只說了聲「好吧」。他應該在和克子的交往過程中瞭解到她的性格，做好了也許她會做出這種決定的心理準備。

克子在家裡目送拎著大行李袋離去的真次。妳要多保重。你也要好好照顧自己——最後的離別很乾脆，既沒有擁抱，也沒有接吻。

和真次分手後不久，克子就察覺到自己身體的變化。她難以相信，但還是去醫院做了檢查。預感果然成真，她已經懷孕三個月了。

克子很煩惱。在目前的狀態下生孩子，母子都會很辛苦，但她很想生下孩子，之前結婚時期盼多年未果，如今終於能夠如願迎接小生命了。

她從來沒有想過要和真次商量這件事。因為她覺得事到如今，真次聽到自己要生下他的孩子，一定會感到很困擾，所以完全沒想到要找他負責。

最後，克子決定把孩子生下來。雖然會很辛苦，但她做好了心理準備。她摸著肚子告訴自己，只要能夠平安生下這個孩子，再大的辛苦也一定可以克服。

她開始節衣縮食，同時注意身體健康。身體每天都在變化，她對很多事不瞭解，不安也與日俱增。不知道能不能順利生下孩子，即使生了下來，是否能夠好好養育他長大。

這時，剛好接到了隆正久違的聯絡。他並沒有特別的事，只是想瞭解克子的近況。克子猶豫了一下，最後把自己懷孕，以及和真次分手的事告訴了他。雖然可能會挨罵，但反正隆正早晚會知道，不可能隱瞞一輩子。

隆正聽了之後的確大吃一驚，但並沒有生氣，反而用沉重的語氣問她：「真的沒問題嗎？養育孩子很辛苦，更何況妳必須獨力照顧。一旦生下來，就無法半途而廢，妳想清楚了嗎？」

「我知道，這是我想清楚之後下的決心。」

「是嗎？那就沒問題，加油囉。如果遇到什麼問題，隨時和我聯絡。」隆正說完，掛上了電話。

隔年初夏，克子順利生下了兒子，兒子健康活潑，克子為他取了「脩平」這個名字。

「之後的事，你都知道了。我在高崎的酒店打工，一個人把你撫養長大。在你讀中學時搬到了東京，在哥哥的幫助下勉強過日子。」
「我準備考高中時，發現自己戶籍的父親欄上是空白，問妳是怎麼回事，妳告訴我說，因為爸爸另有家庭，你們並沒有正式結婚。」
「事實上就是這樣，我沒有騙你。」
「但妳說他死了，妳說爸爸死了。」
「我也很無奈啊，因為如果說他活著，你可能會想去見他。」
松宮咂著嘴說：「我就知道妳在騙我，說什麼他工作的日本餐廳起火，結果他就被燒死了。」
「但我說他是廚師這一點沒騙你啊。」
「是沒錯啦，」松宮偏著頭說，「但這就奇怪了。」
「哪裡奇怪？」
「如果妳剛才說的話屬實，芳原真次先生應該不知道我的存在，但他知道我，而且在遺囑上說要領養我。這是怎麼回事？」
「喔，原來你是說這件事。」克子喝了一口啤酒，重重地吐了一口氣，「我讓你們見過一次。」
「啊？」

「在你讀中學二年級的時候。」

克子露出凝望遠方的眼神，再度娓娓道來。

來到東京之後，終於適應了新居，才剛為終於可以過安定的日子鬆了一口氣，突然接到了意想不到的人打來的電話。不是別人，正是芳原真次。克子並沒有告訴他新家的地址，所以很驚訝。

真次說，有重要的事要談，希望可以見一面。

相隔十幾年，他們在新宿的咖啡店見了面。真次明顯多了許多白髮，但身材還是像以前一樣壯碩。

真次告訴克子，他的妻子並沒有恢復，最後因為肺炎驟逝，他很關心克子，但覺得現在要求復合太一廂情願，所以就打消了聯絡的念頭。最近有事去高崎，走在街上，不由得心生懷念，最後終於忍不住去了和克子以前共同生活的公寓，結果發現克子已經搬家了。剛好遇到隔壁鄰居，於是就向鄰居打聽，鄰居告訴他，「松宮太太去年就搬走了」，而且還帶著小學六年級的兒子。

真次計算之後恍然大悟，發現那個孩子應該是自己的兒子。

回到金澤之後，他坐立難安，打電話給徵信社，委託徵信社調查之前住在高崎的一個叫松宮克子的女人的近況，然後查到了他們母子在東京住的地方。

真次知道克子的兒子叫脩平，也知道脩平的生日，問克子是不是他的兒子。克子覺得隱瞞也沒有意義，於是給了肯定的答覆。

「妳當初為什麼沒有告訴我？」真次問。

克子笑著回答說：「我和你已經分手了，怎麼可能告訴你？」

真次提出想要見兒子，問克子能不能讓他和兒子見一面。克子煩惱之後答應了，但要求他不能告訴脩平他是父親。

脩平在中學參加了棒球社，真次聽了之後感到很高興。因為他在高中之前也打棒球，當時在棒球隊當捕手。

在棒球社比賽的日子，克子帶著真次一起去運動場。脩平是投手。

比賽結束後，克子等在脩平回家的路上叫住了他。說有一個朋友從事高中棒球的相關工作，想感受一下脩平的投球，然後把真次介紹給脩平。

真次帶了捕手手套，在附近的公園接了脩平投的球。克子看著他們投球、接球的身影，忍不住感動不已。

投球結束後，克子用事先準備的即可拍為他們拍了照，然後交給真次。真次也一臉激動，只有脩平一臉完全搞不清楚狀況的表情。

「那是我最後一次見到他。」克子轉頭看著松宮說，「他也沒有聯絡我，但他臨別時問我，可不可以在遺囑上認領孩子，我當時回答無所謂，沒想到他是認真的。我們搬了好幾次家，他查我們的地址應該也不是一件容易的事。」

松宮回想著遙遠的記憶。曾經和陌生男人打棒球——好像有過這件事，但並不太確定。

「我想起來了，」克子繼續說道，「他曾經說，不會放開這根線。」

「線？」

「他說即使無法見面，只要認為和自己心愛的人之間有一條無形的線連在一起，就可以感受幸福。無論這條線多長，都可以讓人心中有希望，所以他說到死都不會放開這條線。」

「希望喔……」

松宮想著那個即將離開人世的人。他躺在病床上，至今仍然想著生活在遙遠土地上的兒子，懷抱著希望嗎？

松宮拿起空杯子，遞到克子面前說：「給我啤酒。」

「沒問題嗎？」

「我明天早上再回去，讓我住一晚。」

「好啊，難得喝個痛快。這裡的酒多的是。」

克子豪邁地倒著啤酒，白色泡沫溢了出來，弄濕了松宮的手。

28

行伸醒來時，發現和平常不一樣。他坐了起來，坐在床上打量周圍，並沒有發現任何不對勁。因為拉著遮光窗簾，房間內像平時一樣昏暗，脫下的居家服也和平時一樣丟在椅子上。

他穿著睡衣走出房間。看向玄關時，發現萌奈上學穿的鞋子還在門口。她向來都比行伸晚出門。

行伸上完廁所，準備回房間換衣服。他每天換了衣服，去盥洗室洗臉、刷牙之後，就直接出門上班。他不會走去客廳，每天早上都吃立食蕎麥麵打發早餐。

當他準備走回房間時停下了腳步。因為他發現了哪裡和平時不一樣。

這股氣味——

雖然只是淡淡的氣味，但好像是柴魚片高湯的香氣。怜子去世之後，行伸第一次在家裡聞到這股氣味。

他緩緩走向客廳，遲疑了一下，打開了門。

萌奈穿著制服，正在吃早餐。餐桌上除了裝煎蛋的盤子和飯碗以外，還有一碗味噌湯。

萌奈吃著早餐，瞥了行伸一眼說：「早安。」

「喔……早安。」

行伸看向廚房，瓦斯爐上有一個鍋子。他走過去打開鍋蓋，發現裡面是豆腐味噌湯。剛才聞到的就是味噌湯的味道。

他走出廚房，看著萌奈問：「妳自己煮味噌湯嗎？」

「當然啊，」女兒頭也不抬地回答，「除了我以外還有誰。」

「真厲害啊。」

「沒什麼厲害。」

萌奈把最後一塊煎蛋放進嘴裡，開始收拾碗盤。

「啊，爸爸來洗。」

「沒關係，我還有時間。」

萌奈把碗盤放在托盤上端進廚房，行伸無所事事，怔怔地站在那裡。

萌奈走出廚房後，拿起放在沙發上的書包，冷冷地說：「你可以喝味噌湯。」

「可以嗎？」

「可能不怎麼好喝。」

「不，沒這回事。」
「你根本還沒喝。」
「是沒錯啦……」
萌奈走向門口。行伸著急起來，必須對她說點什麼。
「妳今天晚上想吃什麼？」他對著萌奈的背影問。
萌奈停下腳步問：「今天晚上？」
「味噌湯的回禮。」
「你會下廚嗎？」萌奈問話時仍然看著前面。
「太難的不行，但簡單的沒問題。」
「那我要吃餃子。」
「好。」
行伸從來沒煮過餃子，但上網查一下，應該可以搞定。
「呃，」萌奈轉過頭說，「我上高中後，要準備考藝大。」
「藝大？」
「藝術大學。我想學電影。」
「妳喜歡電影嗎？」

行伸看到萌奈默默點頭，忍不住感到驚訝。他第一次知道這件事。

「爸爸也喜歡電影，我推薦……嗯，像是《美麗境界》、《刺激1995》。」

「我知道，我都看過了。」

「是嗎？妳在哪裡看的？」

「DVD……我借了你的DVD。」

「啊！」行伸忍不住發出叫聲。他房間的書架上有很多電影的DVD。

「妳自己去我房間拿的嗎？」

「對不起。」

「不，沒關係。」

她似乎趁行伸不在家時，偷偷去他房間物色。行伸之前完全沒有想像過這種事。

「另外……」萌奈舔了舔嘴唇，「你可以把照片擺出來。」

「照片？」

「就是哥哥和姊姊的，還有媽媽的。」

「喔……」

繪麻和尚人的照片都放在行伸的房間內，萌奈可能看到了照片。

「好。」行伸回答。

「那我出門了。」

「嗯，路上小心。」

萌奈露齒一笑，走去玄關。

行伸走進廚房，打開瓦斯，將鍋子加熱。他看著味噌湯隨著慢慢加熱開始微微晃動，回想起把真相告訴萌奈的那天晚上。

首先告訴萌奈，當時行伸和怜子多麼希望迎接新生命。不孕治療需要耗費時間、體力和財力，更需要有頑強的精神力，尤其會對女性造成很大的負擔。當初他們不惜挑戰重重障礙，仍然希望再生一個孩子。

在這個基礎上，行伸根據記憶所及，詳細說明了當他們得知怜子體內可能被植入了其他夫妻的受精卵時所承受的衝擊、猶豫和苦惱，以及和怜子充分溝通後，決定相信即將出生的孩子就是自己的孩子的過程。

行伸還把怜子臨死前和他之間的對話，以及怜子當時發現了行伸內心的猶豫都告訴了萌奈。

「媽媽死了之後，我一直在思考，怎麼做才是對妳最好的決定。在苦惱了很久之後，覺得應該告訴妳真相。當我在做相關的準備工作時，發生了意想不到的事件。」

行伸告訴她，在她生物學上的母親遭到殺害後，他陷入了猶豫，不知道是否該說出真相。

「所以，」他繼續說道，「雖然可能常常讓妳感到不愉快，但爸爸在充分思考怎麼做對妳最好這個問題後，才做出了這樣的決定。爸爸絕對不想傷害妳，無論如何都希望妳可以幸福。至於為什麼——」他想了一下後說：「因為爸爸很愛妳。」

行伸在說話時，萌奈始終不發一語。也許她太驚訝，無法表達自己的感情。當行伸說完之後，她仍然注視著半空中的某一點沉默不語。

「萌奈，」行伸戰戰兢兢地叫著她，「妳瞭解爸爸說的話嗎？」

她眨了幾次眼睛後，轉頭看著行伸的方向，緩緩張開粉紅色的嘴唇說：「不太瞭解。」

「啊？」

「你說得太長了。」

「啊……太費解了嗎？」

「也不是費解，就是太囉嗦了。受精卵什麼的根本無所謂，真的有那麼重要嗎？」

萌奈的話太出乎意料，行伸有點不知所措。他完全沒想到萌奈會有這樣的反應。

「比起這些，」她繼續說道，「你只要對我說最後一句話就好，至少目前是這樣。」

「最後？」

「我一直想聽這句話。」

行伸回想著自己說的話，終於恍然大悟。那一剎那，他終於瞭解女兒想要的是什麼了。

我果然是個笨拙的父親。他忍不住這麼想，然後告訴自己，要牢記萌奈說的「至少目前是這樣」這句話。

29

寺門位在陡坡盡頭，停車場的五個車位都空著，亞矢子把她的愛車休旅車停在最角落的位置。

下了車，抱著買來的花束走進了寺門。昨晚下了點雨，地面有點濕。

寺院內靜悄悄的，沒有人影，佛堂的門也關著。經過佛堂旁，走到盡頭就是墓地的入口。亞矢子打開小木門，走了進去。在放水桶的地方汲了水，借用了杓子和抹布。

芳原家的墓位在墓地正中央的位置，深灰色花崗石累疊的基座上立著墓碑。當初是亞矢子的外曾祖父購買了這塊墓地，但亞矢子不知道為什麼會買在這裡，可能外祖父母也不知道。

這是中元節後第一次來掃墓，亞矢子撿起周圍的垃圾，拔掉一些長得很高的草，然後用抹布把墓石擦乾淨。把帶來的花插在花瓶中，點了線香，放在香爐內。

她從口袋裡拿出佛珠，再度抬頭看著墳墓。

沒想到女兒竟然比我更早進墳墓——二十多年前，辦完正美的葬禮，安放骨灰時，外祖父說了這句話。外祖母在一旁點著頭，頻頻用手帕拭淚。

也許媽媽想更早進墳墓。亞矢子對在天上的外祖父母說。

車禍發生後，正美連人格都變了。記憶模糊，有時候甚至不知道自己是誰。

但亞矢子現在覺得，可能有一件事沒有改變。

那就是對心愛的人的感情。

即使思考能力和記憶衰退，內心對森本弓江的感情仍然沒有改變。也許忘了她的名字和長相，但也許曾經和別人深深相愛，那個瞬間充滿幸福的記憶就像殘香般留在正美的心裡。

亞矢子會這麼想並非毫無根據。

雖然正美整個人都變了，但有時候會露出凝望遠方的眼神。那種時候，她的雙眼散發出宛如少女般純潔的光芒，聚焦在某一點上。失去意志的人絕對不可能露出那樣的眼神。

她一直很在意，不知道媽媽在注視什麼。

和森本弓江的妹妹見了面，看了正美她們當年的交換日記，亞矢子覺得自己終於找到了答案，同時也瞭解了父親真次當年離家的原因。

森本弓江的妹妹推測弓江的丈夫想要和她們同歸於盡。亞矢子聽了她的分析之後，覺得可能性相當高。然而即使真的是這樣，亞矢子認為也不能一味責怪弓江的丈夫。

沒有人知道森本夫婦和正美他們三個人到底談了什麼。

只知道他們是用生命在談判。

既然弓江的丈夫想要和她們同歸於盡，想必他應該認為無法拆散她們，因為弓江和正美的感情如此牢固。這麼一想，反而很同情弓江的丈夫。

亞矢子合起雙手，閉上了眼睛。

媽媽，太好了——她對天上的正美說話。

我看了妳們的交換日記，妳們的戀愛太偉大了。熱情、純潔而甜蜜，卻又帶著一點苦澀。

現在一定和心愛的人過著幸福快樂的生活吧。太好了。

當初為了繼承家業，為了傳宗接代，和爸爸結婚，然後生下了我。我並不會說得知這件事時，完全沒有受到任何打擊。

但我覺得這樣也沒有關係。我沒有生氣，也沒有受到傷害。因為媽媽，我才有機會來到這個世界。我很慶幸自己來到人世，我過著無悔的人生。

媽媽，我不會否定妳的生活方式。

所以，也請妳接受爸爸的生活方式，請妳原諒爸爸在其他地方，愛上了其他女人。

今天，我的弟弟會來這裡。雖然和媽媽沒有血緣關係，但我接受了他是我的弟弟這件事。

媽媽，希望妳也在天上溫柔地守護他。

30

將近下午一點時，松宮搭「光輝509號」抵達了金澤車站。從東京到金澤大約兩個半小時，中途小睡了一下，所以覺得轉眼之間就到了。他站了起來，從行李架上拿下了行李。

這幾個星期常常出遠門。之前是上越新幹線、東北新幹線，今天又搭了北陸新幹線，只不過這次不是出差。

經過驗票口，走出車站大樓，看到巨大的玻璃天花板，忍不住瞪大了眼睛。前方有一道像鳥居形狀的大門，他剛才在車上用手機看了相關報導，發現是根據金澤的傳統藝能設計建造的「鼓門」。他看著許多觀光客在那裡拍紀念照，走向計程車站。

上了計程車後，他報了醫院的名字。那家醫院似乎很有名，司機一聽就知道了，把車子開了出去。

他從內側口袋拿出手機，打電話給芳原亞矢子。鈴聲響了兩次就接通了，電話中傳來「喂？」的聲音。

「我是松宮，我在金澤車站搭上了計程車。」

「好，那我去醫院大廳等你。」
「麻煩妳了。請問、現在……還沒有吧？」
亞矢子停頓了一秒後回答：「對，還在呼吸。」
「太好了。」
「那就一會兒見。」
「好。」松宮說完，掛上了電話。
昨天晚上，他打電話給亞矢子，把從克子那裡聽到的詳情告訴了她。亞矢子在電話中說：「如果你要見爸爸就越快越好，因為他從昨天開始就一直昏睡，醫生說，他可能不會再醒過來了。」
「我明天去。」松宮回答。他覺得萬一趕不上，也只能聽天由命。
他坐在計程車上打量著街道。具有傳統特色的老房子和現代建築均衡地排列在整齊乾淨的道路兩旁，他忍不住想，如果在某個地方換了某個齒輪，自己也會成為這個城市的一分子嗎？
計程車抵達了醫院，松宮走進白色建築物的大門，立刻看到芳原亞矢子站在那裡。
「歡迎。」她笑著對松宮說。
「目前狀況怎麼樣？」

「和昨天差不多，你要馬上去見他嗎？」
「對。」松宮回答。因為這就是他此行的目的。
「請跟我來。」亞矢子說完，邁開了步伐。松宮跟在她身後。
亞矢子帶他來到安寧病房的電梯廳。芳原真次的病房在三樓。
「我舅舅……我媽媽的哥哥也是得了癌症死亡。」松宮說。
「是嗎？」
「他得了膽囊癌。發現時已經轉移到很多地方，根本沒辦法治療。因為他是我們母子的恩人，所以我經常利用辦案的空檔去看他。」
「我相信你舅舅一定很高興。」
「希望如此，因為他的獨生子是唯一的家人，但直到最後都沒有去看他。」
「是喔，為什麼？」
「唉，說來話長。」
電梯門開了，他們一起走進電梯。
來到三樓，他和亞矢子一起走在走廊上。
「有誰來探視嗎？」松宮邊走邊問。
「今天沒有其他人，只有我。親朋好友都已經來道別了，但只有極少數人能夠見到爸爸清醒的時候。」

和隆正那時候一樣。松宮想道。

「就是這裡。」亞矢子停下了腳步，滑門旁有一塊牌子，上面寫著「芳原真次」的名字。她敲了敲門，沒有反應。她似乎覺得理所當然，毫不猶豫地打開了門。

亞矢子先走了進去，然後做出「請進」的動作，示意松宮進病房。

「打擾了。」松宮走進病房。

戴著氧氣面罩的老人躺在病房中央的病床上，臉看起來很小，應該是太瘦的關係。滿是皺紋的眼瞼閉著，因為戴著氧氣面罩，所以看不清他的臉。

亞矢子似乎察覺了松宮的想法，拿下了氧氣面罩。

「沒問題嗎？」

「一下子的話沒問題，你來旁邊看看他的臉。」

松宮走向病床。真次熟睡著，一動也不動。

他仔細打量真次的臉，不知道自己到底像不像他。

「爸爸，」亞矢子在真次的耳邊叫著，「爸爸，你醒一醒，松宮先生，脩平先生來看你了。爸爸。」

但是，老人沒有反應。亞矢子輕輕搖了搖頭，重新為他戴上了氧氣面罩，充滿遺憾地嘀咕：「你特地來看他……」

「沒關係。」松宮說完，移開了視線。這時，他看到了放在窗邊的東西。

那是一顆棒球，放在用迷你棒球棍組合起來的架子上，旁邊放著一個相框。

「你記得那顆球嗎？」亞矢子問，「爸爸一直把它當成寶貝，我想一定和你有關。」

「為什麼？」

她走到窗邊，拿起了相框。

「這張照片就放在這顆球的墊布下方。」亞矢子說完，把照片遞到松宮面前，「這是你吧？」

松宮看到照片，忍不住大吃一驚。照片上有兩個人，其中一人是小時候——應該是讀中學時的松宮，旁邊是一個身材魁梧的男人。

亞矢子探頭看著松宮的臉問：「你好像知道？」

「對，」松宮點了點頭，「聽我媽提過。」

「那等一下也要好好聽你聊這件事。」

「好。」松宮回答。他今晚會住在金澤，亞矢子已經在「辰芳」為他安排了房間。

「我失陪一下。」亞矢子走出病房。

亞矢子離開後，松宮頓時感到很不自在，忍不住擔心病床上的真次。

真次仍然熟睡著，一動也不動，甚至不知道他有沒有在呼吸。病床旁的儀器顯示了各種數據。松宮想起隆正臨終時的情況，也許和當時一樣，現在也有醫生在其他房間看著這些數據。

松宮一轉頭，看到真次的右手從被子旁露了出來。那隻手很瘦，但很大，手指很長。這隻手曾經拿著菜刀，做出不計其數的料理。

松宮遲疑了一下，伸手觸摸了那隻手。那隻手柔軟而溫暖，和看起來的感覺不同。當松宮回過神時，發現自己用雙手握住了那隻手。

他感受到某些東西，好像在對他的心靈訴說。

沒錯。松宮確信。這個人是我的父親。

他再度看向真次的臉，忍不住倒吸了一口氣。因為真次微微睜開了眼睛。

「爸爸。」他情不自禁叫了一聲。

真次的臉上稍微有了變化——看起來像是有了變化。他是不是在笑？但下一剎那，他又閉上了眼睛。

松宮鬆開了手，為他蓋好被子。

滑門打開了，亞矢子走了進來。她看了看真次，又看了看松宮問：「怎麼了？」

「不，沒事，我只是表達感謝。」松宮低頭看著父親說，「感謝那條很長的線一直沒有斷。」

完

春日
ハルヒブンコ
文庫

84

希望之線

希望の糸

希望之線 / 東野圭吾作 ; 王蘊潔譯. -- 初版. -- 臺北市
: 春天出版國際, 2020.01
面 ; 公分. -- (春日文庫 ; 84)
譯自 : 希望の糸
ISBN 978-986-5706-73-9(平裝)

861.57 108022017

ISBN 978-986-5706-73-9
Printed in Taiwan

作　　者　東野圭吾
譯　　者　王蘊潔
總 編 輯　莊宜勳
主　　編　鍾靈

出 版 者　春天出版國際文化有限公司
地　　址　台北市信義路四段458號3樓
電　　話　02-7718-0898
傳　　真　02-7718-2388
E－mail　story@bookspring.com.tw
網　　址　http://www.bookspring.com.tw
部 落 格　http://blog.pixnet.net/bookspring
郵政帳號　19705538
戶　　名　春天出版國際文化有限公司
法律顧問　蕭顯忠律師事務所
出版日期　二〇二〇年一月初版
　　　　　二〇二〇年五月初版三十三刷

定　　價　440元

總 經 銷　楨德圖書事業有限公司
地　　址　新北市新店區中興路2段196號8樓
電　　話　02-8919-3186
傳　　真　02-8914-5524
香港總代理　一代匯集
地　　址　九龍旺角塘尾道64號 龍駒企業大廈10 B&D室
電　　話　852-2783-8102
傳　　真　852-2396-0050